H.C. Hope

Millionäre

küsst man nicht

Erstausgabe September 2019

© 2019 dp DIGITAL PUBLISHERS GmbH

Made in Stuttgart with ♥
Alle Rechte vorbehalten

Millionäre küsst man nicht

ISBN 978-3-96087-879-7
E-Book-ISBN 978-3-96087-857-5

Umschlaggestaltung: Traumstoff Buchdesign
Unter Verwendung von Abbildungen von
© Dean Drobot/shutterstock.com und
© Eric Isselee/shutterstock.com
Lektorat: Lisa Reim
Satz: dp DIGITAL PUBLISHERS
Druck und Bindung: Books on Demand GmbH, Norderstedt

Über die Autorin

Die Liebe zu Wort und Schrift machte sich bei H.C. Hope schon zeitig bemerkbar. Seit dem frühesten Lesealter las sie bergeweise Bücher. Ihr erstes Manuskript schrieb sie in der siebten Klasse und stellte dieses tapfer ihren Schulkameraden vor. Ein unvergessliches Erlebnis, das sie dazu motivierte, an der Schriftstellerei festzuhalten. *Cursed Hearts – Fesseln der Zeit* ist ihr Debütroman. H.C. Hope lebt mit ihrer Familie im beschaulichen Oberschwaben.

Für meinen kleinen Löwen, dessen Tatzen die Welt erkunden, und für alle Postboten, die jeden Tag pünktlich unsere Post ausliefern.

Kapitel 1

„Shit!" Mein Blick verfolgte entsetzt die Briefe, die der raue Wind auf Londons Asphalt fegte. Die Schnallen meiner roten Royal-Mail-Austragetasche hatten sich geöffnet. Der Inhalt, mein Job, präsentierte sich mir nun wild verstreut auf dem Boden.

„Argh!" Ich warf die Hände in die Luft und musste das Bild eines trotzigen Kleinkindes abgeben. Zugegeben, das war mir egal. Mein heutiger Tag war definitiv alles andere als der wünschenswerte „happy monday". Er gehörte eher zur Kategorie „worst day ever".

Mrs Macintosh, deren braune Augen neugierig blitzten, rückte ihr graues Haarnestchen mit pikiertem Gesichtsausdruck zurecht. Sie sah mich vorwurfsvoll an.

Verdammt! Ich hatte kurzzeitig die Fassung verloren und gegen die Freundlichkeitsgebote der Royal Mail verstoßen.

Als Briefträger sollte man stets ein Lächeln auf den Lippen tragen, höflich sein und den Menschen ein gutes Gefühl vermitteln. Auch wenn der Stapel Briefe, den sie entgegennehmen, manchmal nur Rechnungen enthält.

Seufzend zwang ich mich zu einem entschuldigenden Lächeln, aber Mrs Macintosh war schon hinter ihren Buchsbaumhecken verschwunden. Sie war eine typische Londoner Lady, die großen Wert auf Manieren legte.

Frustriert sammelte ich die Briefumschläge auf und verstaute sie in meiner Austragetasche, die auf dem klapprigen Gepäckträger des Royal-Mail-Fahrrads festgezurrt war. Ich konnte nicht ausschließen, dass einer der Umschläge im Gulli gelandet oder vom Wind weitergefegt worden war.

Nach meinem Kaffee-Desaster heute Morgen, bei dem ich das braune Gebräu im Post Office gekonnt auf einige Pakete verteilt hatte, war das nun das zweite Vorkommnis, das ich meinem Chef melden müsste.

Diese Tollpatschigkeit würde mir noch den Lebenslauf versauen, denn ich liebte meinen Job und wollte bei der Royal Mail bleiben.

Rasch sah ich auf die Armbanduhr und stellte fest, dass sich trotz Malheur noch kein erheblicher Zeitverzug in meine Planung eingeschlichen hatte. Erleichtert checkte ich die Lavender Hill, in der sich unser Delivery Office befand. Jeden Morgen startete ich meine Tour dort und bog dann links in die Dorothy Road ab.

Kurzerhand zog ich das Diensthandy aus meiner roten Uniform und wählte grimmig die Nummer des Office.

Die Ansage unserer Sekretärin Abby schallte durch das Telefon und ich verdrängte meinen Ärger, um einigermaßen freundlich zu bleiben. „Abby, hi, ich bin es, Tessie", nuschelte ich ins Handy.

„Tessie, wie gut, dass du dich meldest. Was gibt es?", schnarrte ihre glockenhelle Stimme und ich musste trotz mieser Laune lächeln.

Abby war eine blonde Frohnatur, die jeder direkt ins Herz schloss. Mit ihrer offenen Art schaffte sie es, dem grimmigsten Londoner Rentner ein Schmunzeln auf die Lippen zu zaubern. Sie war die gute Seele des Office und ihr zahnpastaweißes Lächeln hatte zeitweise auf den roten Bussen geprangt, die bildungshungrige Touristen durch die Straßen bugsierten. Sie war unser Aushängeschild.

„Mir ist da was passiert ...", begann ich und wurde durch ihr hohes Kichern unterbrochen.

„Okay, was ist es dieses Mal? Hast du wieder einen verlassenen Kater gefunden, der ins Tierheim muss? Oder deine Uniform mit Chai Latte verziert?"

„Das ist nicht witzig!", schimpfte ich und erinnerte mich ungern an die Szene, als ich Kitty, einen ungepflegten Kater, unbedingt während meiner Schicht ins Tierheim befördern musste, um dann festzustellen, dass er Mrs Macintosh gehörte.

Jepp, bei der alten Dame war ich mit meinem bravourösen Auftritt von vorhin jetzt erst recht unten durch.

„Also Schätzchen, du hast später sowieso einen Termin bei Larry. Kann es bis dahin warten?" Ich hörte ihr Tastaturtippen.

„Ich habe einen Termin bei Larry?", fragte ich entsetzt und sah sein wutentbranntes Gesicht mit den

11

braunen Glubschaugen schon vor mir. Er würde toben.

„Ja, gleich nach deiner Schicht."

„Weißt du, worum es da geht?" Ich schickte Stoßgebete in den Himmel, die meine Kündigung verhindern sollten.

Ich wusste, dass es nicht leicht mit mir war. Denn die verlorenen Briefe waren jetzt schon der dritte Fauxpas diesen Monat. Aber mich deswegen zu kündigen wäre vermutlich ungerecht.

Larry war der typische Chef, der Wert auf Etikette, Höflichkeit und Zahnpastalächeln legte.

Sicher, ich war keine unfreundliche Person, im Gegenteil, die meisten meiner Kunden öffneten mir gerne die Tür oder versorgten mich mit Gebäck und Tee. Trotzdem lieferte mich meine Tollpatschigkeit oftmals Larrys Ärger aus.

„Nein, Darling. Aber es klang wichtig und er hat gute Laune heute", merkte Abby zuversichtlich an.

Ich holte tief Luft und seufzte. Immerhin hatte er gute Laune. Das bedeutete, meine Kaffeesprenkelpakete waren keine Katastrophe für ihn.

„Bist du noch dran?", erkundigte sich Abby, die ich mit meinem Schweigen wohl hingehalten hatte.

„Ja."

„Nimm es nicht so schwer. Larry steht auf deinen Hundeblick. Das weißt du doch. Er hat dir bisher alles verziehen. Das liegt auch an deiner schnuckeligen Stupsnase."

Ich zog eine Grimasse. Mit meinen grünen Augen, den zarten Sommersprossen und der kleinen Stupsnase war ich eine durchschnittlich attraktive Londoner Briefträgerin.

„Okay", antwortete ich und schob mein Fahrrad an die Kreuzung zur Dorothy Road, während ich das Handy mit der Schulter an mein Ohr drückte.

„Falls es nicht wieder ein heimatloser Kater ist oder ein verschütteter Chai Latte auf deiner Uniform, ist es halb so wild, Tessie."

„Na ja, also da war dieser Windstoß ...", erklärte ich zögernd und Abby kicherte.

„Ich schätze, ein paar Briefe sind jetzt auf dem Weg nach Timbuktu", presste ich schuldbewusst hervor.

„Halb so wild Tessie, ich erstelle eine Verlustanzeige, wenn du mir nach deiner Schicht verrätst, bei wem du keine Post eingeworfen hast. Das ist jedem schon passiert. Frag mal Larry nach seiner aktiven Zeit, der hat einige Schoten auf dem Kerbholz", erklärte sie und gab mir das Gefühl, nicht nur aus tollpatschigen Flausen im Kopf zu bestehen.

„Danke, Abby", erwiderte ich erleichtert und fuhr den Fahrradständer aus, um das rote Gefährt abzustellen.

„Alles klar, das kostet dich einen Drink im Finnigan's nach Dienstschluss." Das konnte ich ihr nicht abschlagen.

Ich mochte Abby vom ersten Tag an bei der Royal Mail. Sie nahm mich unter ihre gütigen Fittiche und weihte mich in die Geheimnisse der Postroboter, die jeden Morgen geschäftig die Post sortierten, ein.

Außerdem wusste sie gefühlt alles über die Mitarbeiter. Die Kenntnisse von Singlestatus, Fremdgehstatus und Exbeziehungen waren nur einige Vorzüge ihres allumfassenden Wissens. Wobei ich mich zum Single-status dazuzählen konnte.

Gott, ich wusste gar nicht mehr, wie lange meine letzte Beziehung schon her war. Definitiv zu lang!

Mit meinen fünfundzwanzig wünschte ich mir wie jede andere Frau in dem Alter endlich den EINEN Kerl zu treffen.

Bevor meine Gedanken zum Traumprinzen in wei-ßer Rüstung auf dem rassigen Hengst schweifen konnten, erinnerte ich mich, dass Abby auf meine Antwort wartete.

„Okay, der Drink nach Dienstschluss geht auf mich", sagte ich und beendete das Gespräch. Rasch schob ich das Handy in meine Royal-Mail-Jacke und griff zur Austragetasche, um die Briefe für die nächsten Häuser der Dorothy Road herauszukramen.

Das vertraute Geräusch der klappernden Briefschlit-ze besänftigte meine Nervosität wegen des bevorste-henden Termins mit Larry. Ich hatte keine Vorstel-lung davon, was er von mir wollte und hoffte, er war nicht auf ein Date oder Ähnliches aus. Sicher, mir waren seine Blicke im Office nicht entgangen. Das nette Grinsen hier, das zufällige Berühren meines Armes dort.

Larry war Mitte vierzig und sah mit dem schwarzen dichten Haar, das von einzelnen grauen Strähnen durchzogen war, unverschämt attraktiv aus, gehörte aber trotzdem nicht zu meinem Beuteschema. Vom Altersunterschied ganz zu schweigen. Ich schüttelte den Gedanken ab. Okay, ich musste mich definitiv an der Grenze zum Verrücktwerden befinden, wenn ich schon über die Optik meines Chefs nachdachte. Ich hatte dringend mal wieder ein Date nötig.

Ich fasste den Entschluss, meine Mitbewohnerin Kelly, die gleichzeitig meine beste Freundin war, am Wochenende zu einem Discobesuch zu nötigen.

Kelly war zwar glücklich vergeben und liebte den Rugbyspieler Scott abgöttisch. Trotzdem versuchte sie, genügend Zeit für mich und mein Singledasein einzuräumen. Was sie immer wieder zu diversen Verkupplungsaktionen mit Scotts Kumpel verleitete. Doch die Rugbyspieler waren mir zu plump. Denen waren nur ihr toller Oberkörper und ihr sportliches Können wichtig. Grips suchte man bei den meisten vergeblich. Ich wollte keine von den Spielerfrauen sein, die sich als Trophäe zu ihrem Schatz gesellten und die French-Nails-Daumen bei einem relevanten Match drückten.

Okay, ich gebe zu, Scott war eine Ausnahme und ein Glücksgriff. Er war smart, gut aussehend und intellektuell. Das freute mich aufrichtig für Kelly.

Insgeheim hoffte ich, unsere WG würde noch lange Bestand haben, die Realität aber war, dass Scott immer wieder in Nebensätzen andeutete, wie schön ein eigenes Heim zu zweit wäre.

Ein haarsträubender Gedanke für mich, dass Kelly eines Tages ausziehen könnte. Also schob ich ihn schnell beiseite und warf den nächsten Brief in einen silbernen Postschlitz.

Mein weiterer Arbeitstag verlief tatsächlich ohne peinliche Vorkommnisse und ich trudelte zufrieden um Punkt fünfzehn Uhr im Office ein. Abbys warmes

Lächeln begrüßte mich und sie hielt mir eine duftende Tasse Kaffee unter die Nase.

„Du bist die Beste." Dankbar schälte ich mich aus der Royal-Mail-Jacke und hängte sie über die Stuhllehne. Dann nahm ich Abby das Warmgetränk ab.

Nach einem großen Schluck zählte ich ihr die vierzig postlosen Häuser auf, die ich mir im Handy notiert hatte, damit sie die Verlustanzeige erstellen konnte. Abby verfolgte über das Einbuchungssystem der Royal Mail, ob für die jeweiligen Häuser Post registriert worden war.

Ihre rot manikürten Fingernägel flogen dabei über die Tastatur und sie verzog den geschminkten Mund zu einem zufriedenen Lächeln, als sie das Blatt Papier aus dem Drucker zog.

„Unterschreib", wies sie mich an und ich setzte meinen Servus unter das Formular.

„Larry muss nichts davon wissen", erklärte sie und schob das Blatt in ein braunes Kuvert.

„Warum nicht?"

„Erweitertes Aufgabengebiet", erklärte sie mir stolz und verschloss den Umschlag. „Die Zentrale regelt das."

Erleichtert trank ich einen Schluck Kaffee. „Danke."

Abby nickte und widmete sich wieder ihrem Desktop, der gedämpfte Geräusche von sich gab.

„Bist du bereit für Larry?", fragte sie, ohne aufzublicken.

„Kann man jemals für ihn bereit sein?"

Abby grinste. „Vergiss nicht, er hat gute Laune."

Ich hörte, wie die Türklinke von Larrys Büro nach unten gedrückt wurde. Ein nervöser Blitz durchzuckte meinen Bauch und ich sah erwartungsvoll zur Tür.

Larry reckte den Kopf durch den geöffneten Spalt und lächelte.

„Tessie, da bist du ja." Er blickte mich mit seinen haselnussbraunen Augen an, in denen schon wieder ein Ticken zu viel Aufmerksamkeit lag.

Abby nickte mir aufmunternd zu und ich stellte die Kaffeetasse auf ihren Schreibtisch. Mit klopfendem Herzen folgte ich Larrys schwarzem Haarschopf, der schon hinter der Tür verschwunden war.

Gentlemanlike bot er mir den freien Stuhl vor seinem gläsernen Schreibtisch an und schloss die Tür. Ich setzte mich auf das schwarze Leder und stellte erneut fest, wie unbequem dieser Stuhl war.

Larry trat hinter seinen Schreibtisch und setzte sich. Er faltete die Hände und musterte mich aufmerksam.

Mist! Das fühlte sich verdammt nach Standpauke an.

Rasch überlegte ich, ob er mich schon für den Tierheimbesuch gerügt hatte, und entgegnete unsicher seinen Blick.

Das Braun seiner Augen ruhte auf mir und er räusperte sich verlegen. „Tessie. Wie lange bist du jetzt schon bei uns?" Er reckte das Kinn leicht nach oben.

Unruhig rutschte ich auf dem Leder herum. Begannen nicht Kündigungsgespräche mit dieser Floskel?

„Larry, ich, also … es tut mir leid. Ich weiß, ich verbocke in letzter Zeit einiges und ich werde mich bemühen, mich zu bessern. Aber, na ja, der arme Kater hatte so ein verfilztes Fell und seine Augen sahen mich derart traurig an. Ich dachte, im Tierheim wäre er besser

17

aufgehoben. Hätte ich ihn denn auf der Straße verhungern lassen sollen?"

Larrys entgeisterter Blick schoss mir entgegen und er neigte sich nach vorn, als ob er keine Ahnung hatte, was ich da von mir gab.

Ich zog die Luft ein. Er hatte definitiv keine Ahnung, was ich da gerade erzählte.

Shit!

Imaginär knallte ich meine Handfläche gegen die Stirn. Abby hatte ihm vermutlich nichts von der Katersache erzählt und ich blöde Kuh servierte ihm meinen Fehltritt auf dem Silbertablett.

Schnell zwang ich mich zu einem unschuldigen Lächeln und beantwortete rasch seine Frage, in der Hoffnung, ihn von meinem Gestammel abzulenken.

„Seit zwei Jahren arbeite ich bei euch." Dabei verbot ich meinen Mundwinkeln, auch nur einen Millimeter nach unten zu rutschen.

Larry, der nur verwirrt brummte, löste die verschränkten Hände und fuhr sich durchs Haar. „Tessie, was immer du gerade erklären wolltest, ich bin mir sicher, dass ich es nicht hören will." Sein durchdringender Blick bohrte sich in meinen und ließ mich mit ziemlicher Sicherheit rot werden. Ertappt zog ich die Mundwinkel noch ein Stück weiter nach oben. Seine irritierte Miene zeigte, dass das wohl keine gute Idee war, also ließ ich das Mundwinkelsenkungsverbot fallen.

Larry seufzte und lehnte sich in seinen imposanten Chefstuhl, der mit einem Knarzen nachgab. „Okay, du bist eine fähige Mitarbeiterin. Du bist loyal und die Menschen lieben dich. Neulich erst rief mich Mistress

Smith an und erzähle mir, wie du ihre Einkaufsta-
schen nach oben getragen hast. Das ist wirklich sehr
engagiert und lieb von dir."

Oh, das war nicht das, womit ich gerechnet hatte.
Aber das Lob ging mir runter wie warme Schokolade
und bereitete mir ein wohliges Gefühl im Bauch.

„Danke." Ich nickte und wartete gespannt auf den
wahren Grund des Meetings.

„Ich sehe, dass du mit Herzblut dabei bist, auch
wenn dir deine beiden linken Beine manchmal im
Weg stehen." Er schmunzelte und ein spitzbübisches
Lächeln huschte ihm über die Lippen. „Trotzdem habe
ich eine zentrale Entscheidung getroffen." Ich schluckte. Jetzt kam der Moment der Wahrheit.

„Die Royal Mail wird zukünftig neue Dienste aufnehmen. Im Zeichen des Wohlstandes und des Reich-
tums."

Ein triumphales Grinsen glitt ihm übers Gesicht und
ich stutzte. Mit den Reichen und Schönen war ich
bisher nie in Kontakt gekommen. Worüber ich dankbar war, denn der High Society konnte ich nichts abgewinnen. Sie war voll mit aufgeblasenen Gockeln in
maßgeschneiderten Anzügen oder superschlanken
Models, die sich die kulinarische Vielfalt verboten.

Nein! Das war definitiv nicht meine Welt und ich
war zufrieden, dass ich in Londons Randbezirk Briefe
verteilen musste und nicht in der City of Westminster,
wie der nobelste aller Bezirke genannt wurde.

Ich wandte meine Aufmerksamkeit wieder Larry zu,
der inzwischen geschäftig Dokumente aus seinem
Ablagefach zog. Mit siegessicherem Lächeln präsen-

tierte er mir eine Urkunde, auf der mittig mein Name in goldenen Lettern prangte.

Tessie Neill
Private Post Officer

Unterzeichnet war der pompöse Wisch mit Larrys Unterschrift und ich sah, dass meine auf dem Feld des Inhabers ausstand.

Kurzzeitig wunderte ich mich, dass das Ding keinen Glitzer ausspuckte, bevor ich Larry ungläubig anstarrte.

„Freust du dich?" Überschwänglich wedelte er mit der Urkunde vor meiner Nase.

Okay, jetzt war er derjenige, der sich wie ein Kleinkind benahm, welches gerade das heiß ersehnte Lego-Harry-Potter-Hogwartsschloss auspackte.

„Was ist das?", fragte ich skeptisch und mein Blick blieb an dem Titel „Private Post Officer" hängen. Ich wusste nicht, dass ich eine Fortbildung oder ein Seminar besucht hatte, das mir solch einen Titel hätte verleihen können.

„Das ist dein neuer Job", verkündete Larry stolz und feierte sich offensichtlich selbst für seine Entscheidung.

Entsetzt zog ich die Luft ein. „Mein neuer Job?" Gleichzeitig schwante mir Böses, da ich die Verbindung zu Reichtum und Wohlstand, wie Larry vorhin schön erwähnte, zog.

„Dein neuer Job", bestätigte er und erhob sich, um blitzschnell neben mir zu stehen. Ich spürte seine Hand auf meiner Schulter, die er kräftig rüttelte.

„Ist das nicht großartig? Komm, lass dich drücken!"

Okay, ich kapierte nur Bahnhof, stand wie ferngesteuert von dem unbequemen Lederstuhl auf und ließ mich in Larrys Arme ziehen. Er roch nach Süßholz und Kaffee. Ich räusperte mich, denn die Umarmung dauerte länger an, als sie sollte, und Larry entließ mich ertappt aus seinen trainierten Armen.

Er griff nach einem roten Kugelschreiber, auf dem sein Name eingraviert war, und hielt ihn mir majestätisch unter die Nase.

„Es fehlt nur deine Unterschrift. Die Gehaltserhöhung ist enorm."

Ich schüttelte meinen Kopf, um einen klaren Gedanken fassen zu können. „Larry, ich weiß noch nicht mal, was der Titel bedeutet, wie kann ich da blauäugig unterschreiben?"

Verstört neigte er den Kopf. „Hast du den Aushang nicht gelesen?"

„Welchen Aushang?", entfuhr mir panisch und ich starrte ihn mit finsterer Vorahnung an.

„Na, den über die Chance, ein Private Post Officer zu werden. Die Ehre, in die City of Westminster versetzt zu werden. Die Meldefrist, falls man dagegen sein sollte, ist schon vorige Woche abgelaufen."

Ich riss entsetzt die Augen auf und verfluchte mich dafür, die alte korkige Pinnwand am Eingang des Briefträgerbüros ignoriert zu haben. Bis auf die hinabfallenden Reißnägel, die ich ab und an vom Boden aufsammelte, war sie mir herzlich egal gewesen.

Verdammt!

„Du hast den Aushang doch gelesen, oder?"

Larrys ernster Ton holte mich zurück ins Gespräch und ich schluckte.

Langsam nickte ich. „Natürlich."

Nein, die Blöße konnte ich mir jetzt nicht geben, ihm zu sagen, wie geflissentlich ich diese Aushänge ignorierte.

„Na, dann. Herzlichen Glückwunsch."

Er zog mich noch mal an seinen nach Süßholz duftenden Hals und mir wurde bewusst, was ich angerichtet hatte.

Ich löste mich harsch aus der Umarmung und griff nach dem Kugelschreiber. Die Unterschrift flutschte mir aus meinem Handgelenk, doch es fühlte sich an wie ein Vertrag mit der Hölle.

Vor meinem geistigen Auge tanzten die Bilder von Machos in Anzügen und Models, die ihr Haus nur in High Heels verließen.

Mit zitternden Fingern drückte ich Larry den Kugelschreiber in die Hand, und er nahm ihn zusammen mit der Urkunde dankend entgegen.

„Lassen wir Abby eine Kopie für dich machen. Du wirst es sicher rahmen wollen, oder?", fragte er freundlich und ich nickte.

Wohl eher den Kamin damit anfeuern, dachte ich grimmig, ließ mir meinen Groll aber nicht anmerken, während mich mein Chef aus dem Raum und an Abbys Schreibtisch schob.

Diese erhob sich mit einem herzlichen Grinsen. „Hätte nicht gedacht, dass du annimmst", piepste sie und kopierte die Urkunde für mich.

„Tessie ist eben immer für eine Überraschung gut", kommentierte Larry. „Das schreit nach einem Drink nach Feierabend, was?"

Abby nickte erfreut. „Wir wollten sowieso auf Achse gehen, nicht wahr, Tessie?"

Ihr bedeutungsvoller Blick streifte mich. Was blieb mir anderes übrig, als brav zu nicken?

Larry registrierte das mit Vorfreude und überreichte mir die Kopie der amtlichen Urkunde.

„Hervorragend. Heute Abend um acht? Im Finnigan's? Die ganze Belegschaft soll kommen, das muss gefeiert werden." Damit ging er zurück in sein Büro und Abby schenkte mir ein zufriedenes Grinsen.

„Du hast ihn sehr glücklich gemacht."

Ich schnaubte und warf ihr das Dokument auf den Schreibtisch. „Na prima."

Sie kicherte angesichts meiner miesen Laune. „Lass mich raten, du hast weder den Aushang gelesen, noch die kleinste Ahnung davon gehabt, dass wir die große Chance haben, den Private Post Officer zu stellen?"

Ertappt schluckte ich und nickte.

Abbys blaue Augen musterten mich mitleidig. „Das dachte ich mir schon."

Sie öffnete ihre Schublade und zog eine Schachtel Schnapspralinen hervor. Hastig hob sie den Deckel und bot mir eine an. Dankbar griff ich nach der Schokolade und schob mir die Praline in den Mund.

Mmmh, der Geschmack von schottischem Whisky brannte mir auf der Zunge. Ein Gebräu, das ich heute Abend auf jeden Fall literweise konsumieren würde.

Schnell griff ich nach einer weiteren Praline, um meine Gedanken an die Party zu verdrängen. Abby verstaute kauend die Schachtel.

„Verrats nicht dem Chef", flüsterte sie und schloss die Schublade.

„Meine Lippen sind versiegelt", witzelte ich.

Das Mitleid kehrte wieder in Abbys Blick zurück. „Das wird schon. Die City of Westminster ist voller heißer Typen. Außerdem ist das ein klasse Aushängeschild für unseren Royal-Mail-Posten hier. Larry hat sich total ins Zeug gelegt, dass unser Office den Briefträger für die Reichen und Schönen auswählen darf."

Na prima. Unsere Sekretärin stand also auch hinter der ganzen Schicki-Micki-Sache.

„Deine neue Uniform hab ich dir schon in den Spind hängen lassen."

„Aha. Vermutlich golden und mit Diamanten übersät?"

„Nein." Sie lachte auf. „Tatsächlich besteht sie aus einer weißen Bluse, einem marineblauen Blazer und einem gleichfarbigen Rock."

„Rock?", entfuhr es mir entsetzt. Ich vermisste schon jetzt meinen roten Anzug.

Abby nickte. „Rock!"

Ich trug nie Röcke oder Kleider. Blue Jeans und ein bequemes Shirt waren mir die liebsten Freizeitbegleiter. Röcke vermasselten jegliches spontane Abenteuer, das man mit einer Blue Jeans erleben könnte. Eislaufen zum Beispiel oder eine Fahrradtour, nicht dass ich in meiner Freizeit sonderlich aktiv gewesen wäre oder auf Eislaufen stand.

Trotzdem machte es mir der Rock unmöglich, weiterhin die Post mit dem Fahrrad auszuteilen. Es sei denn, ich wollte der Welt beherzt mein Höschen vorführen.

Ich schnaubte. „Okay, ein Rock. Das heißt, ich trage zu Fuß aus?", hakte ich bei Abby nach, die sich wieder ihrem Desktop gewidmet hatte.

Überrascht blickte sie auf.

„Ach nein, du bekommst ein kleines Auto im Golfcar-Style. Ist das nicht klasse?"

„Wunderbar", presste ich mühselig hervor und griff nach der blöden Urkunde. Ein Golfauto, mit dem ich prestigeträchtig auf Londons teuerstem Asphalt herumcruisen sollte. Jepp, das klang doch nach einem Lebenstraum. Allerdings war es nicht meiner.

„Okay, dann sehen wir uns um acht im Finnigan's?" Ich registrierte Abbys Nicken, bevor ich aus ihrem Vorzimmer verschwand.

Draußen auf dem Flur holte ich tief Luft und trat zum Spind. Eigentlich wollte ich ihn nicht öffnen, aber die Neugier trieb mich dazu, es doch zu tun. Ich musste wissen, mit welchem modischen Ungeheuer ich es zu tun hatte.

Zu meiner Überraschung sah die Uniform verhältnismäßig schlicht aus. Zum marineblauen Rock waren ein weißes Top, blauer Blazer und eine Strumpfhose vorgesehen. Abby hatte die Sachen faltenfrei dort verstauen lassen und ich wagte es nicht, sie herauszunehmen.

Lieber fuhr ich morgen früher ins Office, um die Kluft frisch gebügelt anzuziehen, als dass ich sie auf dem Heimweg zerknitterte.

Somit schloss ich den Spind wieder, verließ das Office und nahm mir ein Black Cab in die Bishops Road im Stadtteil Fulham. Ich fuhr am liebsten mit dem Taxi, denn die Tube war meistens stickig und überfüllt mit Menschen. Die Fahrt mit dem Taxi dauerte nur achtzehn Minuten und gewährte mir einen hübschen Ausblick auf die Themse. Wir fuhren die Wadsworth Bridge Road entlang, die direkt über den großen Strom nach Fulham führte. Dieser Anblick war es mir jedes Mal wert, das Taxigeld zu bezahlen.

Vor dem hübschen backsteinfarbenen Häuschen, in dem meine WG untergebracht war, stoppte der Taxifahrer und ich bezahlte ihn angemessen. Ich stieg aus und ging durch den verwahrlosten Vorgarten. Wir waren vier Parteien im Haus und keiner verspürte den Drang, den Vorgarten und den verkümmerten Rasen zu pflegen. Mir war das recht, solang sich dort kein Müll oder eine Sammlung von Gartenzwergen tummelte. Unkraut wucherte in den Beeten, aber hey, auch Unkraut konnte blühen. Grimmig fischte ich den Schlüssel aus meiner Handtasche.

Kapitel 2

Missmutig knallte ich die alte Haustür hinter mir zu und zog scharf die Luft ein. Das war mal wieder ein Tag, der mir nicht in den Kram passte. Genervt hängte ich meine Jacke an die Shabby-Garderobe, die Kelly ausgesucht hatte, und bemerkte Scotts Chucks, die auf dem Fußabtreter neben unseren Schuhen standen. Er war inzwischen wie ein Bruder für mich und nahezu jeden Tag hier.

Seufzend betrat ich die Küche. Ich wollte mir nicht ausmalen, was Kelly und Scott in Kellys Zimmer trieben. Ein Kaffee sollte mich erst mal aufheitern.

Ich startete die Kaffeemaschine, die auf unserem grauen Küchentresen stand. Während ich ihrem Mahlen lauschte, griff ich nach meiner „Der Herr der Ringe"-Kaffeetasse, von der mir Orlando Bloom entgegenlächelte. Ich stellte sie unter die dampfenden Düsen.

„Oh, Tessie, hi."

Ich hörte Scotts schlurfende Schritte und wandte mich dem Sportler zu. „Hey", sagte ich gedämpft und zog Orlando von der Kaffeemaschine.

Scott musterte mich berechnend. „Wenn du zu ‚Herr der Ringe' greifst, dann ist was passiert. Also raus mit der Sprache." Ich grinste. Scott kannte mich einfach schon zu lange und wusste, wie Kelly, wann bei mir Not am Mann war.

Ich nahm einen großen Schluck Kaffee und stellte die Tasse auf unserem hölzernen Küchentisch ab. Er war über und über mit Einkerbungen versehen.

Trotz seines ramponierten Aussehens wollten Kelly und ich nicht auf ihn verzichten. Jede Einkerbung stand für eine legendäre Party, die wir in Jugendzeiten veranstaltet hatten. Unser Küchentisch war dabei ein heiß begehrtes Plätzchen für diverse Trinkspiele gewesen, weshalb Kronkorken und Flaschenöffner darübergeschrappt waren.

Scotts aufforderndes Räuspern riss mich aus meinen bunten Jugenderinnerungen.

„Ach, es gab ein Missverständnis auf der Arbeit. Und hurra, ich darf jetzt die Post für Londons Prominenz im Golfcar austragen." Ich fuhr mit dem Zeigefinger die größte Einkerbung auf der Tischplatte entlang. Sie war enorm tief, denn sie zeigte jenen Abend, an dem Kelly mir beichtete, mit Scott zusammen zu sein. Mein Stolz war immens verletzt gewesen und ich neigte damals zu feurigen Ausbrüchen. Weshalb ich kurzerhand nach dem Korkenzieher gegriffen und ihn quer über die Tischplatte gezogen hatte. Kelly nannte die Einkerbung liebevoll Meilenstein, während ich ihr mit gemischten Gefühlen gegenüberstand.

Sicher, es war mitunter der Alkohol gewesen, der mich dazu verleitet hatte, und ich hatte massig davon an jenem Abend getrunken. Allerdings war er auch keine Entschuldigung für meinen Ausraster. Deshalb war mir die Kerbe noch immer unangenehm. Meine Rumwüterei hatte ich mittlerweile unter Kontrolle, glaubte ich.

Ich spürte Scotts auffordernden Blick auf mir und wusste, dass ihm meine knappe Schilderung der Tatsachen nicht genügte.

„Tessie", erklang seine sonore Stimme neckend und ich schnaubte.

„Ist ja schon gut", wehrte ich weitere Aufforderungen ab und ergab mich.

„Ich wurde zum Privat Post Officer ernannt. Daran ist mal wieder meine eigene Schusseligkeit schuld, denn ich habe es verpasst, mich von der Liste der Interessenten herunternehmen zu lassen. Tja, der Glücksgott ist gönnerhaft zu mir. Ich sollte heute definitiv Lotto spielen oder ein Kind adoptieren. Ich bin mir sicher, es würde von einem Millionär stammen, der mich nach Haiti entführt und dort kleine Wellensittiche züchten lässt." Ich hörte nicht, dass Kelly den Raum betreten hatte, aber nun stand sie kichernd neben Scott.

„Hi, Kelly", begrüßte ich meine beste Freundin, deren Blick zur „Herr der Ringe"-Tasse wanderte.

„Okay. Legolas-Krise. Was ist los?" Sie zog ihre graue Weste aus und setzte sich. Ihr brauner Bob wiegte dabei sanft hin und her.

Ihre Auffassungsgabe überraschte mich nicht, denn wir kannten uns seit dem Sandkastenalter. Sie wusste von meinen Macken, meiner glorreichen Tollpatschigkeit und meiner Abneigung gegenüber all dem, was mit Luxus zu tun hatte.

Über Scotts Gesicht huschte ein Grinsen. „Sie muss zukünftig die Post für die Reichen und Schönen austragen." Seine Augen blitzten frech und ich streckte ihm die Zunge raus. Die Schadenfreude kroch ihm aus jeder Pore.

Kellys Mundwinkel verrieten das kleine Grinsen, das sie zu verbergen versuchte. „Das ist ja eine Katastrophe."

Ich funkelte Scott triumphal an. Endlich jemand, der mich verstand!

Scott lachte auf und fuhr sich durch die braune Haarpracht. „Ich werde das Tessie-Kelly-Ding nie verstehen." Damit entfernte er sich mit meiner Legolas-Tasse aus der Küche. Ich widerstand dem Drang ihm hinterherzurufen, dass es meine war, denn Scott gehörte mehr oder weniger zur Familie. Freiwillig hätte ich ihm die Tasse aber nicht angeboten.

Kellys mitfühlender Blick streifte mich und ich erzählte ihr vom beruflichen Desaster. Sie hörte geduldig den Schimpftiraden zu und lehnte sich an die morsche Holzlehne des Stuhls.

„Oh, Tessie. Da hast du wieder direkt in die Vollen gegriffen!" Sie seufzte. „Aus der Nummer wirst du nicht mehr herauskommen."

Ich schnaubte und verdrehte die Augen. „Ich weiß. Das Schlimmste ist, dass der Höllenpakt heute Abend im Finni gefeiert wird."

Kellys Blick schwebte teilnahmsvoll zu mir und ich versuchte zu lächeln. „Yay, das wird ein Spaß."

„Puh, wenn du so drauf bist wie jetzt, dann ganz sicher."

„Blöde Kuh", schimpfte ich und ihre weinrot geschminkten Lippen verzogen sich zu einem Lächeln.

„Sieh es positiv. Dein Chef schmeißt dir zu Ehren eine Party. Das solltest du nutzen, um deine Kollegen besser kennenzulernen", riet sie mir.

Ein typischer Kelly-Rat, denn sie war immer offen für neue Kontakte und pflegte ein gutes Verhältnis zu ihren Kollegen. Ich war eher der Typ Einzelgänger, der ein paar wenige Freunde um sich scharte. Mit Abby und Kieran hatte ich meine beiden Kontaktpole im Office, mit denen ich rundum zufrieden war.

„Du wirst deine Klienten vermissen, stimmt's?" Ihre haselnussbraunen Augen musterten mich, während sie meine Gedanken unterbrach.

Daran hatte ich noch gar nicht gedacht. Aber meine beste Freundin hatte recht. Ich würde einige von den Klienten vermissen. Sogar Mrs Macintoshs perfektes Haarkränzchen.

Das Ehepaar Samson, das mir jeden Morgen frisch gebrühten Kaffee mit auf den Weg gab und das Gebäck von Elly, die sich als Bäckerin versuchte und dabei königlich scheiterte. Sie würden mir allesamt fehlen. Auch Ellys steinharte Rührkuchen.

„Nimm es nicht so schwer", holte mich Kelly aus meinen Gedanken. „Ich wette, in der City of Westminster gibt es auch liebenswerte Prominenz."

Ja, das sah Kelly ähnlich, in allem das Gute zu sehen. Ich war da eher pessimistisch veranlagt und froh, wenn so wenig Veränderungen wie möglich meinen Alltag aufwirbelten.

„Liebenswerte Prominenz", zischte ich verächtlich und starrte auf die große Kerbe. „Ich denke, das wird der unpersönlichste Job aller Zeiten."

Kelly stand fix auf, kramte im obersten Schrankfach und zog eine Flasche klaren Schnapsbrand hervor. „Hier."

Sie gab mir die Pulle und holte zwei Schnapsgläser aus dem Geschirrschrank im Wohnzimmer. „Der wird deine trübseligen Gedanken schon vertreiben."

Beherzt öffnete sie den Verschluss der Flasche und goss mir ein.

„Ich kann doch jetzt nicht vorglühen", gab ich empört zurück. „Was denkt mein Chef, wenn ich schon blau im Finni aufkreuze?"

Kelly, die sich nicht beirren ließ, prostete mir zu. „Von ein bisschen Birne ist noch niemand blau geworden. Außerdem könntest du echt lockerer werden." Entschieden exte sie ihren Schnaps und schaute mich herausfordernd an.

Da ließ ich mich nicht zweimal bitten und trank den Schnapsbrand in einem Zug leer. Eine wohlige Hitze breitete sich in meinem Bauch aus und ich stellte das Schnapsglas in die Spüle. Kelly sollte nicht auf die Idee kommen, mir nachzugießen.

„So, und jetzt suchen wir dir ein hammermäßiges Outfit, damit du deinen neuen Job wenigstens für heute Abend kurzzeitig vergisst, okay?"

Sie hakte sich bei mir unter und zog mich in mein Zimmer.

Darin angekommen öffnete sie den Kleiderschrank und warf einen schwarzen Minirock und ein weißes Seidentop auf mein nicht gemachtes Bett. Die Lichtgeschwindigkeit, mit der Kelly das Outfit auswählte, beeindruckte mich.

„Das ist zu aufdringlich", kommentierte ich die Auswahl und dachte an Larry, der mir damit sicher am Rockzipfel hängen würde.

Entschlossen trat ich zum Kleiderschrank und zog eine Jeans heraus. Den Minirock wischte ich beiseite.

„Wenn du könntest, würdest du in Jeans wohnen, hab ich recht?" Kelly griff beherzt nach der Hose. „Such dir was anderes aus!"

„Das Top passt doch auch zu der Jeans." Ich versuchte, ihr die Hose aus der Hand zu reißen, aber Kelly war schneller und warf sie vor meine Zimmertür, die sie lautstark zuknallte. Angriffslustig positionierte sie sich davor. „Wage es nicht."

„Ich komme mir echt vor wie im Kindergarten", schnaubte ich und wandte mich dem Schrank zu. Dabei stellte ich fest, dass ich tatsächlich mehr Jeans besaß, als ich vermutete, und entschied mich für eine schwarze, die Kelly wohlwollend absegnete. Zum weißen Seidentop kombinierte ich einen karamellbraunen Cardigan und ließ mir von Kelly eine lange Goldkette um den Hals legen.

„Perfekt", kommentierte sie mein Outfit.

Ich drehte mich vor dem Spiegel und musste ihr recht geben. Damit fühlte ich mich schick, aber nicht overdressed. „Okay, den Rest kann ich selbst", versuchte ich, Kelly aus meinem Zimmer zu locken, um ein wenig Ruhe zu haben, bevor ich mich auf den Weg ins Finni machen musste.

Kelly legte die Hand auf die Türklinke. „Alles klar. Aber bevor du gehst, will ich dich noch mal abchecken." Ich nickte und Kelly verließ mein Zimmer.

Während ihr modisches Selbstbewusstsein unter Scott zugenommen hatte, schrumpfte meins zu einer vergammelten Zwiebel.

Ich hasste es, zu shoppen und wenn, dann suchte ich nur bequeme Sachen aus. Das Seidentop, das ich trug, hatte ich nur auf Kellys Anraten gekauft. Allein wäre ich niemals auf die Idee gekommen, mir so einen Hauch von Nichts anzuziehen.

Manchmal, wenn Kelly einen speziell großen Hass auf meine Klamotten entwickelte, bestellte sie mir was von ihrem Lieblingsonlineshop mit. Das schmuggelte sie dann heimlich in meinen Kleiderschrank. In die Kellyabteilung, wie ich das Fach liebevoll nannte. Dort lagen unberührte Schönheiten, die ich mir nicht antun wollte.

Doch Kelly gab nie auf, mich von der Modewelt zu überzeugen. Als Bankangestellte achtete sie stets auf ihr Äußeres und ihr Kleiderschrank war so groß wie mein gesamtes Zimmer. Von ihrem Schminktisch ganz zu schweigen.

Seufzend setzte ich mich an meine altmodische Frisierkommode, die ich von Großmutter geerbt hatte. Ich liebte das antike Mahagoni, aus dem sie geschaffen war.

Schon als kleines Mädchen hatte ich Omas Parfumflaschen darauf bewundert. Heute stapelten sich dort Socken, Unterwäsche und das bisschen Make-up, das ich besaß. Zweckentfremdet gefiel mir die Kommode trotzdem.

Mürrisch klatschte ich mir das Make-up ins Gesicht und trug Rouge auf. Danach tuschte ich meine Wimpern und zog einen Lidstrich. Das musste genügen, ganz nach dem Motto „weniger ist mehr".

Ich konnte nur hoffen, dass Abby allen optisch die Show stahl und ich nicht in den Fokus der Party rückte.

Grimmig griff ich nach meiner Bürste und bearbeitete mein Haar. Der Friseur war längst überfällig, also fasste ich mein schulterlanges braunes Haar zu einem Pferdeschwanz zusammen. Die vorderen Strähnen ließ ich mir locker in die Stirn fallen und steckte mir goldene Kreolen ins Ohr. Zufrieden betrachtete ich mein Äußeres und bestäubte mich mit Parfum.

Ein Blick auf die Uhr verriet mir, dass es schon nach sieben war und ich schleunigst aufbrechen sollte.

Leise öffnete ich die Zimmertür und hob meine Lieblingsjeans vom Boden auf. Kurz überlegte ich, ob ich die Hosen nicht lieber austauschen sollte, als ich die Türklinke von Kellys Zimmer hörte.

Rasch warf ich die Jeans auf mein Bett und schloss die Tür.

„Schick bist du." Scott ließ anerkennend seinen Blick über mein Outfit wandern und ich zog eine Grimasse.

„Geht sie?", erklang es vom Inneren des Zimmers und Kelly kam zum Vorschein. Sie nickte zufrieden, während sie mich musterte. „Dazu die schwarzen Pumps, ja?"

Ich schüttelte brüsk den Kopf. „Nur über meine Leiche."

Mit den Dingern würde ich mehr fallen als laufen. Die Begabung, mit hochhackigen Schuhen anmutig zu stolzieren, hatte mich bei meiner Geburt ausgelassen. Zumal ich überhaupt keine Ambitionen hatte, diese Model-Gangart jemals zu beherrschen.

„Die passen aber besser zum Outfit", beharrte Kelly und lehnte sich an den Türrahmen.

„Okay", flötete ich und huschte in den Hausgang. Die Pumps ignorierte ich und schlüpfte in das schwarze Paar ausrangierter Ballerinas, das mir seit Jahren treue Dienste leistete. Dann huschte ich schnell durch die Haustür, um Kelly die Schimpftirade zu meinen Lieblingsschuhen zu verweigern.

Zwanzig Minuten später war ich vor der grün gestrichenen Holztür meines liebsten Pubs angekommen.

Davor tummelten sich Grüppchen auf dem Gehsteig, der durch die schwarzen Straßenlampen milde beleuchtet wurde. Rauch hing über den Leuten und ich ließ den Blick über die Grüppchen wandern. Von meinen Kollegen erkannte ich niemanden darunter. Allerdings musste ich zu meiner Schande gestehen, dass ich nicht mal die Hälfte der Belegschaft kannte.

„Da ist ja mein Goldtäubchen", tönte Larrys Stimme über die Straße und meine Hände verkrampften sich. Ich zwang mich zu einem Lächeln und drehte mich um die eigene Achse, um zu sehen, woher er kam.

Larry empfing mich mit offenen Armen und zog mich an sein weinrotes Shirt. Sein herbes Aftershave hüllte mich ein und ich spürte sein Herz wild pochen. Seinen Atem fühlte ich im Haar. Das war eindeutig zu viel Nähe. Abrupt löste ich mich von ihm.

„Äh ja, hier bin ich", erklärte ich, trat zur Tür und fasste die Goldklinke. „Wollen wir?" Ich stand mit einem Bein schon in der Kneipe.

Dabei bereute ich es, keinen Kurzen mehr mit Kelly in der Küche getrunken zu haben. Ein nervöses Kribbeln breitete sich in meiner Magengegend aus.

Der Pub war hauptsächlich mit jungen Leuten zwischen zwanzig und dreißig gefüllt. Nur unter der Woche gesellten sich auch die älteren Semester an die hölzernen Stehtische. An der holzvertäfelten Wand hingen Bierdeckel aus aller Welt und Poster diverser englischer Rockbands, deren Musik durch Lautsprecher an der Decke dröhnte. Ein uriges Flair, das wir Engländer schätzten. Ich fühlte mich seit meinem ersten Besuch im Finni wohl, denn urig und eigen passte zu mir. Ich ließ den Blick durch den Raum schweifen und entdeckte Abbys blonden Haarschopf. Direkt an der Bar, die aus dunklem Holz bestand, schien sie zwei Herren zu bezirzen.

„Da vorne ist Abby", informierte ich Larry, der dicht hinter mir war. Der Kerl nutzte den Vorteil der üppig bestückten Kneipe für beiläufigen Körperkontakt voll aus.

Über Larrys Gesicht glitt ein wachsamer Ausdruck und er folgte mir zu Abby, deren Schulter ich beherzt antippte. Der Herr neben ihr trat überrascht beiseite.

„Schätzchen, endlich bist du da." Sie umarmte mich, dann griff sie galant nach ihrem Guinness und rang Larry damit einen ungläubigen Gesichtsausdruck ab.

„Du trinkst Guinness?", fragte er angetan und manövrierte sich sofort zwischen Abby und mich. Darüber konnte ich nur lächeln, denn offenbar war sein

Flirtmodus sofort angesprungen und sein Radar auf Abby gepolt. Die beiden Herren neben ihr nahmen das missmutig zur Kenntnis.

Abby nickte eifrig. „Ja, ich gönne mir ab und zu ein Guinness. Ein tolles Getränk." Sie suchte meinen Blick. Ich konnte mir ein schadenfrohes Grinsen nicht verkneifen und las den Vorwurf in ihren blauen Augen.

„Sollte die Belegschaft nicht ein paar Flaschen Sekt bekommen?", erkundigte sich Abby engelsgleich bei Larry, der vor lauter Staunen beinah sein Amt als Chef vergessen hatte.

Ich wollte nicht darüber nachdenken, wann er sein letztes Date gehabt hatte oder ob er überhaupt zu daten pflegte. Diese kleine Vorstellung hier ließ genügend Spielraum für Interpretationen wildester Art. Seien wir mal ehrlich, es gibt Dinge, die wollte man einfach nicht über seinen Chef wissen.

„Eine treffende Idee, erst mal Sekt auszugeben", pflichtete ich Abby bei und Larry bat einen der Barkeeper mit einer Handbewegung zu sich. Er bestellte den halben Sektvorrat des Pubs, was dem Barkeeper ein unverschämt strahlendes Lächeln abrang.

Abby kicherte und ich schob mich von Larry weg, um mehr Beinfreiheit zu haben.

„In Zukunft wirst du wohl in nobleren Pubs verkehren, was?" Kieran trat grinsend zu mir. Er arbeitete wie ich als Briefträger und war mein bester Freund aus dem Office. Ich war froh, dass er zu der kleinen Feier gekommen war. Seine blauen Augen strahlten mich an und die blonden Haare hatte er, passend zu seinem blumigen Hawaiihemd, schick nach oben frisiert. Kieran nutzte seine Surferboy-Optik voll aus.

„Hey", begrüßte ich ihn und nahm Larry das Glas Sekt ab, das er mir auffordernd entgegenstreckte.

„Unser kleiner Geldschatz hier wird uns würdig in der City of Westminster vertreten." Mein Chef legte mir den Arm um die Schultern.

Ich bemerkte Kierans skeptischen Blick und führte das Sektglas an meine Lippen. Den würde ich brauchen, um den Abend unbeschadet zu überstehen. Insgeheim hatte ich die These entwickelt, dass Larry eifersüchtig auf meine Freundschaft mit Kieran war, was den Chefarm auf der Schulter erklären würde.

Nichtsdestotrotz wollte ich Larry, der um die Aufmerksamkeit der Belegschaft buhlte, nicht vor allen bloßstellen und lies den Arm an Ort und Stelle. Ich konnte nur hoffen, dass er nicht wieder eine seiner ellenlangen Reden schwingen würde.

Kieran kniff die Lippen zusammen, während er zum Sektglas griff.

„Heute stoßen wir an, hochverehrte Kolleginnen und Kollegen." Larry reckte sein Glas in die Höhe, als wäre es der Champions-League-Pokal.

„Wir haben Grund zu feiern und ich freue mich, dass ich endlich offiziell verkünden darf, dass unsere liebe Tessie ab morgen das Amt des Privat Post Officer bekleiden darf."

Schaulustige Gesichter scharten sich um uns. Ich war mir sicher, dass jeder im Pub daran interessiert war, was Larry zu sagen hatte.

Wie ich es hasste, im Mittelpunkt zu stehen. Meine Zehen krallten sich nervös in die Sohlen der Ballerinas. Larrys Aftershave kroch mir in die Nase und bescherte mir langsam aber sicher Kopfschmerzen.

„Ab Morgen ist sie unser Aushängeschild unserer Dienste für die Reichen und Schönen. Die ganze City of Westminster wird ihr Augenmerk auf uns richten. Ich hoffe, dass wir dabei in den Fokus der Postzustellungen privater Angelegenheiten der High Society geraten werden."

Bla, bla, bla ... das Gerede über die Schnösel-Gesellschaft war mir jetzt schon zu viel. Ich wollte mir nicht ausmalen, wie das die nächsten Tage ablaufen würde, wenn ich von meiner Route in der City of Westminster ins Office zurückkehrte. Vermutlich sollte ich einen Bodyguard engagieren, der mich von den wissbegierigen Kollegen abschirmte.

„Für all diejenigen, die sich diesen Job erhofft hatten, tut es mir aufrichtig leid", entschuldigte sich Larry mit charmantem Grinsen. „Meine Wahl lässt keine Zweifel zu. Ich hoffe, dass Tessie", er wandte sich mir zu und seine Augen glommen vor Stolz, „die Nachfrage nach einem zweiten Private Officer pushen wird. Denn wir wissen alle wie charmant, verlockend und großartig sie ist."

HALLELUJA! Rasch leerte ich mein Sektglas, denn ich konnte es nicht glauben, dass er mich öffentlich dermaßen anflirtete.

Sein Arm lag schwer auf meiner Schulter und ich hätte ihn am liebsten abgeschüttelt.

Den Applaus der zwanzig Post-Office-Angestellten nahm ich nur gedämpft wahr, denn Larry zog mich an seine Bartstoppelwange.

„Ich glaube, ich sollte Tessie auch gratulieren", hörte ich Kierans Aufforderung, mich loszulassen. Ich war ihm unendlich dankbar. Larry gab mich frei und ich

40

flüchtete mich in Kierans trainierte Arme. Er schloss sie fest um mich.

„Alter, was war das denn?", flüsterte er. „Es wundert mich, dass er dir nicht vor versammelter Mannschaft an den Hintern gefasst hat."

Ich stieß meinen besten Freund sanft weg und zog eine Grimasse. „Ich brauch was Stärkeres", jammerte ich und stellte das Sektglas auf den Tresen.

„Whisky?", fragte Kieran und winkte den Barkeeper zu sich, der seine Bestellung aufnahm.

Ich drückte Kieran dankbar einen Kuss auf die Wange. „Peinlicher geht es kaum noch."

Er nickte. „Wir wissen beide, dass Larry einen Narren an dir gefressen hat." Prompt servierte uns der Kellner den Whisky.

„Leider hat er das", pflichtete ich ihm bei und nippte an dem Getränk. Der hölzerne Geschmack brannte auf meiner Zunge. Das war genau das, was ich jetzt brauchte.

Der Alkohol rann meine Kehle hinab und hinterließ eine kleine feurige Spur. Unter Larrys skeptischem Blick trank ich gleich noch einen Zug und wiegte das Glas in der Hand, wie es die Whisky-Kenner machten.

„Er beobachtet dich", informierte mich Kieran amüsiert und ich stellte das Glas ab. Nervös zupfte ich einen imaginären Fussel von meinem Cardigan.

„Das macht er viel zu offensichtlich. Was denken denn die Kollegen?", fragte ich genervt. Mein bester Freund grinste nur.

„Die wissen das eh schon."

„Die wissen was?", bohrte ich nach und bemerkte, wie Abby sich in dem Gemenge tummelte, um ihren

Flirt mit einem schwarzhaarigen Kerl zu vertiefen. Dabei glitt mein Blick zu Larry, der das missmutig beobachtete. Der dachte wohl, er könnte alle haben, der kleine Überflieger.

„Die Kollegen wissen, dass Larry auf dich steht." Kieran riss mich aus meinen Gedanken und ich schaute ihn entgeistert an. „Und warum weiß ich davon nichts?"

„Weil du fast nie im Aufenthaltsraum bist?"

Damit hatte Kieran ins Schwarze getroffen. Ich mied den Aufenthaltsraum, weil mir der Tratsch der Kollegen auf die Nerven ging. Meine Klienten, bei denen ich die Post verteilte, informierten mich zur Genüge.

Brummend nahm ich das Whiskyglas in die Hand und stürzte die orangebraune Flüssigkeit runter. Der Feuerball in meinem Bauch tat sein Übriges, damit ich mich beschwingt fühlte.

Kierans blaue Augen musterten mich noch immer amüsiert. „Was?", fauchte ich.

„Nichts. Du bist einfach ... mmmh ... Tessie", sagte er und ein Lächeln umspielte seine Lippen.

„Jepp, Tessie, die ab morgen die Reichen und Schönen bedient. Ich finde, das braucht zwingend nochmal einen Whisky."

Bevor mich Kieran von der Idee abhalten konnte, eilte ich zur Bar, um meinen Whisky on the Rocks bestellen zu können. Ich trank ihn am liebsten auf Eis, auch wenn die echten Whisky-Liebhaber mich dafür hassten.

Nachdem meine Bestellung auf dem Weg war, drehte ich mich zu Abby, die noch immer mit dem schwarzhaarigen Mann flirtete. Ich schätzte ihn auf

Anfang dreißig und musterte seine harten Gesichtszüge. Seinen kantigen Kiefer, der in einem spitzen Kinn endete und seine Wangenpartie, die ein gepflegter Drei-Tage-Bart bedeckte. Er trug ein schwarzes Jackett, das die breiten Schultern des Kerls nicht kaschieren konnte. Mein Blick glitt weiter an seiner großgewachsenen Statur hinab. Jepp, er hatte passend zu Jackett und weißem Shirt eine schwarze Anzughose gewählt. Wer bitte trug in einer Kneipe einen Anzug?

Er wirkte wie ein Jäger auf der Lauer und das Grün seiner Augen hielt mich in seinem Bann. Amüsement und Erstaunen gleichermaßen lagen darin.

Ob er wohl frisch beim Friseur war? Das vordere Haar hatte er nach hinten gegelt und die Seiten kurz gehalten. Die Frisur ließ ihn noch autoritärer wirken.

Interessiert spähte er über Abbys Schulter zu mir. Rasch wandte ich den Blick ab und überprüfte, ob er zur teuren Anzughose auch piekfeine Lederschuhe trug.

Bingo! Wenn das mal keine Fünfhundert-Euro-Treter waren. Ich war mir ziemlich sicher, dass sie auf Hochglanz poliert worden waren, denn seine Schuhspitzen glänzten genau so wie Abbys Lackpumps.

Diese drehte sich irritiert um, weil sie offenbar bemerkte, dass ich das Interesse des Kerls geweckt hatte.

„Tessie." Abbys rot geschminkte Lippen verzogen sich zu einem Lächeln. Ich nickte kurz, um dann wieder zur Bar zu gehen. Ich wollte ihr nicht die Tour vermasseln.

Die grünen Augen des Kerls blendete ich aus, und ich drehte ihm den Rücken zu. Er sollte nicht auf die Idee kommen, ich hätte Interesse.

Sicher, optisch war er eine Wucht, aber allein die Tatsache, dass er mit einem Anzug im Pub stand, verriet mir schon mehr, als ich über ihn wissen wollte. Er stammte nicht aus meiner bescheidenen Welt.

Die Feierstimmung nahm rapide zu und ich verlor irgendwie den Anschluss. Neben mir grölten die Kollegen Trinklieder und vereinzelt sah ich knutschende Paare in den Ecken. Das erinnerte mich an die Partys, die ich als Teenager besucht hatte. Ätzend! Ich verlor die Lust, auch nur eine Sekunde länger im Pub zu bleiben.

Kieran hatte sich wieder unters Volk gemischt und ich stand allein an der Bar. Meinen zweiten Whisky ließ ich deswegen unberührt auf dem Tresen stehen, und ich stahl mich nach draußen. Mit zwei, drei Blicken versicherte ich mich, dass mir niemand folgte. Keiner schien meinen Abgang zu bemerken. Ich wertete das als gutes Zeichen und winkte rasch ein Black Cab an den Straßenrand.

Dem Taxifahrer nannte ich meine Adresse und er nickte mir zu. Müde setzte ich mich auf die braune Rückbank und ließ mich zur WG chauffieren.

Kapitel 3

Am nächsten Morgen stand ich nervös vor dem weißen Gefährt, das mich von heute an begleiten sollte.

Das vor Sportausstattung triefende Golfcar war abfahrbereit für mich geparkt worden. Sicher hatte das Larry angeordnet, um mich milde zu stimmen.

Ich begutachtete das Auto skeptisch. Die Sitze waren alle mit schwarzem Leder bezogen und hatten die typischen Lehnen der Sportsitze. Neugierig umrundete ich es und stellte fest, dass es einen großen Kofferraum besaß. Dort war die heutige Post schon einsortiert. Zum Glück hatte man auf den Heckspoiler verzichtet, was die sportliche Ausstattung noch gekrönt hätte.

Ich hasste es, meine Post nicht selbst sortieren zu können. Leider musste ich mir jetzt ein komplett neues System überlegen, um wieder effizient austragen zu können. Ich ging jede Wette ein, dass es mehr als umständlich war, mit dem Ding zustellen zu müssen.

Auf der kleinen Motorhaube prangte ein goldener Briefumschlag und die Royal-Mail-Krone, unser Logo. Damit zogen also Gold und Glitzer in mein bisher luxusverschontes Leben ein. Die drei abgerundeten Zacken der Krone waren tatsächlich mit goldenem Flitter bestückt.

Furchtbar! Rasch riss ich meinen Blick von dem überkandidelten Print auf der Motorhaube weg. Das Ding sah insgesamt aus wie die Golfcars auf den Golfplätzen. Die Notwendigkeit einer Seitenverkleidung oder einer Autotür bestand wohl nicht. Ich war froh, dass es immerhin ein Dach aufwies, so konnte es wenigstens nicht hineinregnen.

Seufzend ging ich ins Office, um mir die neue Austragekluft anzuziehen. In den eigens für Postboten gedachten Umkleidekabinen entledigte ich mich meiner Jeans und dem bequemen Shirt und schlüpfte in das neue Zustelleroutift. Ein seltsames Gefühl, in einem Bleistiftrock laufen zu müssen, der die Schrittgröße erheblich einschränkte. Na, das konnte ein Spaß werden. Ich blies mir frustriert eine freche Haarsträhne aus der Stirn. Dann verließ ich die Umkleide, um von Abby den heißesten Klatsch der gestrigen Feier zu hören.

Ihre Tür war wie immer offen und ich hörte ihr Tippen auf der Tastatur. Grinsend ging ich hinein.

„Guten Morgen, Schätzchen", sagte sie und stoppte ihr Tippen.

„Hi, Abby", erwiderte ich und begegnete ihrem wohlwollenden Blick.

„Steht dir ausgezeichnet", lobte sie meinen Aufzug. „Wohin bist du denn gestern plötzlich verschwunden?" Sie lächelte süffisant. „War da ein Kerl im Spiel?"

Ich schnaubte. „Hättest du wohl gerne. Nein, tatsächlich habe ich mich gelangweilt und bin abgezogen."

Abby legte den Kopf schief. „Kein Larry, der dich unterhalten hat?", flüsterte sie mit einem verschmitzten Grinsen und ich verdrehte die Augen.

„Nein. Auch kein grünäugiges Boxershorts-Model, das mich aufgehalten hätte."

Abby strich sich eine blonde Locke aus dem Gesicht. „Der war süß, oder? Leider hat er mich nur nach meinem Handy gefragt, weil bei seinem iPhone der Akku leer war."

Ich sah Enttäuschung über ihre Miene huschen, bevor sie wieder lächelte.

„Ach, schade. Euer Gespräch sah irgendwie so vertraut aus." War ja klar, dass der Anzugfutzi ein iPhone hatte.

„Na ja, er wollte mir seine Nummer nicht geben. Zu schade. Er sah wirklich gut aus und war ein namhafter Promi."

Ich horchte auf. „Du hast ihn nach seiner Nummer gefragt?" Die Tatsache, dass er ein Promi war, ignorierte ich.

Abby grinste schelmisch. „Ja klar. Hallo?! So eine Gelegenheit darf man sich nicht entgehen lassen."

Ich lachte auf. „Du bist verrückt. Eindeutig!" Abby hatte es wirklich nicht nötig, sich anzupreisen. Sie hatte eine schlanke Figur, üppige Rundungen und ein hübsches Gesicht. Ihre offene Art und ihr strahlendes Lächeln erschlossen ihr tausend Männerherzen. Aber Abby war wählerisch, weshalb sie regelmäßig Abfuhren verteilte, wenn der Kontostand der Verehrer nicht passte. Das war zwar oberflächlich, aber Abby zog diese Schiene zumindest konsequent durch.

„Warum hast du dich von der Private-Post-Officer-Liste streichen lassen, hmm?", fragte ich provokant.

„Weil Larry die beste Vorzimmerdame der Welt nicht so leichtfertig gehen lässt", erkläre sie schnippisch und musterte ihre roten Nägel. „Nebenbei bemerkt, solltest du nicht langsam los?" Ihr Blick glitt zur Uhr und mit einem Handgriff streckte Abby mir die Karte meines Bezirks entgegen.

Ich musterte sie kurz.

„Der rot markierte Weg ist der effizienteste." Sie lächelte selbstsicher, während ich sie ratlos anblickte. „Du könntest getrost mal danke sagen", schimpfte sie und ich faltete die Karte zusammen.

„Danke, Abby. Du weißt, dass du die Beste bist, oder?"

Das Kompliment nahm sie strahlend an. „Jetzt aber los. Larry trottet jeden Moment herein. Meld dich später unbedingt, wie es im Bonzen-Viertel war, ja?"

„Ist das weiße Gefährt überhaupt zulässig im Straßenverkehr?"

Abby nickte vehement. „Natürlich. Ich habe eine Ausnahmegenehmigung für das Ding eingeholt. Du kannst also ohne Bedenken loscruisen."

Im Hinauslaufen warf ich ihr eine Kusshand zu und bog hastig um die Ecke. Ich wollte Larry nicht unbedingt begegnen.

Draußen angekommen setzte ich mich in mein Golfcar und stellte fest, dass ich keine Einweisung bekommen hatte, wie man das Ding in Gang setzte. Es besaß drei Pedale, vermutlich Gas, Kupplung und Bremse.

Den silbernen Schlüssel, der im Lenkradschloss steckte, drehte ich einmal und der Motor sprang leise röhrend an. Ich trat beherzt auf das Gaspedal, um zu sehen, wieviel PS das Car zu bieten hatte.

Mit beständigem Surren fuhr es, meiner Einschätzung nach mit nicht mehr als dreißig Kilometer pro Stunde, aus der Einfahrt zum Office. Ich drückte noch fester auf das Gaspedal, doch an der lähmenden Geschwindigkeit änderte sich nichts.

Wie bitte war Abby damit an eine Sondergenehmigung gekommen? Mir graute vor dem Londoner Stadtverkehr, in den ich mich als Verkehrshindernis einreihte. Das Hupkonzert der drängelnden Autos ließ nicht lange auf sich warten. Auf dem Weg zur City of Westminster musste ich den Buckingham Palace passieren. Schon einige Meter vor der beliebten Sehenswürdigkeit sah ich die roten Busse, die die Touristen durch die Stadt bugsierten.

Halleluja! Ich versuchte, das ständige Gehupe auszublenden, doch mein Puls schnellte in die Höhe. Die röhrende Ansage des Touristenführers auf dem offenen Busverdeck dröhnte bis zu mir. Mit diesem Gurkentempo würde ich eine halbe Ewigkeit bis zu meinem Bezirk brauchen.

Genau zwanzig Minuten später hatte ich es geschafft und trudelte in der Park Road ein, die am idyllischen Regent's Park entlang verlief.

Unschlüssig trat ich auf die Bremse und das Auto stoppte.

Ein Grinsen schlich sich auf meine Lippen, irgendwie hatte Ferb, wie ich das Golfcar liebevoll getauft hatte, doch Charme.

Ich zog Abbys Karte hervor und checkte die ersten Straßen, die von der Park Road abgingen. Dann stieg ich von dem bequemen Ledersitz ab und griff nach der weißen Umhängetasche, die im Kofferraum für mich bereitlag. Rasch sortierte ich die Briefe für die ersten Häuser ein und machte mich auf den Weg.

Auf den ersten Blick präsentierten sich gepflegte Backsteinhäuser. Vereinzelt waren im untersten Stockwerk Shops eingelassen. Ein Barbier preiste sich mit großen schwarzen Lettern an, daneben befand sich ein Laden mit Souvenirs für Touristen, die durch den Park flanierten. Je weiter ich nach hinten in die Straße vordrang, desto weniger Shops gab es. Weiße Zäune umgaben die grünen Vorgärten der Reihenhäuschen, die mit liebevollen Blumenbeeten ausgestattet waren. Ein schicker Anblick, wenn ich an unseren verkommenen Rasen dachte.

Nachdem ich die anfängliche Post ausgetragen hatte, fuhr ich mit Ferb die halbe Straße entlang, um dasselbe Procedere zu wiederholen. Je weiter ich Richtung Cricket Platz und dem privaten Krankenhaus kam, desto eher fand ich freistehende Stadthäuschen zwischen den Reihenhäusern vor. In London war es wirklich Luxus, sich so ein Häuschen kaufen zu können. Ich war beeindruckt davon, wie sauber selbst die Fassaden der Häuser mit den naturbelassenen Backsteinen waren. Auch die Fußabtreter schienen selten eine dreckige Schuhsohle von unten zu sehen. Alles wirkte akkurat und sauber.

Nach zwei Stunden Arbeit sah ich das erste Mal einen Menschen bei einem der Anwesen. Ein alter Mann mit grüner Latzhose. Er schnitt akribisch an einem Buchsbaum herum, der überraschend gut in Form war. Ich grüßte ihn freundlich und wurde als Dank ignoriert.

Ätzend! Das war richtig ätzend.

Normalerweise hätte ich in der Innenstadt nun schon mindestens zehn neue Gerüchte und zwei Pappbecher Kaffee hinter mir gehabt. Hier war alles so unpersönlich und die guten Manieren ließen wirklich zu wünschen übrig. Vermutlich war ich nur die Postbotin, nicht mehr und nicht weniger.

Ich seufzte und stieg in Ferb. Mit ihm cruiste ich zur Primrose Hill Road, die ihr ganz eigenes Flair versprühte. Staunend ließ ich Ferb verstummen und gaffte die weißen Reihenhäuser an. Sie waren, anders als in den Straßen zuvor, mit höheren Zäunen ausgestattet. Was sie wohl verbargen? Ich war neugierig und parkte Ferb auf einer Parkbucht, die zwischen Platanen ausgewiesen war. Auf opulente Vorgärten oder irre Skulpturen dort hatte ich keine Lust. Mir waren die schlichten schicken Stadthäuschen oder die mit Shops vollgestopfte Innenstadt lieber.

Rasch sortierte ich die Post für die Straße in meine Umhängetasche und trat behutsam an das erste Grundstück heran. Ein weißes Haus, das von einem grauen Zaun aus Steinplatten, der mindestens zwei Meter hoch war, verdeckt wurde.

Zu sehen war nur ein Knauf, der wohl die Eingangstür kennzeichnete. *Hier hat definitiv jemand versucht, seinen Reichtum zu verstecken*, dachte ich hämisch und ließ meinen Blick am Zaun entlanggleiten. Ich fand keinen Briefschlitz.

Ob ich die Tür aufdrücken darf?

Rasch prüfte ich, ob die Nachbarn zu sehen waren, aber was dachte ich mir dabei, hier war doch der Hund begraben. Also verbannte ich den Gedanken, jemanden um Rat zu bitten.

Kühn drückte ich den Edelstahlknauf und es passierte ... nichts. Rein gar nichts. Die Tür gab weder nach, noch bewegte sie sich einen Millimeter. Okay, das war bizarr.

Grimmig folgte ich der Einzäunung, des Häuschens am Rande des Primrose Hills, bis sie am Eingang zum Park hin ein Ende fand. Dabei wurde darauf geachtet, dass hinter dem Zaun das Grün so hoch wuchs, dass jeglicher Einblick komplett verdeckt wurde. Verdammt! Irgendwie musste ich mich bemerkbar machen. Ich durfte die Briefe nicht unter dem Zaun hindurchschieben. Schon gar nicht im besten Viertel Londons. Denn wenn der weiße Umschlag verlorenging, dann lag die Schuld vorerst beim Zusteller.

Missmutig stapfte ich zurück zum matten Edelstahlknauf und lief die andere Seite des Zauns ab. Dabei ließ ich keinen Zentimeter des tristen Graus und des grünen Urwalds, der dahinter emporwuchs, aus den Augen.

Am Zaunende angekommen stellte ich fest, dass auch hier nichts preisgegeben wurde.

Das kann jetzt nicht wahr sein!

Ich schnaubte verärgert und stapfte zurück zum Knauf. Entschlossen stieß ich ihn mit voller Wucht und wieder gab es kein Klicken, kein Scheppern und auch sonst keine Bewegung. Bis auf eine kleine Klappe, die aufsprang.

Ich kniff suchend die Augen zusammen. Zum Vorschein kam ein winziger schwarzer Druckknopf. Langsam fühlte ich mich wie ein Geheimagent in einem Action-Film.

Entschlossen drückte ich mit meinem Zeigefinger auf den Knopf und wartete. Ich vernahm weder ein Klingeln noch eine Stimme aus einer versteckten Gegensprechanlage.

Ich hatte keine Ahnung, was der Knopf sollte und stand jetzt sicherlich schon zwei Minuten dümmlich glotzend auf dem Gehsteig.

Vermutlich wirkte ich wie eine dusselige Pute und die Dienstmädchen in den benachbarten Gebäuden würden keinen Hehl daraus machen, wie bescheuert ich hier versuchte, meinen Job zu erledigen.

Kurz bevor ich mich abwenden wollte, hörte ich ein sanftes Klicken und die graue Tür schwang auf. Interessiert linste ich auf das Anwesen und sah einen sonnengelb gepflasterten Weg, der durch einen exotisch angelegten Vorgarten führte. Auf den Blumenbeeten wuchsen Farne, gepaart mit Lilien und eigentümlichen Grüngewächsen, die mich an Palmen erinnerten. Ich fragte mich, wie diese Flora in Londons nasskaltem Klima gedeihen konnte. Aber wer seinen Weg zum Haus sonnengelb pflasterte, engagierte sicherlich auch Pflanzenexperten die Lilien mit UV-Strahlen beglückten.

Ich trat die steinernen Stufen zur grauen Haustür empor, in welcher eine kurvenreiche Frau eingraviert war. Entrüstet warf ich den Brief durch den Briefschlitz am Bauch der Frau. Sowas konnte sich nur ein Mann anschaffen.

Zeitgleich öffnete sich die Haustür und eine junge Frau trat heraus. Sie trug ein schwarzes Kleid und eine weiße Schürze, die mit Rüschen versehen war.

Ich musste mich beherrschen nicht aufzulachen, denn das konnte in der heutigen Zeit wirklich nur ein Witz sein, einem Dienstmädchen solch eine Kluft anzuziehen.

Es räusperte sich und ich lächelte. „Hallo. Ich bin Tessie, die neue Briefträgerin", stellte ich mich höflich vor und erwiderte ihren skeptischen Blick wacker. Sie war nicht viel älter als ich, dem frischen Teint und den wenigen Falten im Gesicht nach zu urteilen.

„Das hat aber lange gedauert", nörgelte sie mit Blick auf den Brief auf dem Parkettboden.

„Äh, ja. Ich wusste nicht, wie ich hineinkommen sollte."

Das Dienstmädchen hob den Brief auf. „Wurdest du nicht eingelernt?", erkundigte sie sich beiläufig.

„Leider nein. Heute ist mein erster Tag und ich kenne die Tricks und Kniffe der Gegend noch nicht." Ich lächelte und sah, wie sich ein amüsiertes Glänzen in ihren braunen Augen einnistete. „So ging es mir damals auch."

„Dann weißt du ja, wie ich mich fühle."

Damit wollte ich mich abwenden und stieg die Stufen hinab.

„Warte", bat sie mich und fummelte in ihrer weißen Schürze herum. Sie zog einen kleinen silbernen Schlüssel hervor. „Nimm ihn. Neben der Klappe für die Klingel findest du eine weitere Klappe. Sie ist wirklich winzig. Wenn du sie öffnest, erscheint das passende Schlüsselloch. So gelangst du hinein und kannst die Post abliefern, ohne zu stören. Klingeln solltest du nur, wenn deine Zustellung eine Unterschrift erfordert. Marquess hasst es, gestört zu werden." Sie trat noch einen Schritt näher. „Keine Sorge", flüsterte sie. „Ich kann ihm dein Malheur erklären, dann musst du keine Konsequenzen fürchten." Ihre braunen Augen schauten mich wissend an und ich schluckte hart.

Was redete sie denn da von Konsequenzen? Wollte sie etwa darauf anspielen, dass es Anlass zu einer Beschwerde im Office geben könnte?

„Öhm." Ich räusperte mich verlegen. „Was für Konsequenzen? Ich meine, welche Regel habe ich denn gebrochen, außer eine Klingel zu benutzen, die dafür da ist, sich bemerkbar zu machen, wenn man irgendwo hineingelangen möchte? Oder hab ich das Prinzip des Klingelns generell nicht verstanden?"

Mein Sarkasmus ließ sie kichern und ertappt schlug sie die Hand auf den Mund.

Mannomann! Die muss ja einen schroffen Hausherrn haben. Absolut strange!

„Thihihi. Ich mag deinen Humor", gab sie zu und strich ihre Schürze straff. Vermutlich, um sich von ihrem Kichertrip zu befreien.

„Marquess möchte eigentlich komplett auf die Klingel verzichten. Er ist ein systematischer Mensch und will alles in seinem Alltag kontrollieren, auch das Klingeln. Er plant und taktet jede Minute gründlich. Für uns würde eine nicht vorhandene Klingel aber den Alltag erschweren. Deshalb fanden wir den Kompromiss, jedes Klingeln zuvor zu besprechen."

„Ein systematischer Mensch?" Ich lachte. „Eher ein Klingel-Fanatiker."

„Scht, nicht so laut. Wenn er das hört, bist du geliefert."

Das musste wirklich ein Freak sein. Wobei ich bezweifelte, dass er mich in diesem monströsen Nobelschuppen jemals hören würde.

„Auf jeden Fall entschuldige ich dein außerplanmäßiges Klingeln, denn für heute wurde keines erwartet", fasste sie zusammen.

Dankbar grinste ich. „Okay. Dann bis bald und vielen Dank."

Sie lächelte und ging ins Haus zurück.

Kopfschüttelnd schloss ich die graue Zauntür und befestigte den Schlüsselring an meiner Umhängetasche.

Ich wollte ihn nicht verlieren, denn dann müsste ich klingeln und wer weiß, was dieser Marquess, wer auch immer er war, Larry dann erzählen würde.

Zum Glück waren die Briefkästen der weiteren Häuser in der Straße leichter zu erreichen und nach einer Weile wollte ich Mittagspause machen.

Ich steuerte Ferb zum Primrose Hill, um mir dort Kaffee und etwas zwischen die Zähne zu gönnen. Heute Mittag würde ich dann in den nobelsten Bereich meiner Route vorstoßen. *Yay!*

Missmutig parkte ich Ferb vor einem einladenden Café, das idyllisch am Parkrand lag. Die raffiniert verschnörkelten Metallstühle und die noble Tischgarnitur luden zum Verweilen ein.

Ich setzte mich unter einen großen Baum und freute mich, dass es nicht regnete. Dem Wetter in London war grundsätzlich nicht zu trauen. Es war launisch, genau wie die Reichen.

Eine Bedienung trat zu mir und ich bestellte ungeachtet der Preisliste einen Cappuccino und ein Chicken-Teriyaki-Sandwich.

Meine Schwäche für belegten Toast trieb mich in den Pausen oft zu Schnellimbiss-Buden in Londons Zentrum.

Hier im Park wollte ich mir Ruhe gönnen und das verquere Erlebnis mit dem Dienstmädchen verdauen.

Dankend nahm ich der Bedienung den Teller mit dem kunstvoll drapierten Sandwich ab. Hier war alles, aber auch alles extravagant.

Ich war mir sicher, dass es Abby gefallen würde und zog nach dem ersten Bissen ins Sandwich mein Smartphone aus der Tasche. Kauend tippte ich eine Nachricht an Abby, die mich kurz darauf anrief.

„Hey, Schätzchen", begrüßte sie mich, als ich ihren Anruf entgegennahm. „Wie läuft es denn? Larry spaziert schon Burggräben in seinen neuen Perser vor Nervosität."

Ich kicherte und verschluckte mich an den Krümeln. Die Kellnerin blickte mich an und ich grinste entschuldigend.

„Gott, Süße. Du musst deswegen nicht gleich ersticken. Ich weiß, wie teuer diese hässlichen Teppiche sind", kommentierte Abby den Hustenanfall.

„Abby, hi", presste ich angestrengt hervor und verbot mir, weiter Aufmerksamkeit zu erregen. „Alles klar?", erkundigte sie sich.

„Alles klar. Hab mich nur an meinem Sandwich verschluckt." Ich spülte den Hustenreiz mit einem Schluck Cappuccino hinab. Mmh, er war köstlich.

„Also, wie läuft es?"

„Na ja", nuschelte ich leise. „Es ist eine Welt für sich und man kann so ziemlich alles falsch machen, wenn man sich normal verhält." Ich hörte, wie Abby scharf die Luft einzog. „Okay. Was hast du wieder angestellt?"

Jepp, Abby kannte mich einfach schon zu gut.

„Keine Sorge. Nichts Schlimmes. Wobei, ich habe geklingelt, bei einem Klingelhasser. Ich schätze, das wird der Auslöser für den nächsten Weltkrieg werden."

„Du hast geklingelt? Hä? Was soll das?" Ich konnte mir ihre verwirrte Miene bildlich vorstellen, was mich zum Kichern brachte. Wieder erntete ich einen vorwurfsvollen Blick von der Bedienung.

„Offensichtlich mag es die Prominenz nicht, wenn man klingelt. Aber ich hab wirklich den kompletten Zaun abgesucht. Zum Glück gab mir das Dienstmädchen einen Schlüssel, damit ich ohne Klingeln zum Briefschlitz gelangen kann. Sie wird mich für meine Dreistigkeit entschuldigen."

„Tessie, ich verstehe nur Bahnhof", erwiderte Abby und ich seufzte frustriert.

„Ich erzähl es dir später ausführlich, ja?" Mir fehlte die Geduld, die haarsträubende Geschichte vor der gebieterischen Bedienung darzulegen. Vermutlich dachte sie sowieso, ich hätte einen an der Waffel, hier überhaupt mein Handy zu benutzen und mit meiner Stimme die Vögel beim Nisten zu belästigen.

„Okay, Tessie, bis später", sagte Abby glockenhell und beendete das Gespräch. Die Bedienung stapfte mit einem mürrischen Blick heran. „Telefonieren wird hier nicht gerne gesehen."

„Tut mir leid, das wusste ich nicht", gestand ich und eine tiefe Falte bildete sich zwischen ihren Augenbrauen.

„Nun, ja. Dann will ich hoffen, dass das zukünftig nicht mehr passiert. Wir legen Wert auf Diskretion und Ruhe. Anderenfalls ist zu überlegen, ob unser Kaffeehaus die richtige Wahl für die augenscheinliche Mittagspause ist."

Halleluja! Hier durfte man sich nicht mal in seiner Pause frei bewegen.

Seufzend bat ich sie um die Rechnung und schluckte, als sie mir die Summe offenbarte. Dafür hätte ich ein Menü für zwei im Pub bekommen. Ohne ein weiteres Wort bezahlte ich und geizte nicht mit dem Trinkgeld. Sie sollte mich nicht für knauserig halten, aber ich beschloss, mir in Zukunft mein Essen selbst mitzunehmen. Vorausgesetzt ich verstieß damit nicht gegen die Gehsteigverschmutzungsordnung Drölfundneunzig.

Gereizt schwang ich mich in Ferb und steuerte ihn am Primrose Hill entlang zur St. Edmunds Terrace. Die vornehmste Straße meiner Route.

Dort wurde ich von einem imposanten weißen Gebäudekomplex begrüßt, der aussah, als würde er von weißen Säulen getragen. Ich parkte Ferb an der Parkbucht direkt davor und vergewisserte mich auf Abbys Karte kurz, dass ich an der richtigen Adresse war. Bingo!

Fasziniert betrachtete ich das weiße vierstöckige Gebäude, dessen anthrazitfarbene Fensterrahmen das reinweiß der Hauswand perfekt kontrastierte. Der oberste Stock war mit Glasfronten gesäumt und an einem kunstvoll verschnörkelten Metallgeländer ließ sich sogar eine Dachterrasse vermuten.

Um den Komplex herum war ein moderner Stahlzaun, der den grünen englischen Rasen vom gepflasterten Gehsteig abtrennte. Dort waren in regelmäßigen Abständen Platanen gepflanzt.

Von der modernen Architektur geplättet trat ich auf den ersten Komplex zu. Die edelstahlfarbenen Briefkästen waren allesamt direkt neben der gläsernen Eingangstür angebracht.

Es folgten drei weitere Hauskomplexe derselben Optik. Unpersönlich, kalt und steril. Ich war froh, dass ich die Briefe dort relativ schnell einwerfen konnte. Ich wollte mir nicht ausmalen, welche noblen Loftwohnungen dort verbaut waren. Natur suchte man hier, außer beim grünen Rasen und den schmächtigen Platanen, vergeblich. Die Mühe, ein Blumenbeet anzulegen, machte sich wohl auch kein Gärtner. Lediglich ein paar Buchsbäumchen waren auf einem kargen Streifen mit Rindenmulch zu sehen.

Ich fuhr Ferb um die nächste Kurve und bemerkte eine Reihe freistehender Stadthäuschen. Nicht im alten backsteinernen Baustil, sondern moderne Kästen. Ich schnaubte, das passte ja so gar nicht zu meinem Londoner Stadtbild.

Genervt parkte ich vor dem ersten Häuschen, das offenbar dreistöckig war. Die Glasfront schien wohl besonders hip zu sein, denn auch bei diesem Exemplar war sie oben angebracht. Ich hatte kurz Mitleid mit dem Fensterputzer, der sich das regelmäßig antun musste und warf die Post ein. Die nächsten Häuser waren ähnlich angelegt und allmählich langweilte mich der Anblick.

Nur das letzte Stadthäuschen schien sich von den anderen abzugrenzen. Sein Grundstück umfasste mehr Grünfläche und ich erkannte erstaunt eine hölzerne Veranda, die sich um das Gebäude rankte. Ich trat an dem schnieken Porsche vorbei, der in der zugehörigen Parkbucht stand und von einem Kerl mit blauer Arbeitshose geputzt wurde. Ich nickte ihm freundlich zu, doch er ignorierte mich.

Schnaubend fiel mein Blick auf die Zahnbürste, die sich in seinem Putzkofferchen befand. *Freak!*

Ich trat den gekiesten Weg zu den drei hölzernen Stufen entlang, die zur Veranda führten. Vor deren weißen Zaun wuchs eine Thujahecke, vor der sich lilafarbene Stockrosen an einem Gitter rankten. Der erste einigermaßen natürliche Anblick in der Straße. Ich betrat die Veranda und mein Blick fiel auf ein schickes Korbsofa mit grauen Kissen. Zwei Korbsessel und ein verschnörkelter Metalltisch rundeten das Bild einer gemütlichen Chillecke ab.

Ich betrachtete vorwitzig die grau gerahmten Fenster. Die Vorhänge waren nicht zugezogen. Man konnte die komplette Inneneinrichtung erkennen. Neugierig stellte ich mich auf Zehenspitzen, um die lederne Couch zu betrachten. Sie sah ultrabequem aus. An jeder ihrer Ecken waren beige Sofakissen gestapelt. Eine Tagesdecke lag ordentlich zusammengefaltet auf einer der Lehnen. Der hölzerne Couchtisch auf dem grauen Teppich passte perfekt zur Polstergarnitur.

Dann fiel mir der Autoputzer wieder ein und ich wandte mich ertappt um, doch er schrubbte akribisch am schwarzen Porsche herum. Er schien mich nicht zu bemerken. Also trat ich an den Briefschlitz und warf die Post ein. Sachte linste ich durch das Fenster neben der Haustür und sah einen schnittigen Mann mit breit gebautem Oberkörper. Das weiße Hemd spannte an der Schulter und verbarg kaum die Muskeln an den Oberarmen. Das Haar war glattgekämmt und der Kerl lehnte entspannt an dem marmorierten Küchentresen und unterhielt sich. Es überraschte mich, dass er Jeans trug. Ich war bisher der Meinung gewesen, die Reichen bestünden nur aus Businesskleidung.

Ich trat einen Schritt näher ans Fenster und erkannte, dass er mit einer Frau sprach. Ihr musste vermutlich der hässliche rosafarbene Mini gehören, der am gegenüberliegenden Gehsteig parkte. Ein außerordentlich hässliches Teil.

Die junge Frau spielte verführerisch an ihrem braunen Haar herum und ich konnte den Jagdinstinkt des Kerls bis draußen spüren. Seine sportliche Statur kam mir seltsam bekannt vor.

Schnaubend wandte ich mich ab. Die Reichen erfüllten echt jedes Klischee.

Energisch trat ich die Treppe hinab, und mein Blick suchte nochmals das Fenster, doch dieses Mal blieb das Innenleben verborgen, denn der Mann zog den Vorhang zu.

Moment mal! Diese kantigen Gesichtszüge mit den vollen Lippen und dem spitzen Kinn kannte ich doch.

Ertappt huschte ich den Kiesweg entlang zu Ferb und grübelte, woher mir der Kerl bekannt vorkam. Unbemerkt glitt ich am Autoputzer vorbei und startete hastig das Golfcar, um zurück ins Office zu fahren. Den ganzen Weg über überlegte ich, woher ich den Kerl kannte, bis mir die Erkenntnis kam. Er war Abbys Flirt im Finni gewesen.

Hatte sie nicht erwähnt, dass er ein Promi war? Ich beschloss, sie direkt aufzusuchen, sobald mich Ferb in lähmender Geschwindigkeit ins Office gebracht hatte. Ich brauchte sensationelle vierzig Minuten, um endlich den Buckingham Palace mit den fotografierenden Touristen und den sperrigen Stadtbussen zu passieren. Ich hörte den Glockenschlag des Big Ben, als ich am Parlament vorbeifuhr, und war etwas später endlich am Office angelangt.

Ich fand Abby wie immer fleißig in Larrys Vorzimmer und setzte mich auf ihren Schreibtisch. Sie blickte mich auffordernd an. „Und? Was war das heute Mittag für ein merkwürdiges Gestammel?"

Sie streifte ihr Headset ab und überschlug die Beine.

„Ach, das ... Den Reichen steigt ihr Luxus einfach zu Kopf. Ich habe geklingelt, weil ich keinen Briefkasten an der Einzäunung fand und das Dienstmädchen klärte mich auf, dass der Hausherr es hasst, wenn geklingelt wird."

Abby blinzelte irritiert. „Wie kann man was gegen das Klingeln haben?"

Ich zuckte mit den Schultern. „Keine Ahnung. Jedenfalls rettete sie mich vor einer Beschwerde bei Larry, weil jedes ungeplante Klingeln ein Weltuntergang ist."

Abby prustete los und zog ihre Schublade mit den Schnapspralinen auf.

„Ich wette, du hast eine nötig, oder?"

Dankend griff ich zu und erwischte dieses Mal eine mit Kirschwasser. *Lecker!*

„Im Café habe ich gegen das örtliche Telefoniergesetz verstoßen und außerdem habe ich deinen Flirt von gestern getroffen."

Abby stoppte abrupt ihr Kauen und riss die blauen Augen auf. „Du hast was? Quinn McLion getroffen?"

„Wie auch immer er heißt. Jedenfalls ist er mein letztes Haus auf der Route."

Abby fächerte sich mit den Händen Luft zu. „Du weißt schon, dass er Londons beliebtester Firmenmogul ist? Hach, ich hätte ihm einfach meine Nummer zustecken sollen."

Ich schluckte die zerkaute Kirschwasser-Praline runter. „Londons beliebtester Firmenmogul?"

„Ja, er leitet die McLion-Group. Die ganzen Nobel-Spahotels. Weltweit in den besten Ländern vertreten", informierte sie mich fachmännisch.

Ich konnte nur hämisch grinsen. Da würde mir das Geld für Urlaub sowieso niemals reichen. Außerdem war ich eher der Strandurlaub-Typ, als in einem noblen Wellnesshotel zu flanieren oder mir dabei minimalistische Portionen bei zwölf Gänge Menüs reinzupfeifen, um hinterher die Minibar auf dem Zimmer zu leeren.

„Jedenfalls steht er auf Tussen, die in rosafarbenen Minis fahren."

„Woher weißt du das?"

„Er hat keine Vorhänge."

„Er hat keine Vorhänge. Aha. Du willst mir also weismachen, dass du ihn durchs Fenster gestalkt hast. Richtig? Und was genau haben die Vorhänge mit den Minis zu tun?"

„Es war einfach einladend, einen Blick hineinzuwerfen."

Abby blickte mich entsetzt an. „Lass das niemals Larry wissen und lass dich vor allem nicht erwischen."

„Keine Sorge. Herr Protz hat mich schon erwischt und den Vorhang zugezogen. Vermutlich, um sich und Püppchen abzuschirmen."

Abby ließ die Schublade mit den Pralinen zuschnappen. „Ich meine es ernst, Tessie. Leg dich nicht mit den Reichen an. Sonst bist du schneller gefeuert, als Larry seinen Arsch hochkriegt. Bisher konnte er dich immer aus der Scheiße raushauen. Aber die Reichen sind nachtragend."

Woher Abby das alles wusste und warum sie zur High-Society-Expertin mutierte, war mir schleierhaft. Aber ich hatte den Drang, ihrem Rat zu folgen, und bereute es fast, neugierig gewesen zu sein.

„Man munkelt, dieser Quinn wäre nicht so hart drauf, wie er immer tut. Im Finni war er jedenfalls höflich."

„Das mag sein. Aber du fährst keinen rosafarbenen Mini, also bist du raus, liebe Abby."

Sie zog eine Grimasse und griff nach ihrem Headset. Ich schob mich vom Schreibtisch.

„Wo parke ich Ferb, also das Golfcar?", fragte ich und sie lächelte.

„Ferb also? Schicker Name! Den darfst du mit nach Hause nehmen. Als Gehaltsbonus quasi."

„Echt?"

Ich freute mich über das großzügige Angebot, wobei ich mit dem Fahrrad sicher genauso zackig zuhause wäre.

„Klar. Dafür musst du ihn allerdings selbst pflegen. Glaub mir, es wäre besser, wenn du ihn jeden Morgen prüfst, denn mit einem dreckigen Golfcar auszutragen, beschmutzt unser Image."

Abby zog eine Zeitschrift aus dem Stapel, den sie säuberlich auf der Ecke ihres Tisches gestapelt hatte.

„Hier. Da ist ein ausführlicher Bericht über Quinn drin. Solltest du mal lesen, damit du weißt, wen du da belieferst."

Ich nahm das Klatschmagazin gleichgültig entgegen.

„Lies es einfach", drängte Abby und ich nickte brav. Vielleicht würde ich das tatsächlich tun. Nur des Amüsements wegen.

Dann trat ich aus ihrem Vorzimmer geradewegs durch das Office auf die Straße zu Ferb, der mich nach Hause bugsieren musste. Im Schneckentempo, versteht sich.

Kapitel 4

Zuhause angekommen stand Kelly breit grinsend an der Eingangstür und beobachtete mich, wie ich Ferb im Hinterhof parkte.

„Das ist ja ein geiles Teil." Ehrfürchtig fuhr sie mit der Hand über die Motorhaube und ihr Blick blieb am Glitzer-Print haften. „Total dein Stil, oder?"

„Absolut. Ich habe beschlossen, mich nur noch in Gold und Glitzer zu hüllen. Cool, oder? Und weil sich das weitreichend in mein Inneres frisst, sollten wir schleunigst das Wohnzimmer renovieren und die Wände gold streichen", erwiderte ich neckisch und zog Ferbs Schlüssel ab. Er füllte den kleinen, mit Plunder vollgestellten Innenhof so aus, dass man sich gerade noch zwischen ihm und den Wänden bewegen konnte.

Kelly lachte. Sie kannte mich lange genug, um zu wissen, dass mein Sarkasmus manchmal die Kontrolle über mein Gemüt übernahm.

„Er heißt übrigens Ferb."

„Das passt zu ihm."

Ich nickte und umrundete mein Gefährt, um es auf Schmutz zu untersuchen.

Glücklicherweise hatte es nicht geregnet, weshalb ich beschloss, Ferb seiner spärlichen Staubschicht zu überlassen. Wenn es allerdings regnen würde ... ich wollte mir nicht ausmalen, welche Schlammlawinen dann in den Innenraum des Autos spritzen.

Ich ging mit Kelly durch die Hintertür nach oben in unsere WG.

Drinnen angekommen roch es verdächtig nach Lasagne.

„Hast du gekocht?"

Kelly lächelte. „Klar. Deinen ersten Tag als Luxustante müssen wir gebührend feiern."

„Riecht lecker."

Mein Magen knurrte und die Vorfreude auf mein Leibgericht breitete sich wohlig in meinem Bauch aus. „Ich zieh nur schnell die Kluft aus, dann bin ich ganz bei dir."

„Jaja", hallte es aus der Küche und ich hörte, wie Kelly den Backofen öffnete.

Hastig schlüpfte ich aus dem weißen Top und dem marineblauen Bleistiftrock und warf beides achtlos auf das Bett. Ich tauschte die Strumpfhose gegen eine graue Jogginghose und streifte mir den grünen Sweater über. Ich liebte die bequeme Feierabendkleidung und ließ es mir nicht nehmen sie zu tragen, außer es stand wirklich wichtiger Besuch an. Sonst traf man mich zuhause nur in Jogginghose an.

Hungrig eilte ich in die Küche, wo Kelly den Tisch liebevoll gedeckt hatte. Sie hatte sogar zwei dicke weiße Kerzen besorgt, um für gemütliches Ambiente zu sorgen.

„Ist Scott nicht da?", erkundigte ich mich beiläufig und setzte mich auf meinen Platz. Ja, ich war pedantisch, wenn es um Rituale ging, und eine fixe Sitzordnung gehörte dazu.

„Der hat ein Spiel heute", erklärte sie und stellte die Auflaufform in die Mitte des Tisches.

„Wir lassen ihm was übrig." Sie zwinkerte verschwörerisch und schöpfte reichlich Lasagne auf meinen Teller.

Die erste Gabel schmeckte grandios und ich schlang die Portion in Windeseile hinab.

„Wow. Entweder verdiene ich wirklich einen Stern für meine Lasagne oder du hast den ganzen Tag nichts Anständiges gegessen." Kelly schöpfte mir nochmal eine Portion auf den Teller.

„Meine Nerven haben das heute nötig, egal wie viele Kalorien darin schlummern."

Kalorienzählen war nicht mein Ding, auch wenn Kelly phasenweise den Spleen entwickelte, haargenau darauf zu achten und sich die feinsten Kalorien wegzuhungern.

Ich neigte dazu, mir zwischendurch mal was Herzhaftes und Fetttriefendes zu gönnen. Als Briefträgerin hatte ich genug Bewegung, die das mehr als rechtfertigte.

„Okay, das hört sich nach einem stressigen Tag an. Erzähl mal", forderte sie mich auf und schöpfte sich Lasagne nach. Scotts Portion würde nicht sonderlich reichlich ausfallen, aber hey, immerhin schafften wir es, ihm etwas übrig zu lassen.

Kauend erzählte ich ihr von meinem katastrophalen Arbeitstag und Kelly brach in schallendes Gelächter aus. Dabei löschte sie die Kerzenflammen.

„Tessie, ohne dich wäre mein Leben nur halb so bunt." Prustend räumte sie das Geschirr in die Spülmaschine und ich verstaute Scotts Portion in einer Schüssel.

„Vermutlich wäre es für das Nobelviertel friedlicher. Ohne Klingeln oder Stalking am Fenster." Ich kicherte.

Dann kam mir Abbys Zeitschrift wieder in den Sinn und ich huschte in mein Zimmer, um sie aus der Tasche zu holen.

Ich ging ins Wohnzimmer, wo Kelly bereits auf mich wartete. „Hier. Das ist der piekfeine Schnösel, bei dem ich durch das Fenster gespannt habe."

Demonstrativ schob ich ihr das Klatschmagazin auf den Couchtisch und Kelly starrte anerkennend auf das Hochglanzbild. Der grünäugige Protz war dort mit einem legeren Businesslächeln abgebildet und fasste sich galant an die himmelblaue Krawatte. Feine Grübchen bohrten sich in seine Drei-Tage-Bart-Wange.

„Quinn McLion? Wow, Tessie. Der ist superheiß." Interessiert blätterte sie auf Seite vier, auf der seine Visage als Vollbild und mit verwegenem Blick aus tiefgrünen Augen prangte.

Neugierig überflog ich die Überschrift, die Londons attraktivsten Geschäftsmann als Vorbild der neuen Generation anpries. Das rang mir ein genervtes Schnauben ab. Nur weil der Kerl gut aussah, hieß das noch lange nicht, dass er auch Grips in der Birne hatte.

„Der ist bestimmt single", stellte Kelly überzeugt fest.

„Vermutlich fürs Image, oder warum sollte er sonst als heißester Kerl überhaupt dargestellt werden", überlegte ich und musterte sein kantiges Gesicht genauer. Es war keine Falte zu viel zu sehen. Ein Hoch auf Photoshop.

Die herausstechenden grünen Augen waren anziehend, gleichwohl lag eine herbe Arroganz darin, die mir schon wieder an die Laune ging. Sicher, sein Blick hatte etwas Betörendes, etwas, das mich dazu anhielt, hinter die Fassade blicken zu wollen. Tja, das war wohl das berühmte Macho-Gen und ich sträubte mich dagegen. Der Typ war mir schnurzwurstegal! Sollte mir zumindest schnurzwurstegal sein!

„Der kann echt stolz auf sein Imperium sein", murmelte Kelly, die dem Artikel verfallen war.

„Ja, wir sollten dort mal Urlaub machen. So in zehn Jahren, wenn wir genug dafür gespart haben."

„Das Händchen fürs Geschäft ist uns halt nicht gegönnt", seufzte Kelly und schlug die Großaufnahme von Quinn zu.

„Hmm, ich vermisse es nicht. Ich bin zufrieden, wie es ist." Ich drückte Kellys Hand.

Sie lächelte. „Das stimmt."

Gähnend stand sie von der Couch auf. „Ich glaube, mein Bett ruft."

„Meins auch", antwortete ich und löschte das Licht des Wohnzimmers.

Am nächsten Morgen schwang ich mich mit dem Coffee-to-go-Becher und der Butterdose in Ferb. Es dämmerte und ich warf den surrenden Motor an. Im Schneckentempo transportiere er mich über die

Themse und vorbei am Buckingham Palace. Das Hup-konzert des Berufsverkehrs hielt sich heute tatsäch-lich in Grenzen. Vor dem Haupteingang des Office stellte ich ihn dann frech ab. Müde schlurfte ich zum Sortierraum, um mir mein heutiges Pensum an Post anzusehen.

Vom Sortierroboter war ich jedes Mal aufs Neue be-geistert, meistens lobte ich ihn in den höchsten Tönen vor Larry, der uns bis vor einigen Monaten die Post selbst sortieren ließ. So musste ich die Zustellungen nur noch vom Ausgabefach in meine Sortierkiste pa-cken.

Breit grinsend marschierte ich mit der grauen Kiste zu Ferb und verstaute sie in seinem Kofferraum. Tat-sächlich war es nur ein kleines Häufchen Briefum-schläge, das heute verteilt werden musste. Das sprach entweder für einen frühen Feierabend oder für eine ausgiebige Mittagspause.

Mit einem großen Schluck Kaffee düste ich zum Rei-chenviertel und packte dort vierzig Minuten später die ersten Umschläge in meine Tasche. Ich musste an mich halten, nicht zu pfeifen, weil das zu postboten-klischeehaft gewesen wäre. Außerdem hätte das gegen eine weitere Regel des High-Society-Kosmos versto-ßen können.

Grinsend näherte ich mich dem grauen Zaun und ließ die winzige Klappe aufspringen. Dann zog ich den Schlüssel hervor und öffnete die kleine Eingangstür.

Es war erst kurz nach acht, aber im Haus des Klin-gel-Freaks schien es schon emsig zuzugehen. Das Licht brannte und ich hörte dröhnende Rockmusik, je näher ich dem Haus kam.

Vorsichtig schob ich den Briefumschlag durch den Briefschlitz und wollte gerade die Stufen wieder hinabsteigen, als sich die Haustür öffnete.

Ich wurde starr und erwartete eine Schimpftirade, während ich mich zur Tür drehte.

Das Dienstmädchen lächelte. „Guten Morgen", sagte sie und hielt eine Keksdose in der Hand. „Scone gefällig?"

Ich konnte es kaum glauben. „Das ist erlaubt, oder?", fragte ich frech und sie kicherte.

„Ja. Ich glaube, ich war gestern zu barsch. Tut mir leid. Marquess war gestern übel drauf. Sein letzter Kampf hat schlechte Kritiken bekommen."

Verblüfft überlegte ich, ob er wohl Sportler war. „Was für ein Kampf?"

Dankbar griff ich nach einem Scone. Er schmeckte herrlich süß und ich schenkte dem Dienstmädchen ein freundliches Lächeln.

„Marquess ist Boxer."

„Oh, dann bin ich froh, dass ich heute nicht geklingelt habe. Nicht, dass ich seinen Kinnhaken zu spüren bekomme." Ich kicherte über meinen eigenen Witz und bemerkte, dass auch das Dienstmädchen grinste.

„Ich bin Lynn." Sie schloss die Keksdose wieder.

„Tessie."

Im Hintergrund tönte die Rockmusik und ich grinste. „Bei euch geht es ja wirklich gut ab."

„Ach das", sagte Lynn genervt. „Ist meistens so, wenn Marquess einen Kampf vergeigt hat. Das geht wochenlang so, bis das nächste Duell feststeht."

Du meine Güte! Ich war froh, dass ich eine simple Briefträgerin war und nicht Hausmädchen für einen irren Freak.

„Na, dann drücke ich die Daumen, dass der Termin für den nächsten Kampf bald feststeht. Falls ich dir Ohropax herschmuggeln soll, gib Bescheid." Ich erntete ein amüsiertes Lächeln.

„Danke, Tessie." Sie winkte mir zu und schloss rasch die Tür.

Schmunzelnd verließ ich den Vorgarten über den sonnengelben Weg und ging zurück zu Ferb.

Meine Mittagspause verbrachte ich am anderen Ende des Primrose Hill. Dabei achtete ich haarklein darauf, dass niemand anderes in der Nähe war, um in Ruhe mein Gurkensandwich zu verzehren.

Nur das Wetter vermieste mir die Pause, denn der Wind rauschte durch die kargen Bäume und der Regen setzte sanft ein. *Mist!*

Das bedeutete, ich müsste Ferb später waschen und ihn irgendwo unterstellen, wo er nicht wieder dreckig wurde. Ich konnte nur hoffen, dass keine Matschspritzer auf der Feinstrumpfhose landeten, die ich trug.

Ich zog mein Smartphone aus der Tasche und schickte Kelly eine Nachricht, ob Scott nicht einen Unterstand für Ferb bauen könnte.

Unser Hausmeister Walter fuhr sowieso total auf den Sportler ab. Er fraß ihm aus der Hand und hatte sicher nichts gegen einen kleinen Carport für mein Golfcar.

Grimmig setzte ich mich auf den Fahrersitz und ärgerte mich, dass ich das Regencape nicht mitgenommen hatte. Auch in Ferbs Handschuhfach gab es keinen Regenschirm. Ich würde also nass werden. *Yay.*

Ferb ratterte los und steuerte zur Nobelstraße, in der Quinn McLions Stadthaus auf mich wartete.

Natürlich parkte dort sein hochpolierter Porsche, von dem die Regentropfen fein abperlten. Diese Politur hätte ich auch gerne.

Gegenüber parkte nicht wie gestern ein rosafarbener Mini, sondern eine rote Limousine, an deren Seite die Aufschrift *Queenie* gedruckt war.

Ich hob argwöhnisch eine Augenbraue. Wer ließ sich denn freiwillig Queenie nennen?

Voller Neugier ging ich über den gekiesten Weg durch den kleinen Vorhof und die Stufen hinauf zur Veranda. Vorwitzig ließ ich den Blick über die Fenster schweifen. Vielleicht konnte ich die geheimnisvolle Dame ja erkennen.

Nein! Stop!

Ich war keine Stalkerin und wollte es nicht werden.

Also zwang ich mich, meinen Blick starr auf den Briefschlitz zu richten und warf die Post ein. Mit einem sanften Quietschen schloss ich die Klappe wieder und bemerkte aus dem Augenwinkel eine Bewegung am Fenster, das Einblick in das Wohnzimmer gab.

Dort saß eine leicht bekleidete Frau mit schwarzem Bob. Ich sah, dass darin silber-glänzende Strähnen eingefärbt waren. Das musste Queenie sein.

Ich lächelte grimmig. Was für eine lächerliche Erscheinung mit ihren glänzenden Strähnen und den schwarz lackierten Fingernägeln. Alles an ihr schrie nach plastischer Chirurgie und klischeehaftem Schönheitswahn.

Quinn reichte ihr charmant ein Glas Champagner, das sie erfreut entgegennahm. Dann setzte er sich zu ihr auf die Ledercouch und legte den Arm um ihre Schultern.

Die beiden tauschten einen tiefen Blick und ich schnaubte empört. Jetzt konnte ich nur hoffen, dass der Kasper single war, denn sonst war ich Zeuge eines Seitensprungs und ich war mir ziemlich sicher, dass diese Szene darauf hinauslief.

Als sich die beiden knutschend ins Sofa senkten, wandte ich mich ab und eilte die Stufen hinunter. Der litt doch an enormer Geschmacksverirrung.

Was für ein Arschloch, dachte ich und bekam eine Ladung Regentropfen ab, die mir meine Frisur komplett ruinierte. Von den Ballerinas ganz zu schweigen, die waren nämlich nicht wasserdicht.

Ferb, der schon in einer Dreckpfütze stand, fuhr bei Regen noch langsamer, als er es eh schon tat und ich brauchte über eine Stunde, bis ich endlich am Office ankam. Total durchnässt und voller Matschspritzer eilte ich in den Aufenthaltsraum, denn ich war durchgefroren bis auf die Knochen und brauchte dringend Kaffee.

Die Kaffeemaschine mahlte und ich stellte eine rote Tasse darunter. Dann schälte ich mich aus dem Blazer, der mir an der Haut klebte. Die quatschenden Kollegen an den Tischen ignorierten mich.

„Baaaah", enfuhr es mir angewidert, als ich die feinen Matschkrusten auf der Nylonstrumpfhose sah.

„Hey." Ich hörte Kieran und drehte mich um. Er musterte mich grinsend.

„Waterwoman, was?"

Seine Vorliebe für Marvel teilte ich voller Leidenschaft, dennoch zog ich eine Grimasse.

„Ja, ich dachte, das wäre zur Abwechslung mal was anderes so die Post auszutragen", frotzelte ich und Mitleid schlich sich in seinen Blick.

„Wie gut, dass es hauseigene Regenjacken gibt."

„Ah, wie nett, dass du mich daran erinnerst." Ich nahm die volle Tasse Kaffee unter der Düse hervor.

„Hattest du deine überhaupt schon mal an?", erkundigte sich Kieran beiläufig und setzte sich.

„Ich denke nicht."

Er lachte schallend. „Das dachte ich mir." Er griff nach meiner Kaffeetasse und nahm einen Schluck.

Ich ließ ihn gewähren. Mein Verhältnis zu Kieran war ungefähr dasselbe wie zu Scott. Beides Herzmenschen, die zur Tessie-Familie gehörten.

„Was gibt es Neues?", fragte er. „Wir haben nicht geredet, seit deiner neuen Route." Sein Blick wanderte amüsiert zu meiner Strumpfhose, aber er verkniff sich einen Kommentar. Vermutlich sah er mir an, dass ich ihn erwürgen würde, sollte er die Matschkruste erwähnen.

„Oh, na ich würde sagen, ich schwimme in der Welt der Prominenz und kriege deren Spielchen voll ab."

Verwirrt schob mir Kieran die Kaffeetasse zu. „Aha."

„Zuerst ist da dieser Boxer, der seine Dienstmädchen mit Rockmusik plagt, wenn er einen Kampf vergeigt hat. Das i-Tüpfelchen ist aber Bonzenmacho McLion der fröhlich eine Dame nach der anderen beglückt."

„Tessie!", entfuhr es Kieran warnend und sein Blick huschte nervös durch den Raum, in dem sich ein paar vereinzelte Kollegen tummelten.

„Nicht so laut", wies er mich barsch zurecht und legte den Zeigefinger an die Lippen.

„Warum denn?" Verwundert nahm ich einen Schluck Kaffee. Ich wusste nicht, was ich falsch gemacht hatte. Außer den Firmenmogul überspitzt durch den Dreck gezogen zu haben. Hier war weit und breit keine Presse, die sich daran hätte aufreizen können.

Er genoss sein Single-Leben, sicher nicht auf die Art wie ich es tat, aber wenn er es nötig hatte, täglich seine Damen zu wechseln, dann trug das zu meinem Amüsement bei.

„Weißt du, was du da behauptest?" Er sah mich eindringlich an.

„Ähm, ja?"

„Offensichtlich nicht!" Er verschränkte die Arme vor der Brust und funkelnde mich an. „Du kannst doch hier nicht so herumposaunen, dass Quinn McLion andere Frauen am Start hat!"

„Und warum nicht?" Ich verstand seine Empörung nicht.

„Weil der Kerl mit Susan Perry liiert ist. Der Susan Perry", klärte mich Kieran genervt auf und mir wurde das Ausmaß meiner Beobachtung bewusst.

Aber in dem Artikel aus Abbys Zeitschrift war mit keinem Wort erwähnt worden, dass Quinn vergeben war.

„Der hat eine Freundin? Dann ist er ja noch ein größeres Arschloch, als ich bisher annahm", unterstrich ich meine Aussage.

„Schnauze, Tessie", zischte Kieran. „Die Wände hier haben Ohren. Wenn die Belegschaft das der Presse meldet oder sonst wem, dann ist das Rufmord. Der Kerl ist schon lang mit der Hotelerbin liiert. Das weiß jedes Kind."

„Ach, so ein Blödsinn, das weiß nicht jedes Kind und ich schon gar nicht. Dem ist das scheißegal, dass er vergeben ist. Jeder aufmerksame Nachbar kann die unterschiedlichen Autos, die vorm Haus parken, sehen."

„Das ist lang kein Indiz zum Fremdgehen, Tessie."

Ich schluckte, damit hatte Kieran recht. Die Nachbarn guckten letztlich nicht wissbegierig durch das Fenster wie ich.

„Das wäre ein handfester Skandal, wenn das an die Öffentlichkeit gelangt."

„Ist ja schon gut." Ich erhob mich trotzig. „Ich werde mich hüten, nochmal Derartiges zu erzählen." Eingeschnappt goss ich meinen Kaffee in den Ausguss. Die Lust darauf war mir vergangen.

Kieran trat zu mir. „So ruppig war das nicht gemeint. Du kannst mir alles erzählen, nur eben nicht so laut, okay?"

Er strich mir eine nasse Haarsträhne aus der Stirn. „Du solltest dich schleunigst umziehen. Du müffelst nach nass."

Er grinste sein freches Surferboylächeln und trat langsam aus dem Aufenthaltsraum.

„Waterwoman müffelt nun mal nach nass", schimpfte ich und bemerkte, wie mich ein paar Kollegen vor Neugier anblitzten.

„Was?", warf ich ihnen genervt zu, bevor ich die Küche, ohne eine Antwort abzuwarten, verließ.

Nachdem ich meine trockene Freizeitkleidung aus dem Spind angezogen hatte, wollte ich Ferb in die hiesige Waschstation fahren. Doch Abby passte mich vor unserem Haupteingang ab.

„Tessie, halt", rief sie außer Atem, weil sie mir vermutlich eine Weile in hohen Pumps hinterhergestöckelt war. „Du sollst zu Larry ins Büro. Sofort", keuchte sie und ihre blauen Augen musterten mich besorgt.

„Alles okay?", fragte ich überrumpelt.

„Nun. Ich bin mir nicht sicher. Er machte einen genervten Eindruck."

Oh, oh! Das klang nicht gut.

Ich dachte umgehend an meine Klingelaktion bei Marquess und konnte nur hoffen, dass Lynn meinen Arsch gerettet hatte.

Ich schluckte und nickte. „Okay, ich geh sofort zu ihm."

Larrys dumpfe Schritte auf seinem teuren Perser hörte ich schon von Abbys Vorzimmer aus. Mit Herzklopfen pochte ich an die Tür und wartete, bis er sie öffnete. Er bat mich mit strenger Miene und zusammengekniffenen Lippen herein.

„Das ging flott", stellte er fest und setzte sich erhaben auf seinen Ledersessel. Er hatte wohl neue Büromöbel, und ich vermisste den unbequemen Lederstuhl nicht, als ich mich auf einen Polsterstuhl setzte.

Vermutlich gab es einen ordentlichen Bonus für ihn, weil er mich als neuen Private Post Officer stellte.

„Du wolltest mich sprechen?", bohrte ich taktvoll nach dem Grund des plötzlichen Meetings und Larry seufzte.

„Ja, Tessie, das wollte ich."

Oje! Das hörte sich nicht gerade einladend an. Ich lächelte ihm verhalten zu, doch Larrys Lippen formten einen ernsten Spitzmund.

„Ich hatte dir vom Geheimhaltungsabkommen erzählt, als ich dich zum Private Post Officer machte, oder?", fragte er einen Ticken zu gedeckt und mir graute.

„Ähm, ja?", sagte ich und schob die Handflächen unter meinen Hintern. *Ganz ruhig bleiben, Tessie,* versuchte ich, mich zu beruhigen.

„Warum muss ich mir dann anhören, dass du groß herumposaunst, Quinn McLion würde in der Gegend herumvögeln?"

Er taxierte mich und seine braunen Augen baten stumm, ihm zu versichern, dass das nicht wahr war.

Mist! Kieran hätte mich früher warnen sollen. Irgendjemand musste die Gunst der Stunde genutzt und auf direktem Weg Larrys Türklinke geputzt haben. *Jämmerlich! Einfach nur jämmerlich!*

„Ich habe nicht, also zumindest nicht behauptet, dass er … öhm und überhaupt, wer sagt denn so was?", versuchte ich, mich irgendwie aus seiner Frage herauszuwinden. Aber sein Blick fixierte mich wie der einer Elster, die sich eine Silberkette ausgeguckt hatte.

„Wer mir das gesteckt hat, ist zweitrangig. Wichtig ist, dass du anscheinend nicht in der Lage bist, dir auch nur einen Funken Anstand zu bewahren. Solche Behauptungen können über Kollegen an die Öffentlichkeit gelangen und dann haben wir, oder du, eine dicke, fette Klage am Hals. Willst du das?"

Seine Halsschlagader pochte und seine Augen weiteten sich zornig. Die Nasenflügel blähten sich, während er schnaubte und sich eine große Zornesfalte über seinem Nasenrücken bildete. Das Haar stand ihm zu Berge. Ein Indiz, das er schon einige Zeit lang getobt haben musste.

Betreten musterte ich die schwarzen Spitzen meiner Ballerinas.

„Es tut mir leid. Ich habe lediglich gesagt, dass mir diverser Frauenverkehr bei McLion aufgefallen war. Mir war nicht bewusst, dass er in einer intakten Beziehung lebt und es geht mich nichts an, dass er fremdgeht. Das hatte ich Kieran im Vertrauen erzählt, aber irgendwie müssen sich sensationssüchtige Ohren dazugesellt haben. Wie auch immer, ich werde zukünftig meine Klappe halten."

Larrys Miene blieb hart, dennoch ließ er sich zu einem unmerklichen Nicken herab. Die Zornesfalte auf seiner Stirn blieb jedoch.

„Ich weiß, dass du dich bemühen wirst, Tessie. So ein Fehler darf dir nie mehr passieren, hörst du?"

Durchdringend betrachtete er mich und ich schluckte. „Ja."

Die Handflächen vergrub ich tiefer unter meinem Gesäß und verkniff mir weitere Kommentare.

„Du kannst froh sein, dass dieser Boxer lobend angerufen hat."

Stutzend sah ich auf. „Marquess?"

„Ja. Sein Dienstmädchen erwähnte deine blumige Art. Er hat sich wohlwollend über deine unerwartet schnelle Akzeptanz der Regeln geäußert."

Blumige Art, dass ich nicht lache. Mit Blumen hatte ich ungefähr so viel gemeinsam wie Harry Potter mit Paddington Bear.

„Okay. Das, ähm, freut mich", stammelte ich, und Larrys Lippen umspielte ein sanftes Lächeln. Die Zornesfalte verebbte und sein Blick wurde milder.

„Das, meine Liebe, war ein Freifahrtschein für diesen Fehltritt. Lass es deinen letzten gewesen sein, okay?"

Ich seufzte und nickte. Dem war nichts hinzuzufügen. Die Reichen schafften es, mein Privatleben einzunehmen. Ein Hoch auf die lauschenden Kollegen, die nichts für sich behalten konnten.

Kapitel 5

Ich parkte Ferb in einer der Parkbuchten vor unserem Haus. Die Nerven, ihn ums Eck durch den kleinen Durchgang in den Innenhof zu steuern, hatte ich gerade nicht.

Mies gelaunt stapfte ich in den Hausflur unserer WG und pfefferte meine Tasche ins Eck, direkt neben das weiße Schuhregal. Meinen Schlüssel warf ich auf die weiße Kommode auf der eine Vase mit einer verblühten Gerbera stand. Das war Kellys Werk gewesen.

„Was ist denn mit dir los?" Scott linste aus Kellys Zimmer zu mir.

„Scheiß Tag", erwiderte ich wortkarg und zog meine Ballerinas aus. Mit triefend nasser Kluft schlurfte ich ins Wohnzimmer und hängte sie dort auf den Heizkörper.

„Kelly noch gar nicht da?", fragte ich Scott, der mir schweigend folgte.

„Nein, die muss heute länger arbeiten. Irgendeine dienstliche Besprechung", sagte er und schlüpfte durch die Wohnungstür.

Ich schnaubte. War ja klar. Dabei hätte ich mich jetzt so gerne bei ihr ausgekotzt. Seufzend fiel ich aufs Sofa und vergrub den Kopf im Kissen. Was für ein beschissner Tag. Ich hatte keine Ahnung, wohin Scott gegangen war und wünschte mir fast schon, er hätte mich nicht allein gelassen. Jemand zum Reden wäre jetzt wirklich toll.

„Ist dein Tag so mies gewesen?", fragte Scott und setzte sich zu mir. Ich nahm meinen Kopf vom Kissen und drehte mich zu ihm.

„Wo bist du denn gewesen?"

„Kurz draußen." Er legte den Kopf schief. „Okay. Ich bin zwar nicht Kelly, aber du weißt, dass du mir alles sagen kannst." Seine blauen Augen blickten mich offenherzig an und ich nickte. „Ja, ich weiß."

„Okay." Er zog sein Smartphone aus der Hosentasche und begann darauf herumzuwischen, machte aber keine Anstalten, mich allein sitzen zu lassen. Worüber ich dankbar war.

„Hunger?", fragte er nach einer kurzen Zockereinheit und ich nickte.

„Lust auf Burger?"

„Du isst Burger?", fragte ich und er zog eine Grimasse. „Ich bin zwar Sportler und achte auf meine Ernährung, aber wenn ich sehe, dass es einer Freundin scheiße geht, dann vernichte ich mit ihr gerne Fast Food."

Ich grinste. „Na gut. Das will ich sehen." Ich sprang vom Sofa auf und steuerte mein Zimmer an. Die nassen Sachen ließ ich auf dem Heizkörper zurück. „Ich zieh mir kurz was anderes an, ja?"

„Alles klar." Ich hastete zum Kleiderschrank und zog ein grünes Longsleeve hervor. Dazu kombinierte ich eine blau-weiß gestreifte Weste und Jeans. Rasch tuschte ich mir meine Wimpern neu und legte Puder auf.

Dann huschte ich zurück auf den Flur, wo Scott ausgehfertig mit Chucks auf mich wartete. Ich schlüpfte in meine blauen Sneaker und griff nach der Regenjacke.

„Wollen wir Ferb nehmen? Dann können wir ihn auf dem Heimweg an der Tanke saubermachen."

Erstaunt hielt ich inne. „Kelly erzählt dir alles, oder?" Insgeheim freute ich mich, dass ich so ein intensives Gesprächsthema bei den beiden war.

„Jepp. Ich schätze, wir wollen beide, dass du keinen Ärger bekommst. Außerdem will ich mal mit dem Ding fahren", gestand Scott frech grinsend und ich schnappte Ferbs Schlüssel.

„Na, dann los."

Scott lotste mich ins alte Treppenhaus. Als ich die Haustür öffnen wollte, stoppte er mich. „Wir müssen hinten raus."

„Äh was?"

Er zupfte an meinem Ärmel. „Vertrau mir."

Durch eine stählerne Tür hinter dem Treppenhaus gelangten wir direkt in den Hinterhof. Mitten drin stand Ferb und ich sah, dass Scott einen provisorischen Unterschlupf für ihn gebaut hatte. Jetzt schwante mir, warum er die WG vorhin kurzzeitig verlassen hatte. Er musste Ferb umgeparkt haben.

„Hast du den für Ferb gemacht?", fragte ich und wies mit dem Kinn auf die hellen Holzbalken, die eine grüne Plane über das Golfcar spannten.

Scott nickte mit geschwollener Brust. „Ja, Kelly hat mich während ihrer Mittagspause angerufen. Ich hatte Zeit und hab nach dem Training direkt angefangen. Hat riesen Spaß gemacht. Ich überlege ernsthaft, ob ich mich zum Schreiner umschulen lasse."

„Wow, Scott", sagte ich anerkennend. „Das ist genial." Der Regen prasselte sanft auf die Plane und perlte dort als Rinnsaal über die offenen Seiten ab.

„Vielen Dank." Ich drückte ihn. „Dafür gehen die Burger auf mich."

„Ich hatte eigentlich gehofft, ich darf ihn fahren."

Er grinste und ich legte ihm vertrauensvoll Ferbs Schlüssel in die Hand. „Sei gut zu ihm."

Scott schwang sich auf den Fahrersitz und ich setzte mich behutsam daneben. Dann startete er Ferbs Motor und trat aufs Gaspedal, um das Car galant aus dem Hinterhof zu steuern. Dann drückte er beherzter aufs Gas. Moment mal … der Fahrtwind peitschte mir kalt ins Gesicht. Ich begriff, dass das Golfcar flotter fuhr als jemals zuvor. Aber wie?

Irritiert musterte ich Scott, der offensichtlich nichts anders machte als ich, wenn ich mit Ferb auf Achse war.

„Wie fährst du so schnell?", brüllte ich gegen den Wind an und hob mein Haar aus dem Gesicht. Es klatschte mir feucht in die Stirn.

„Hä?" Scott schenkte mir einen verwirrten Seitenblick. „Ich gebe Gas, wie jeder normale Mensch. Das Ding hat einen anderen Motor verbaut als die handelsüblichen Golfcars", brüllte er zurück. Kopfschüttelnd beobachtete ich ihn weiterhin und konnte nichts Ungewöhnliches feststellen. Ich hätte es doch bemerken müssen, dass der Motor mehr als dreißig Kilometer pro Stunde leisten konnte. Ich musste Abby dringend nach den PS des Teils fragen.

Scott schaute wachsam auf die Straße und fuhr Ferb mit sagenhaften siebzig Kilometer pro Stunde. Surrend und mit Karacho steuerte Scott Ferb auf den vordersten Parkplatz der *Burger Hall*, unserem bevorzugten Restaurant. Lächelnd zog er den Schlüssel ab. „Ein geiles Teil", kommentierte er mein Golfcar und ich stieg überrumpelt aus.

„Scott, im Ernst. Wie bist du so schnell gefahren?"

Ich erntete einen ungläubigen Blick.

„Tessie, manchmal frage ich mich echt, aus welchem Universum sie dich geschmissen haben."

„Argh", entfuhr es mir und Scott drückte mir den Autoschlüssel in die Hand.

Dann zog er mich am Arm unter das schwarze Vordach der *Burger Hall*. Der Regen prasselte inzwischen heftiger.

Scott wischte sich die blonden Haare aus der Stirn und tappte ins Restaurant. Ich folgte ihm völlig geplättet von der Erkenntnis, dass ich nicht in der Lage war, Ferbs Geschwindigkeit zu regeln. Trotz Tumult, kam ich aus dem Grübeln nicht heraus, ob Scott Ferb heimlich aufgemotzt hatte.

Er wählte einen Tisch mit Kerzenschein für uns und drückte mich sanft auf den schwarzen Stuhl. Die goldenen Lampenschirme spendeten warmes Licht. Die dunklen Möbel verliehen dem großen Raum ein edles

Aussehen. Das Wörtchen „Hall" bezeichnete das Lokal wirklich treffend.

„Scott", sagte ich und seine Augen linsten hinter der laminierten Speisekarte hervor. „Ja?"

„Wie hast du es geschafft, dass Ferb so schnell fährt?"

Er prustete. Mir war das mittlerweile peinlich, denn jetzt musste er mich für komplett bescheuert halten.

Die Lachfalten um seine Augen wurden tiefer. „Weißt du, der fuhr bisher nämlich nicht so schnell. Mehr als unglaubliche dreißig Kilometer pro Stunde hat er mir nicht geboten."

Scotts Lachen schallte über den Tisch und die neugierigen Gesichter der Nachbartische wandten sich zu uns.

„Pscht." Ich duckte mich, um meinen Anblick vor den vorwitzgen Augen zu verstecken.

„Weißt du Tessie, es gibt so etwas wie eine Handbremse."

„Ich weiß."

„Nun ja. Ehrlich gesagt, du bist die ganze Zeit mit angezogener Handbremse herumgefahren." Er kicherte und blitzte mich schadenfroh an.

„Aha. Du willst behaupten, Ferb hat eine Handbremse? Ich wüsste nicht wo, denn er hat keinen Hebel, den man hochziehen kann", setzte ich ihm entgegen und visualisierte mental Ferbs Armaturenbrett und die Mittelkonsole. Dort war ziemlich sicher kein Hebel angebracht. Außerdem war keine der Straßen, auf denen ich zustellen musste, ein Hügel gewesen, der das Ziehen einer Handbremse erfordert hätte.

„Doch, den Hebel hat er. Er sitzt nicht wie üblich auf der Mittelkonsole, sondern etwas unterhalb, neben dem Fahrersitz."

Scott legte die Speisekarte weg und blickte mich an. „Sag nicht, das wusstest du nicht."

Die Hitze schoss mir in die Wangen und ließ mich erröten.

Scheiße! Wie peinlich war das denn bitte?

Mit fünfundzwanzig war ich nicht in der Lage, einen kleinen Hebel neben dem Fahrersitz zu erkennen. Beschämt fasste ich mir mit der Handfläche an die Stirn und schnappte Scotts Grinsen auf.

„Kein Ding, Tessie. Frauen und Autos passen ungefähr zusammen wie Frauen und Technik."

Er legte die Speisekarte beiseite und seine Augen suchten den Blick der Bedienung. Diese kam wie auf Kommando angerauscht und zückte ihr Tablet, um unsere Bestellung aufzunehmen.

Mir war es noch immer peinlich, die Handbremse nicht erkannt zu haben. Das verlangte definitiv nach Alkohol und ich bestellte mir einen passenden Whisky zu meinem Barbecue Burger.

Scott wählte ebenfalls einen Whisky. Allerdings entschied er sich für einen Chicken-Burger. Vermutlich wegen dem gesünderen Fleisch. Wie auch immer. Ich brauchte es heute deftig.

„Whisky", freute er sich. „Eine erstklassige Wahl. Man trifft selten ein Mädel, das auf Whisky steht wie du."

Die Bedienung trug unsere Gläser auf ihrem schwarzen Tablett und stellte die Getränke elegant auf dem Tisch ab. Ich lächelte ihr scheu zu und konnte es kaum erwarten, den Whisky zu probieren. Dem Geruch zufolge hatte er eine rauchige Note und ich prostete Scott zu.

„Auf die beschissene zweite Hälfte meines Arbeitstages."

Der erste Schluck des karamellfarbenen Schnapses rann mir die Kehle hinab. Er schmeckte herrlich rauchig und gleichzeitig unglaublich mild. Ich bemerkte, dass das Glas zuvor warm ausgespült worden war, das kam dem Aroma des Whiskys zugute.

„Und?", fragte ich Scott nach seinem Urteil.

„Ein grandioses Getränk."

Er lächelte und stellte sein Glas ab. „Also, was hat dir die Laune verdorben? Ein Schnösel im Anzug oder ein Anpfiff vom Chef?"

Erwischt. Er kannte mich wirklich gut.

„Letzteres. Ich habe Kieran im Aufenthaltsraum von diesem McLion erzählt, der wohl einige Eisen im Feuer hat. Tja, leider wusste ich nicht, dass er offiziell an eine Hoteltante vergeben ist, und durfte bei Larry antanzen. Der hat mir den Marsch geblasen und den Mund verboten." Ich schnaubte verärgert und sah Larrys drohenden Blick imaginär vor mir.

Scott hörte mir aufmerksam zu und legte den Kopf schief. „Das kann jedem passieren."

„Ja. Nur leider schützt Unwissenheit vor Strafe nicht."

Er lachte auf. „Wird nicht leicht für dich, deine Neuigkeiten nicht herumzuposaunen, was?"

Ich nickte energisch. „Leider."

Aus dem Augenwinkel sah ich, dass die Bedienung mit unseren Burgern im Anmarsch war. Hungrig nahm ich den Teller entgegen und griff zum Besteck.

Nachdem wir die Burger in Rekordzeit verschlungen hatten, gingen wir zum gemütlichen Whiskygenießen über. Scott tippte eine Nachricht an Kelly, damit diese sich nicht wunderte, wo wir blieben.

„Weißt du, wem ich die Post zustelle? Marquess, dem Boxer. Kennst du den?"

„Klar kenn ich den. Wer nicht? Wie ist er so?"

Ich zuckte mit den Schultern. „Keine Ahnung. Ich kenne nur sein Dienstmädchen, Lynn. Sie ist echt nett. Sie erzählte, dass er es hasst, wenn man klingelt." Ich grinste schief und nahm einen Schluck Whisky.

„Haha. Wenn man Rang und Namen hat, dann kann man, glaube ich, die hirnrissigste Regel einführen. Ich wünschte, ich würde einmal seinen Status erreichen", sagte Scott träumerisch.

„Du meinst, alles mit Prunk und Protz vollzustopfen und die Dienstmädchen mit Rockmusik zu plagen? Ja, das muss ein spektakuläres Leben sein." Ich schwenkte mein Glas in der Hand.

„Nein, ehrlich. Denkst du, du könntest Lynn mal fragen, ob er bei unserem Rugbyspiel aufschlägt? Wir könnten positive Presse brauchen."

Ich nickte. „Klar." Wobei ich zugegeben zweifelte, dass Marquess die Einladung annehmen würde.

„Und wenn du schon dabei bist, könntest du sie fragen, ob sie ihm gegenüber andeuten kann, dass wir Ausschau nach einem Sponsor halten."

Ich wusste, dass Scotts Mannschaft erfolgreich war und die finanziellen Mittel eng wurden in der Oberliga. Deshalb suchten sie händeringend nach einem namhaften Sponsor, der ihnen eine neue Erfolgsebene eröffnen konnte.

„Ich weiß nicht. Er scheint ein bisschen … hmm … knifflig zu sein."

Außerdem musste ich aufpassen, dass ich keinen Ärger auf mich zog, der Larry zu Ohren kam. Die Verwarnung von heute saß tief.

Als ich Scotts enttäuschte Miene sah, keimte Mitgefühl in mir auf. Es wäre sicher nichts dabei, Lynn zu fragen, ob Marquess Interesse hätte, oder?

Seufzend trank ich meinen Whisky leer und bat die Bedienung um die Rechnung. Wohlwollend bezahlte ich.

„Danke, Tessie."

Scott musterte mich und ich wusste, dass er nicht nur das Essen meinte.

Ich nickte, und mir war nicht wirklich wohl bei dem Gedanken, Lynn mit meinem Anliegen zu behelligen.

Am nächsten Tag düste ich mit Ferb und gelöster Handbremse direkt in die City of Westminster. Die grölenden Ansagen der Stadtführer in den roten Touristenbussen ignorierte ich und versuchte sie durch hartnäckiges Summen auszublenden. Das Hupkonzert der letzten Tage fiel aus und ich war tatsächlich in fünfundzwanzig Minuten schon in meinem Bezirk. Ein grandioses Gefühl, das mir ein kleines Lächeln abrang.

Ich checkte, ob es eine Zustellung für Marquess gab. Es wäre eine hilfreiche Ausrede gewesen, keine Post für ihn zu haben. Aber Fehlanzeige, der Kerl erwartete wohl ein Paket. Seufzend zog ich es aus dem Kofferraum und beschloss, es sofort zuzustellen.

Nach demselben Procedere wie die letzten beiden Tage stand ich also vor dem Briefschlitz des Boxers und stellte fest, dass das Paket nicht hindurchpasste.

Na super!

Ich schnaubte und checkte auf meinem Handy, ob er Anweisungen für einen Ablageort hinterlassen hatte. Anderenfalls müsste ich klingeln oder das Paket wieder mitnehmen.

Nervös kaute ich auf der Unterlippe und ließ mich vom Royal-Mail-System informieren, dass keine unterschriebene Anweisung zum Ablageort vorlag.

Verdammt!

Ich steckte das silberne Smartphone wieder in meine Tasche und klopfte beherzt an die weiße Haustür.

Nervös wartete ich ab, ob jemand öffnete. Aber die Tür blieb geschlossen.

Ich klopfte nochmal, dieses Mal fester. Wieder keine Reaktion.

Schließlich hämmerte ich mit beiden Fäusten dagegen, sodass Lynn mit einem verstörten Blick im Türspalt erschien. „Tessie, was machst du denn?", zischte sie mir zu und zog mich in den Eingangsbereich.

Der gebohnerte Parkettboden glänzte und an den matt schwarz gestrichenen Wänden standen rote Kommoden. Mich beschlich kurz das Gefühl, in einem Erotikshop gelandet zu sein, als ich die Skulpturen auf den Kommoden betrachtete.

„Marquess liegt mit Migräne im Bett", informierte mich Lynn und riss mich aus meiner Beobachtung. „Wenn der deinen Lärm hört, sind wir alle geliefert."

95

Ihre Backen glänzten rot und ich bemerkte, dass sich aus ihrer ordentlichen Frisur ein paar Haarsträhnen gelöst hatten. Sie schien wirklich Stress zu haben.

„Tut mir leid. Aber dein Boss hat keinerlei Verfügung über einen Ablageort angegeben. Was soll ich denn machen? Wenn ich es wieder mitnehme, müsst ihr es im Office abholen."

„Ach, daran hatte ich nicht gedacht", seufzte Lynn und lächelte. „Danke."

Galant streckte ich ihr das Paket entgegen und forderte ihre Unterschrift auf meinem Handy.

„Alles digital, was?"

Lynn setzte ihren Servus auf das Display und ich drückte „Bestätigen", damit der Auftrag auf „Erledigt" gesetzt wurde. „Ja, so wird es gleich ins System übertragen und man muss keine lästigen Zettel zehn Jahre lang aufbewahren."

„Hört sich gut an." Lynn strich sich die Haare aus der Stirn.

„Du sag mal, besucht Marquess eigentlich Veranstaltungen anderer Sportarten?", fragte ich freundlich und Lynn legte den Kopf schief.

„Du meinst sowas wie Tennis oder Baseball?"

Ich nickte.

„Gelegentlich macht er das. Warum fragst du?"

Sie blickte mich forschend an. An ihrer Stelle würde ich mir auch misstrauen. Seufzend erzählte ich ihr von Scott.

„Ein Freund von mir ist Rugbyspieler und seine Mannschaft sucht händeringend einen Sponsor. Denkst du, Marquess könnte so etwas interessieren?"

Bevor Lynn zu einer Antwort ansetzen konnte, sah ich aus dem Augenwinkel eine große Person an der Marmortreppe stehen. Mein Herzschlag stolperte.

Marquess blitzte mich zornig an und seine Arme fuhren nach oben, während er die Treppen heruntertrampelte. Sein Oberkörper spannte sich dabei an und ich sah die Muskeln seiner definierten Brust arbeiten. „Meinen guten Namen willst du? Ja?" Er baute sich bedrohlich vor mir auf.

Ich schluckte. Seine dunklen Augen hatte er weit aufgerissen und sein Atem ging schnell. Er erinnerte mich etwas an eine kleine rundliche Bulldogge.

„Lästerndes Pack", herrschte er.

Lynn stand paralysiert neben ihm und wagte es nicht, zu sprechen.

Ich erwiderte seinen aggressiven Blick wacker. „Tut mir leid, dass ich Sie gestört habe. Ich bin Tessie, Ihre neue Postbotin und wollte ein Paket für Sie vorbeibringen."

„Aaaah", stöhnte er und streckte mir seine breite Handfläche entgegen.

„Sprich nicht weiter! Deine Stimme ist so ... so ... schrill."

Seine Miene wurde schlagartig leidend und er kniff die Augen zusammen. Mit der Hand fuhr er sich über die Stirn, um sein Leid zu unterstreichen. Seine Glatze glänzte im Licht.

„Schrecklich. Lynn, Liebes, entfernst du diese Person bitte?"

Seine dunkelbraunen Augen sahen liebreizend zum Dienstmädchen.

Ich schnaubte und biss mir auf die Unterlippe, um dem Kerl keine fiese Bemerkung ins Gesicht zu schleudern. Verdient hätte er sie allemal.

Meine Stimme war nicht schrill und ich war keine „Person", wie er es angewidert ausdrückte, sondern Tessie.

Lynn sah mich flehend an und ich machte auf dem Absatz kehrt. Den glatzköpfigen Boxer würdigte ich keines Blickes mehr.

Hoffentlich bekam Lynn jetzt nicht meinetwegen eine Kündigung um die Ohren gehauen. Ich wagte es nicht, an der Tür zu lauschen, vernahm aber das gedämpfte Stimmengewirr von drinnen.

Verunsichert ging ich zu Ferb und setzte mich, als ich das sanfte Vibrieren meines Handys spürte. Genervt zog ich es aus der Tasche und sah Larrys Nummer aufblinken.

Der hatte mir gerade noch gefehlt.

„Ja?", röhrte ich barsch ins Telefon.

„TESSIE NEILL, du kommst nach deinen Zustellungen SOFORT in mein Büro! Haben wir uns verstanden?!"

Es war keine Frage, sondern ein Befehl, den Larry unkommentiert stehen ließ, denn die Leitung tutete, bevor ich zusagen konnte.

Schnaubend steckte ich das Handy in die Tasche.

Keine Ahnung, was ich jetzt wieder ausgefressen hatte, aber das hörte sich definitiv nach einem Vulkanausbruch an.

Mein Blick glitt verstört zu Marquess' Zaun und ich konnte nur hoffen, dass er sich nicht über mich beschwert hatte. Denn dann konnte ich definitiv einpacken.

Missmutig startete ich Ferb und teilte die Post der restlichen Straße aus. Lust auf eine Mittagspause hatte ich nicht, denn meine Gedanken kreisten um das Gespräch mit Larry. Ich wurde nervöser, je leerer Ferbs Kofferraum wurde.

Am frühen Nachmittag kam ich grimmig vor Quinns Stadthäuschen an. Der Macho hatte sicher wieder Frauenbesuch, denn ein silbernes Cabrio in dem wild verstreut Designerklamotten lagen, parkte direkt hinter seinem Porsche auf dem Gehsteig.

Lustlos ging ich den gekiesten Weg zur Veranda entlang.

Ich warf seinen Brief durch den Briefschlitz und machte kehrt, als eine Strech-Limo vor seinem Porsche parkte. Rasch duckte ich mich hinter der weißen Umzäunung der Veranda.

Aus dem Auto stieg eine Frau mit rosefarbenem Rock und weißer Bluse. Ihr Gesicht wurde von einer großen Sonnenbrille verdeckt und von wallendem blonden Haar umschmeichelt.

Grazil öffnete sie die Tür des Rücksitzes und zum Vorschein kam ein kleiner weißer Pudel, der an ein pinkes Ledergeschirr geleint war.

„Princess, mein Schätzchen, wir sind gleich bei Papa", gurrte sie und schob ihre Sonnenbrille in ihr blondes Haar.

Ach du Scheiße!

Die Erkenntnis durchfuhr mich wie heiße Lava; das musste Susan Perry sein. Quinns Freundin.

Während diese sich am Kofferraum zu schaffen machte, riskierte ich einen Blick durchs Fenster und sah, was ich vermutete. Quinn, der eng umschlungen mit irgendeiner Tussi knutschend auf dem Sofa lag.

Das würde eine ordentliche Szene geben, dachte ich und riss mir blitzschnell meinen Blazer vom Leib und warf ihn zwischen den Zaun und die Thujahecke.

Dann erhob ich mich hastig, ohne nachzudenken, und trampelte, so laut es auf irgendeine Weise ging, die Treppen am Eingang hinab.

Ich konnte nur hoffen, dass der Macho ein hervorragendes Gehör hatte und meine polternde Warnung bemerkte. Ich dachte keine Sekunde darüber nach, was ich gerade tat.

Charmant lächelnd trat ich auf Susan Perry zu, die mich argwöhnisch musterte.

Ich musste ein seltsames Bild abgeben in meinem weißen Top und dem Bleistiftrock, denn sie ließ ihre großen blauen Augen vielsagend über mein Outfit gleiten.

Der weiße Pudel knurrte mit jedem Schritt, den ich näherkam. Unsympathisches Ding.

„Willkommen", meinte ich übertrieben freundlich, um meine Unsicherheit zu verbergen. Den Pudel ignorierte ich.

„Sie sind?", fragte Susan desinteressiert und verschränkte die Arme vor ihrer prallen Brust.

„Tessie, das neue Dienstmädchen von Quinn."

Jetzt keimte Interesse in Susans Augen auf. „Wunderbar. Die Koffer sollten ins Haus", erklärte sie herrisch und steuerte auf den Eingang zu. Ihr Pudel folgte ihr tippelnd. Rasch stellte ich mich in den Weg.

„Äh, verzeihen Sie." Sie wandte sich mir naserümpfend zu. Ich versuchte, starr zu lächeln.

„Was?", herrschte sie und ihr Blick sprühte Gift. Der Pudel knurrte und seine pechschwarzen Augen glommen teuflisch.

„Princess, scht", beschwichtigte Susan ihn zischend.

„Auf welches Zimmer?" Ich stellte mich absichtlich dumm, um Quinn einen Zeitvorsprung zu geben. Warum ich das machte, konnte ich mir noch nicht erklären. Vermutlich aus Eigenschutz, denn wenn diese Farce aufflöge, würde mich am Ende noch irgendein neugieriger Nachbar dafür verantwortlich machen und ich verlor meinen Job.

Larry war unberechenbar, seit ich diese Beförderung innehatte. Da wäre ein falscher Kieselstein in meinen Ballerinas als möglicher Auslöser für eine Kündigung denkbar.

Susan zog an Princess' Leine, während ihr Blick an mir klebte.

„Das Zimmer im hinteren Bereich, das direkt in den Garten führt. Das wird dir Quinn doch erklärt haben, oder? Er weiß, dass ich heute ankomme."

Offenbar nicht, dachte ich grimmig und setzte ein freundliches Lächeln auf.

„Aber natürlich."

„Liebling! Da bist du ja", tönte eine sonore Männerstimme hinter mir und ich zuckte erschrocken zusammen. Das musste er sein! Ein Schauer lief mir über den Rücken bei dem tiefen Klang seiner Stimme. Sie erinnerte ein wenig an die Erzählstimmen auf den Kindermärchen-Kassetten.

„Darling."

Susan warf euphorisch die Hände in die Luft, tippelte in Highheels die Treppen hinauf und ich hörte das Schmatzen eines Küsschens.

Ertappt wandte ich mich um und bemerkte, dass Quinn mich musterte. Sein schwarzes Haar war zerzaust und sein weißes Shirt sollte dringend gebügelt werden. Er lächelte verschmitzt und versuchte sein Haar durch eine kleine Handbewegung in Ordnung zu bringen. Er scheiterte königlich.

Tja, ich wusste auch warum.

„Was hast du denn neuerdings für Trampel als Bedienstete? Wie sieht sie denn überhaupt aus? Lässt du deine Dienstmädchen mittlerweile so bürgerlich herumlaufen?", säuselte Susan und ich schnaubte.

Quinns fragender Blick glitt über mein Oberteil und blieb an meinem Gesicht hängen.

„Es tut mir leid, Mr McLion, ich wollte die Ankunft von Ms Perry nicht mit Absicht verzögern. Ich war spät dran und schaffte es nicht, mich umzuziehen", erklärte ich mit eingehendem Blick und Quinns Mundwinkel zog sich leicht nach oben. Ein kleines Grübchen entstand auf seiner Drei-Tage-Bart-Wange. Sein verschmitzter Blick fing mich völlig ein und ich verstand, welcher Anziehungskraft seine Betthäschen auf den Leim gegangen waren.

„Aaah, Susan, das tut mir leid. Die gute Seele Agata ging in den Ruhestand, deshalb brauchte ich Ersatz", erklärte er rasch und verstand, worauf ich angespielt hatte. Er fuhr sich über seinen Bart.

„Soso. Du hättest mich ruhig in die Auswahl mit einbeziehen können, Liebling. Du weißt, wie pingelig ich bin."

Ich verdrehte die Augen. Das war ja so klar. Die erfüllte alle Klischees einer Tussi mit ihrem rosefarbenen Kostüm und dem blondierten Haar. Ein klein wenig mehr Geschmack hätte ich dem Firmenmogul schon zugetraut.

„Was stehst du denn so nutzlos herum? Meine Koffer gelangen nicht von selbst in mein Zimmer", wies Susan mich barsch an und der weiße Köter kläffte.

In den nebulösen Teilen meines Hinterköpfchens wusste ich, dass es besser war, Hunden nicht direkt in die Augen zu blicken, denn sie fassten das als Bedrohung auf. Also ignorierte ich den Giftzwerg wieder.

Mit einem fragenden Blick zu Quinn trat ich langsam an den Kofferraum.

Quinn machte keine Anstalten, mich aus der Nummer herauszureden. Stattdessen legte er seinen muskulösen Arm um die zarten Schultern von Susan und begleitete sie nach drinnen.

ERNSTHAFT? Der wollte jetzt ERNSTHAFT, dass ich die Koffer von der Tante ins Haus trug?

Wut brodelte in meinem Bauch und ich war versucht, einfach abzuhauen, allerdings blitzten Quinns Augen bittend am Fenster auf und ich nickte unmerklich. Er schickte mir eine heimliche Kusshand und ich verdrehte die Augen, während seine breite Statur verschwand.

Macho!

Trotzdem war es irgendwie süß. Wenngleich er sicher immer das bekam, was er wollte. Ein Naturgesetz, das den Reichen und speziell den Schönen in die Wiege gelegt worden war.

Mit Schwung hievte ich den ersten Designerkoffer aus der Limousine und ließ ihn achtlos in den Kies plumpsen. Das gleiche Procedere wandte ich bei den restlichen fünf an und fragte mich, ob Susan den ganzen Hausstand mitgenommen hatte.

Die plumpen Chanel-Koffer fand ich einfach nur zum Kotzen und es war mir egal, ob sie durch den Kies Schrammen ins Leder abbekamen oder nicht.

Von drinnen tönte Princess' Gebell und ich schloss den Kofferraum.

Es nutzte mir nichts, dass die Koffer Rollen hatten, denn es war die Hölle, die Dinger mit Schleifspuren durch den Kies zu ziehen. Ich verfluchte mich kurzzeitig dafür, keinen Sport zu machen. Meine Arme würden mir diese Aktion sicher mit Muskelkater danken. Ich wuchtete das Gepäck die Stufen zur Veranda hinauf.

Oben erwartete mich Princess, die mich angriffslustig aus schwarzen Augen ansah. Sie musste dem trauten Paar wohl abgehauen sein. Ich war noch nie einem Hund begegnet, für den ich so viel Antipathie gehegt hatte wie für Princess.

„Wag es ja nicht, mich anzufallen", warnte ich und zog den ersten Trolley an ihr vorbei.

Das Trotten ihrer Pfoten und das Scharren der Krallen über den Marmorboden verfolgte mich. Ich mochte Tiere, so lange sie mich mochten. Dieses fellige Exemplar schien genauso extravagant und biestig zu sein wie sein Frauchen.

Im Flur angekommen, hielt ich einen Moment inne, um die Räumlichkeiten genauer zu betrachten. Quinn hatte den Flur hell gehalten. Der Boden bestand aus grau-weiß meliertem Marmor und die Wände waren in einem warmen Beige gestrichen. Die Kommoden und das Schuhregal waren allesamt weiß. An der Garderobe hing eine kleine Auswahl an Business-Jacketts und das Schuhregal war mit einigen teuer aussehenden Ledertretern bestückt. Auf einem metallenen Beistelltisch war ein hübsches Liliensträußlein zu sehen.

Damit traf er meinen Geschmack, denn es erinnerte nicht an den üblichen Prunk, sondern ein bisschen an die Natur selbst. Mir gefiel das Flair und ich ließ mich davon einfangen. Nur Susans nasal klingende Stimme störte die entzückende Kulisse.

Ich vermutete, dass ihr Zimmer im hinteren Teil des Flures liegen musste. Richtung Garten oder zumindest im Bereich des Freizuganges. Also tappte ich den Gang entlang. Die Liliengestecke wiederholten sich auf hölzernen und weißen Schränklein und an der Wand waren antike Fotografien des alten Londons angebracht. Ich entdeckte ein schwarz-weiß Foto des Big Ben in einem silbernen Rahmen. Ob Quinn sich wohl für Londons Geschichte interessierte?

Am Ende des Flurs öffnete ich hilflos die erste Tür und blickte direkt auf ein rosa Himmelbett. *Bingo!*

Das musste Susans Zimmer sein. Also fuhr ich nach und nach ihre Koffer in den Raum und wurde von Princess treu wedelnd verfolgt.

An den Wänden hingen Bilder von Susan mit allen möglichen Promis. Sie posierte überwiegend mit Männern jeglicher Altersklasse. Nicht, dass ich einen davon erkannt hätte, aber sie sahen allesamt wichtig aus. Auf jedem zweiten davon saß Princess mit gefletschten Zähnen auf ihrem Arm.

Puh, ein Höllengespann!

Ich grinste über meinen Gedanken und verließ das Zimmer. Dann trat ich in den Flur zum Stimmengewirr, um mich abzumelden und Quinn seinem Schicksal zu überlassen.

Vor einer angelehnten Tür saß Princess, die vorausgeeilt war und den Kopf schief legte, als würde sie etwas planen.

Tapfer trat ich an ihr vorbei und hörte ihr Kläffen. Genervt verdrehte ich die Augen und griff zur Türklinke, als ich ein schmerzhaftes Zwicken an meiner Wade spürte.

„Au", entfuhr es mir, denn Princess riss an meiner Seidenstrumpfhose.

„Sag mal, geht's noch?" Die Pudeldame riss mir eine riesige Laufmasche hinein. Ihr Blick glomm angriffslustig und ich knurrte demonstrativ mit erhobenem Zeigefinger.

„Was ist denn hier los?", brüllte Susan empört und starrte mich böse an.

„Hast du meinen kleinen Engel provoziert?"

„Bitte was?", setzte ich ihr entgegen und registrierte, wie sich Princess winselnd und mit engelsgleichem Blick von Susan auf den Arm nehmen ließ.

„Siehst du, Princess hat Angst vor ihr", sagte Susan an Quinn gewandt, der mit genervter Miene an der Türzarge lehnte. „Ich bin sicher, das Ganze ist ein Missverständnis."

„Missverständnis?", zischte ich hämisch. „Ganz bestimmt."

Susan strich Princess über ihr weißes Fell. „Mein Schätzchen tut niemandem etwas zuleide, außer man provoziert sie."

„Sie kennt ... äääh ... wie war dein Name noch gleich?", fragte er und schaute mich irritiert an.

„Tessie. Und nein, sie hat mich einfach aus heiterem Himmel angefallen."

„Untersteh dich", herrschte mich Susan an, und Quinn wirkte verärgert.

„Princess ist wohlerzogen und war auf einer der besten Hundeschulen des Landes", schleuderte mir Susan entgegen.

Ich biss mir auf die Unterlippe, um den Streit nicht eskalieren zu lassen. Deshalb schluckte ich jede weitere Bemerkung hinunter.

„Ladies, beruhigt euch. Susan, Liebling, ich glaube, es ist das Beste, wenn du dir draußen am Pool einen Drink gönnst. Ich bin sofort bei dir, wenn ich ... äh ... die Situation hier geregelt habe, okay?"

Er fuhr sich fahrig durch das schwarze Haar und drückte Susan ein Küsschen auf die Wange. Susan sah mich hochmütig an. „Meinetwegen", brummte sie und wandte sich ab.

Ich schaute Quinn fragend an. Es war mir beinahe schon unangenehm, wie sehr mich sein Blick durchdrang. Als würde er jeden Gedanken von mir scannen.

Auf halbem Weg hielt Susan abrupt inne.

„Ach, Liebling?", säuselte sie und ihr Tonfall triefte vor Argwohn. „Bitte schmeiß die Kleine nicht gleich raus. Wenn ich es mir recht überlege, sollten meine Gucci-Pumps geputzt werden und ich hätte wirklich mal wieder Lust, ein Dienstmädchen nach meinem Geschmack zu erziehen, ja?"

Es machte mich rasend, wie sehr sie mich spüren ließ, dass ich ein Mensch zweiter Klasse für sie war und nur Quinns warme Hand, die sich auf meinen Arm legte, bewog mich, zu schweigen. Eigentlich hatte ich es nicht nötig, mich von der blöden Ziege beschimpfen zu lassen.

Mit einem triumphalen Grinsen drehte sich Susan wieder um, sie schien Quinns Antwort schon zu kennen.

„Natürlich, mein Schatz", rief er ihr hinterher und verzog die Lippen zu einem grimmigen Lächeln, sobald der wackelnde Hintern von Susan hinter der weißen Schlafzimmertür verschwunden war.

„Nun zu dir", hauchte er, legte den Kopf schief und nahm die Hand von meinem Arm. Die Stelle pulsierte. „Es war mutig, was du getan hast, aber auch riskant. Woher wusstest du, dass mich Susans Ankunft in eine prekäre Lage bringen würde?"

Der Blick seiner grünen Augen taxierte mich, wie der eines Geiers, der bereit war, sich auf sein Aas zu stürzen. Eine Fangfrage, denn er wusste vermutlich genau, dass ich gespannt hatte.

„Einen umfassenden Einblick bekommt man, wenn die Vorhänge nicht zugezogen sind", informierte ich ihn spitz. „Auch wenn man eigentlich gar nicht durch die Fenster hineinschauen möchte, passiert es als Briefträgerin durchaus, dass man mit dem Blick abschweift."

„Briefträgerin?", entfuhr es ihm ungläubig und er ließ den Blick über mein ramponiertes Outfit gleiten. „Das erklärt so einiges.'

„Das ist ein ehrbarer Beruf", giftete ich zurück und ein verschmitztes Lächeln umspielte seine vollen Lippen.

„Soso. Wie dem auch sei, Frau Briefträgerin. Du hast mir verdammt noch mal den Arsch gerettet. Dafür bin ich dir dankbar. Allerdings haben wir jetzt ein mittelgroßes Problem, denn Susan will dich offensichtlich behalten."

„Du hast ein mittelgroßes Problem. Mir ist das egal. Ich hab dir den Ruf gerettet und will mit der Thematik weiter nichts zu tun haben." Ich schürzte die Lippen.

„Tessie."

Er fasste mich galant an den Schultern und ein nervöses Flattern durchzuckte meinen Bauch.

„Bitte. Ich brauch dich hier. Susan bleibt nur ein paar Tage und der Stress mit ihr wäre enorm, wenn ich nicht postwendend ein Dienstmädchen finde."

„Da draußen laufen tausend Mädchen herum, die diesen Posten liebend gern annehmen würden. Ich gehöre echt nicht dazu."

„Und wenn ich dich dafür bezahle?" Seine Augen baten mich verzweifelt zuzusagen. „Ich kläre das gerne mit deinem Chef ab und unterstütze eure Postboten finanziell wenn es sein muss."

Oh, wow. Mir fehlten kurz die Worte. Der Kerl hatte es ja echt nötig, das Schauspiel aufrechtzuerhalten.

„Du kannst doch putzen, waschen und den ganzen Kram?"

Ich schnaubte. „Kram. Natürlich kann ich einen Haushalt schmeißen. Solltest du auch mal machen, macht sexy."

Er grinste amüsiert und ich ermahnte mich innerlich, mein vorlautes Mundwerk nicht so weit aufzureißen.

Ich war zwar imstande, meinen Haushalt zu führen, den Ansprüchen von Susan gerecht zu werden, wäre aber sicher eine ganz andere Ebene, auf die ich mich begeben müsste.

„Deine Schlagfertigkeit gefällt mir, Tessie. Also, ich zahle dir, so viel du willst, wenn du mitmachst. Eine Woche maximal zwei, dann entlasse ich dich wieder, okay? Deinem Chef mache ich ein Angebot, das er nicht abschlagen kann."

Er wartete geduldig auf meine Antwort.

Das Angebot war verlockend, wenngleich auch beleidigend. Er stellte mich dar, als wäre ich käuflich. Quinn musste meine Gedanken wohl erraten haben, denn er trat ein Stück näher.

„Ich will dich keineswegs kaufen, sondern an deine Moral appellieren. Bitte hilf mir und lass mich dir deinen Urlaub, ein Auto oder sonst was finanzieren, okay? Du wohnst in der Zeit selbstverständlich hier bei uns und genießt ein wenig Luxus. Das werde ich Susan schon begreiflich machen. Deal?"

Mit Hundeblick und Grübchenlächeln reckte er mir die Hand entgegen.

Automatisiert ergriff ich sie und wurde von einem warmen Gefühl durchflutet, zeitgleich registrierte ich mit Entsetzten, was mein gedankenleerer Kopf gerade getan hatte; nämlich einen haarsträubenden Deal mit Quinn McLion geschlossen.

Kapitel 6

Der harte Händedruck von Quinn pochte noch auf meiner Haut und ich grub die Finger in Ferbs ledernes Lenkrad. Scheinheilig gab mir mein neuer Arbeitgeber den restlichen Tag frei, um Susan zu beschwichtigen und mir die Zeit einzuräumen, meine Angelegenheiten zu klären.

Leider war ich durch die spontane Rettungsaktion viel zu spät für Larrys Termin. Der drängelnde Stadtverkehr und die Touristenhochburgen machten es nicht unbedingt leicht, schneller als gewohnt zum Office zu kommen. Heute hatte ich keine Muse für den hübschen Ausblick auf die Themse und ignorierte alles und jeden um mich herum so gut es ging. Ich wollte mit Karacho schnellstmöglich zum Office.

Mit quietschenden Reifen bremste ich hart auf dem Parkplatz der Briefträger und hastete ins Gebäude. Ungeachtet Abbys fragender Miene eilte ich zu Larrys Tür und klopfte fieberhaft dagegen.

Er riss sie mit einem feurigen Blick auf, der mich zum Keuchen brachte. Das Braun seiner Augen glühte förmlich, während er mich barsch ins Büro zog.

„Larry, ich bin spät dran. Sorry", stammelte ich und seine Hand bugsierte mich hart auf den Stuhl vor seinem Schreibtisch.

Die Lippen hatte er brüskiert zusammengekniffen und zwischen seinen Augenbrauen saß die altbekannte große Zornesfalte.

Das war kein gutes Zeichen. Vorsichtshalber schob ich die Handflächen unter den Hintern und senkte betreten den Blick.

„Was glaubst du eigentlich, wer du bist? Verhandlungsmanager der hiesigen Rugby-Mannschaft? Kannst du dir vorstellen, wie Marquess de los Santos hier angerufen hat?"

Ach du Scheiße!

Entsetzt fuhr ich zusammen. Der Boxer musste wohl einen riesen Tumult veranstaltet haben, wenn Larry so fuchsteufelswild drauf war.

„Ich, also ... es war ein Gefallen, weißt du ..."

„MIR SCHEIẞEGAL. Selbst wenn dich der Kaiser um einen Gefallen bittet, hältst du dich verdammt nochmal aus den Geschäften deiner Klienten raus", schrie Larry und riss wütend die Augen auf. Mit dem Zeigefinger deutete er anklagend auf mich.

„Okay, es tut mir leid", erklärte ich verhalten.

„Dein ‚es tut mir leid' hängt mir zu den Ohren raus, Tessie." Larry warf die Hände in die Luft. „Argh – kannst du dich einmal, aber auch nur einmal, an die Regeln halten?"

Auweia. Ich schluckte hart. Das lief ganz schön beschissen für mich.

Zurückhaltend linste ich auf seinen Schreibtisch. Glücklicherweise war neben dem Stapel roter Mappen kein Kündigungsschreiben zu sehen und ich konnte ein wenig durchatmen. Es würde also „nur" auf eine Standpauke hinauslaufen.

„Ja, Larry, ich werde mich an die Regeln halten. Versprochen."

Er schnaubte und seine Nasenflügel blähten sich auf. Seine Halsschlagader pochte und sein Hals war gerötet. Ich hatte beinahe schon Sorge, dass der oberste Knopf seines Karohemds aufspringen könnte.

„Du kostest mich mal noch eine Botox-Behandlung. Glaub mir, wegen dir sieht mein Gesicht bald aus wie ein zerknittertes Hemd." Larry atmete schwer und funkelte mich an.

„Ja, die darfst du mir dann vom Lohn abziehen, okay?"

„Pff. So viel verdienst du auch wieder nicht."

Ich witterte die Gelegenheit, ihm von Quinns Deal zu erzählen, wovon er ja durchaus auch profitieren würde. Das könnte ihn besänftigen.

„Bald vermutlich schon. Ich habe einen Deal mit Quinn McLion am Laufen."

Vielversprechend blickte ich ihn an und bemerkte zu spät, dass seine Halsschlagader wieder heftig pulsierte. Er fuhr in die Höhe, wie von einer Tarantel gestochen.

„Bist du wahnsinnig? Willst du, dass ich dich freiwillig rauswerfe, ohne dir auch nur eine Träne hinterherzuweinen? Du bist meine Mitarbeiterin, Tessie, und du hast verdammt noch mal niemanden neben mir zu haben, ist das klar?"

Speichel spritze ihm aus dem Mund und seine Stimme überschlug sich, so hatte er sich in Rage geschrien.

Das war mit Abstand die lauteste Standpauke, die er mir jemals gehalten hatte. Es schien, als wären lang unterdrückte Gefühle aus ihm herausgebrochen, denn sein letzter Satz war sehr zweideutig gewesen.

Rasch zog ich die Hände unterm Hintern hervor und hob sie beschwichtigend. „Der Deal kommt dir zugute, Larry", sagte ich bestimmt. Larry setzte sich keuchend und fuhr sich mit zitternder Hand über die Stirn. Ich wollte nicht lockerlassen und mit einem guten Gefühl aus dem Gespräch gehen.

„Wehe, das ist nur eine lapidare Lüge oder Ausrede, dann kannst du was erleben, Fräulein." Seine Habichtaugen blitzten wütend und sein Atem ging schnell.

„Ich habe Quinn heute aus einer unglücklichen Situation gerettet. Allerdings verfrachtet mich das in die Rolle seines Dienstmädchens für maximal zwei Wochen. Als Trostpflaster möchte er unser Office finanziell unterstützen."

Ich versuchte zu lächeln, doch Larrys Miene sprach Bände. Feurig schlug er mit der flachen Hand auf seinen Schreibtisch, sodass sein Bildschirm wackelte.

„Verarschen kannst du dich selber. Das ist eine plumpe Abwerbe-Aktion, mit der du mich sitzenlassen willst. Aber eins kann ich dir sagen, du brauchst morgen nicht wiederzukommen."

Mit knallrotem Kopf starrte er mich erzürnt an.

„Nein ehrlich, das sind nur zwei Wochen. Ein Kollege kann mich doch so lange vertreten bis ich wieder da bin."

„RAUS", schrie er und war blitzschnell an der Bürotür, die er mit aller Macht aufriss.

Seinen wütenden Blick spürte ich im Rücken, und ich seufzte innerlich. In seiner jetzigen Verfassung hatte ich keine Chance, ihm Quinns Deal schmackhaft zu machen. Gekränkt trat ich aus dem Büro und hörte den lauten Knall, mit dem er die Tür zuschleuderte.

Abbys Platz war leer, so konnte ich nicht mal ihr die Situation erklären. Verzweifelt stand ich im Vorzimmer meines tobenden Chefs und wusste nicht mehr weiter. Ich hatte nicht mal Quinns Nummer, denn es wäre mehr als hilfreich gewesen, wenn er Larry die Situation nochmal erklärt hätte. Warum hatte ich der ganzen Sache auch zugestimmt?!

Zerknirscht setzte ich mich zuhause angekommen auf die Couch und öffnete mir ein Fläschchen Bier. *Verdammt!* Was war nur in mich gefahren, dass ich den mistigen Schnösel vor dem Auffliegen seiner Fremdgehaktion bewahrt hatte? Wie kam ich überhaupt dazu, mich in fremde Leben einzumischen?

Das war so gar nicht mein Ding. Ich schnaubte.

Vermutlich hatte mein weiches Herz irgendwie seinen Beschützerinstinkt gefunden und meinem Hirn einen Kurzschluss verpasst. Das muss es gewesen sein, denn rational konnte ich mir nicht erklären, warum ausgerechnet ich einem verhassten Reichen geholfen hatte.

Okay, Quinn war vielleicht ein kleines Quäntchen sympathisch. Aber wenn ich jedem helfen würde, der mir auf der Straße sympathisch war, könnte ich eine Seelsorge eröffnen.

Ich trank einen großen Schluck Bier. Wegen dem grünäugigen Schönling hatte ich jetzt ein riesen Problem mit Larry und meinen Job aufs Spiel gesetzt.

Es war wohl das Beste, wenn sich Larrys Gemüt beruhigte und ich morgen früh, bevor ich zu Quinn ging, nochmal mit ihm sprach. Die Kündigung, die er ausgesprochen hatte, nahm ich somit erst mal nicht ganz ernst.

Ein dumpfes Geräusch riss mich aus meinen Gedanken und Kelly setzte sich zu mir. „Sag bloß, dein Tag ist wieder scheiße gelaufen?"

„Scheiße ist gar kein Ausdruck." Ich trank wieder einen großen Schluck Bier, was Kelly kritisch beäugte.

Dann erzählte ich ihr verzweifelt von Quinns Abkommen und Larrys Ausraster. Kelly, die aus dem erstaunten „oh" und „ah" Seufzen gar nicht mehr herauskam, starrte mich am Ende meiner Ausführung ungläubig an. Blitzschnell fuhr sie von der Couch auf.

„Jetzt brauche ich einen Schnaps", stammelte sie und holte die angebrochene Flasche des Schnapsbrandes aus dem Küchenschrank.

Wortlos goss sie uns ein und prostete mir zu. Wir exten zwei Gläschen voll und starrten Löcher in die Luft. Jetzt war guter Rat teuer.

„Du bist sicher, dass du das machen willst?", fragte Kelly langsam.

„Was?"

„Mädchen für alles bei dem reichen Heini."

„Mhm. Denk an das Geld."

Kelly seufzte. „Brauchst du es so dringend?"

„Du weißt, dass ich kein Geld von dir annehme. Also ja, ich bin froh über eine Finanzspritze."

Dabei hatte ich im Hinterkopf den Gedanken, dass Kelly und Scott sicher bald zusammenziehen würden. Wenn ich keinen passenden WG-Partner fände, würde ich allein eine Wohnung stemmen müssen.

„Puh." Kelly füllte sich nochmal ein Gläschen Schnaps ein.

„Jepp. Puh." Ich seufzte ergeben. „Ich sollte morgen früh nochmal mit Larry sprechen."

„Das solltest du." Kelly hickste.

„Sorry. Von dem klaren Zeug krieg ich Schluckauf."

Sie grinste schief und ich kicherte. Die Situation war einfach zu absurd. Kelly stimmte in mein Lachen mit ein und wir kringelten uns schließlich auf dem Sofa. Nur das schrille Klingeln der Türglocke riss uns aus dem Lachflash.

Kelly eilte zur Tür und ich hörte dumpfes Stimmengewirr.

„Tessie, kommst du mal?"

Überrascht erhob ich mich, denn ich erwartete so gut wie nie Besuch. Ich wollte meinen Feierabend für mich haben.

Larrys schuldbewusste Visage schaute mir vom Ende des Flurs entgegen. Sein betretener Blick wurde von einem großen Strauß Rosen begleitet, den er mir hastig entgegenstreckte.

„Es tut mir so, so, so leid", sagte er und drückte mir den Strauß in die Hand.

Ich griff perplex danach und starrte Larry einfach nur an. Er hatte sich extra in Schale geworfen und trug ein braunes Cordsakko. „Ehrlich. Ich wollte dich nicht so anschreien", erklärte er mit Nachdruck und steckte die Hände in die Hosentasche wie ein Zwölfjähriger, der einen Klingelstreich ausgefressen hatte.

Unfähig, überhaupt zu reagieren, spürte ich, wie sich Kelly an mir vorbeischob. „Kommen Sie doch erst mal rein", bot sie Larry an, der sich von ihr ins Wohnzimmer bugsieren ließ.

Festgefroren stand ich im Flur mit einem Strauß Rosen in der Hand und einem quasselnden Larry, der sich offenbar von Kelly einen Schnaps aufdrängen ließ.

Mein Herz beruhigte sich, als ich langsam begriff, dass irgendetwas oder irgendwer Larry umgestimmt haben musste.

Ich legte den Rosenstrauß auf das Schränkchen im Gang und trat ins Wohnzimmer. Rosen waren irgendwie nicht mein Ding.

Larry und Kelly tranken emsig Schnaps und ich bemerkte, dass meine Freundin schon einen kleinen Schicker hatte.

Ich räusperte mich und die beiden blickten ertappt zu mir. Larry erhob sich sofort. „Die Sache ist die", erklärte er beklommen. „Quinn McLion hat mich kurz nach meinem Ausraster angerufen und die Situation erklärt. Er ist wirklich sehr spendabel, weshalb ich denke, dass du den Job antreten solltest."

Da war er wieder, der Profitgeier, der in Larry steckte. Kelly, die verheißungsvoll nickte, rang mir ein Lächeln ab, das Larry aufatmen ließ.

„Moment. Das bedeutet nicht, dass ich nicht sauer mit dir bin."

Ich verschränkte die Arme. „Das war absolut unfair und das weißt du auch."

„Es tut mir echt leid." Schuldbewusst nahm Larry Kelly das volle Schnapsglas ab, um es mir anzubieten. Ich lehnte ab.

„Oooch Tessie, sei nicht so griesgrämig. Ist ja alles geklärt und gut jetzt."

Sie prostete Larry zu und leerte ihr Glas. Larry nickte energisch und reckte mir sein Glas entgegen. „Stoßen wir auf unsere Versöhnung an?"

Kelly klatschte vergnügt in die Hände und eilte wie auf Kommando in die Küche, um mir dann ein Schnapsglas in die Hand zu drücken.

Nebenbei hörte ich die Haustür und Scott kam mit dem Rosenstrauß in der Hand herein.

„Was geht denn hier ab?", fragte er ungläubig und Kelly fiel ihm überschwänglich um den Hals.

„Hallo, mein Schatz, Tessies Chef ist da. Wir sind ab jetzt reich."

Scotts verwirrte Miene huschte zu mir und ich zuckte nur mit den Achseln.

„Prost." Den Schnaps brauchte ich jetzt. Ich hatte keine Lust, Scott die gesamte Geschichte zu erklären.

„Hi. Ich bin Larry", stellte sich mein Chef vor und Scott schob Kelly von sich.

„Scott. Angenehm." Er gab Larry die Hand und setzte sich mit fragendem Blick aufs Sofa.

„Was veranstaltet ihr hier für eine Schnapsparty?", wollte er wissen, während ich mit Entsetzten feststellte, dass Larry sein Jackett auszog und es sich neben Scott gemütlich machte.

Scheiße! Der würde nicht so schnell abhauen.

„Tessie hat einen tollen Deal für mein Office eingefahren. Da lässt einer richtig Asche liegen. Allerdings wird Tessie die nächsten zwei Wochen vermutlich nicht bei euch wohnen, aber ich denke, das ist okay, oder? Schließlich bringt das süße Goldkehlchen ordentlich Schotter heim."

Scotts Miene hellte sich auf. „Ja geil."

Er haschte, ohne weitere Fragen zu stellen, nach Kellys Schnapsglas und schenkte sich und Larry ein.

„Seid ihr eigentlich bescheuert?" Vorwurfsvoll starrte ich die drei auf dem Sofa an. „Seid ihr jetzt alle geldgeil oder was?"

Ich konnte es nicht fassen, dass sich Scott dem Besäufnis nun anschloss, nur weil er Kohle witterte.

Mein Ausbruch schien die Laune der drei nicht zu trüben, denn Larry und Scott prosteten sich grinsend zu und Kelly verfiel in ein Dauerkichern. Sie ignorierten meinen Ärger.

„Komm, setz dich zu uns."

Scotts Hundeblick landete auf mir und ich schnaubte.

Wenn ich jetzt nachgab, dann würden sie meine Vorbehalte nicht ernst nehmen.

„Ich weiß, wie wir sie rumkriegen."

Kelly fuhr triumphal auf und griff nach dem Festnetztelefon.

„Piiizzaa", kreischte sie wie ein wild gewordener Teenager und schwang das schnurlose Telefon dabei wie ein Lasso über ihrem Kopf.

Larry stimmte euphorisch mit ein. „Eine großartige Idee."

Scott, der seine Freundin entgeistert anblickte, zuckte mit den Schultern und ich musste schließlich mit anhören, wie Kelly und Larry fröhlich grölend eine Partypizza mit sämtlichen Belägen, die die Pizzeria zu bieten hatte, bestellten. Das Amüsement in der schnarrenden Stimme des Italieners am anderen Ende der Leitung konnte ich direkt hören.

„Peinlich! Echt!", fuhr ich Kelly an, als sie das Gespräch beendete. Unschuldig tappte sie in die Küche, um einen weiteren Schnapsbrand zu kredenzen.

„Wollt ihr nicht mal langsam machen?", hörte ich Scotts Warnung vom Sofa aus.

Endlich ein Vernünftiger! Kelly ließ sich nicht von ihrer Idee, ein brachiales Besäufnis zu veranstalten, abbringen.

Larry sah mich forsch an.

„Du musst dich zurückhalten, damit du mich morgen nicht blamierst." Er strich mir fahrig über die Wange und ich schnappte Scotts irritierte Miene auf.

„Jaja, schon gut jetzt. Ich hab es kapiert, mehr als ein bisschen mit dem Arsch wackeln und den Wischmopp schwingen, läuft da morgen eh nicht", klärte ich meinen Chef auf und Kelly kicherte.

„Ich bin sicher, du siehst toll aus in Dienstmädchen Kluft, nicht wahr?", wandte sie sich an Larry, dessen Wangen einen Rotstich annahmen. Hastig nahm er das volle Schnapsglas und kippte sich den Obstbrand hinter die Binde.

Scott guckte alarmiert, er schien Larrys Ambitionen endlich zu durchschauen. „Tessie ist ein anständiges

Mädchen. So etwas hat sie nicht nötig", verteidigte er mich und ich lächelte ihm dankbar zu. Wie gut, dass wenigstens er die Situation durchschaute.

Geschlagen sank ich auf das weiße Sofapolster und lauschte dem teeniehaften Geplänkel zwischen Larry und Kelly, die meine ganzen Vorzüge ausbreitete, als wäre ich der hippste Sparschäler auf einer Tupperparty.

„Sie hat morgens so irrsinnig glattes Haar direkt nach dem Aufstehen."

Larrys Lippen formten ein erstauntes „oh".

„Glaub mir, das hasss du noch bei keiner Frau gesehn." Schwärmerisch glitt ihr Blick auf meine braune Mähne und ich sah sie warnend an. Neben mir hörte ich Scott prusten und versetzte ihm mit dem Fuß einen Tritt.

Das lief ja alles ganz brillant. Nach dem Scheißtag, war ich jetzt auch noch auf der eigenen Hausparty mit meinem Chef gefangen und meine beste Freundin versuchte, mich ihm schmackhaft zu machen.

Die Klingel rettete mich aus der anpreisenden Situation und ich nahm dem Pizzaboten die köstlich duftende Pappschachtel ab. Rasch bezahlte ich und gab ihm ordentlich Trinkgeld.

Die Flasche Lambrusco, die er mir als Bestellboni daließ, versteckte ich kurzerhand in der Garderobe. Der süße Wein auf den herben Schnaps wäre sonst das Knock-out.

„Ah, mi amor, da freut sich mein Gaumen."

Larry kam mir mit geöffneten Armen entgegen und Kelly nahm mir die Pappschachtel ab, sodass Larry blitzschnell die Arme um mich schlingen konnte. Die

Alkoholfahne drang in meine Nase und ich hörte, dass Scott Kelly flüsternd zurechtwies.

„Wollen wir uns nicht setzen?" Ich schob mich von Larrys Brust weg.

Scott bugsierte ihn unauffällig ans Tischende und schob meinen Teller demonstrativ zur anderen Seite. Dankbar lächelte ich und er nickte mir unmerklich zu. Dafür musste ich zwar auf meinen Stammplatz verzichten, aber das tat ich gerne, um Larrys Nähe zu entfliehen.

Die beiden Schnapsdrosseln bedienten sich eifrig und wurden bei jeder Pizzaecke, die sie verdrückten, müder.

„Soll ich dir ein Taxi bestellen?", bot Scott Larry an, der den Kopf mit einer Hand abstützte.

„Ooooch, der kann doch bei uns übernachten." Kelly hickste und blinzelte mehrmals. Ein Zeichen, dass sie todmüde war.

Wie von der Tarantel gestochen erhob ich mich und griff nach dem Telefon. „Hier." Bestimmend hielt ich es Scott vor die Nase. „Larry möchte sicher nach Hause."

Ohne auf dessen Antwort zu warten, bestellte Scott ihm eine Taxe und ich räumte währenddessen den Tisch auf. Kelly und Larry drifteten in den Dös-Modus ab, worüber ich ebenfalls dankbar war.

Der peinliche Abend hatte ein Ende, als Scott den sturzbetrunkenen Larry das Treppenhaus hinabbugsierte. Durch das Fenster beobachtete ich, wie er meinen Chef ins Taxi hievte und dem Fahrer die Adresse gab, die ich ihm zuvor aufgeschrieben hatte. Vorsichtig schlug er die Autotür zu, und das Taxi fuhr los.

Kapitel 7

Mit Klamotten bepackt, verließ ich lautlos die WG. Kelly und Scott schienen noch zu schlafen und ich packte meine kleine Reisetasche in Ferbs Kofferraum.

Da ich nicht wusste, wie lange mein Aufenthalt bei Quinn schlussendlich dauern würde, hatte ich nur das Nötigste für zwei Wochen mit. Zumindest war das die maximale Dauer, die er erwähnt hatte.

Ich konnte nur hoffen, dass Larry einen Ersatzausträger für mich eingeteilt hatte und das Office nicht auf der Post für die High Society sitzenblieb. Dem Drang, kurz bei Abby vorbeizufahren und mich zu vergewissern, dass Larry alles in die Wege geleitet hatte, widerstand ich.

Er war der Ansicht gewesen, sich gestern bei mir einzuzecken und sich zu betrinken, also muss er auch imstande sein, mit einem überdimensionalen Kater sein Office zu leiten.

Müde gab ich Gas und genoss den Fahrtwind, der mir durch die scheibenlosen Türen ins Haar fuhr. Er wurde kurzzeitig eisig, als ich die Brücke über die Themse überquerte und die City of Westminster ansteuerte.

Vor Quinns Stadthäusen stand Susans Limousine haargenau hinter seinem schwarzen Porsche. Ich parkte Ferb direkt davor auf dem Gehsteig.

Keine Ahnung, wie mein Ersatz austragen würde, aber Ferb sollte sicher abgeholt werden. Die Strafe fürs falsche Parken müsste sonst mein neuer schwarzhaariger Arbeitgeber übernehmen.

Seufzend nahm ich meine Tasche und hoffte, dass Quinn wach war. Wie von Zauberhand griff mich jemand an der Schulter und zog mich direkt in den bepflanzten Grünstreifen neben dem Haus.

„He", entfuhr es mir und ich riss mich los.

„Pscht." Quinns Blick glitt nervös zum Eingangsbereich und er drückte mich hinter die Thujahecke, die neben dem Treppenaufgang wuchs.

„Was soll das?", herrschte ich ihn an und zupfte mir grimmig grünes Geäst aus den Haaren.

„Leise!", wies er mich zurecht und zog mich am Ärmel. In seinen Augen war noch immer ein Funken Nervosität zu sehen. „Komm mit. Wehe, du bleibst nicht geduckt."

Seine Laune schien enorm mies zu sein und er krabbelte hinter der Hecke an der Hauswand entlang. Damit machte er sich komplett zum Affen und ich mich gleich mit.

Eilig krabbelte ich ihm hinterher und zog die Tasche mit. Wenn das Grasflecken gab, dann durfte er dafür blechen, das nahm ich mir fest vor.

Wir krochen die Wand entlang und schließlich richtete sich Quinn im Garten erleichtert auf.

„Huh, die Alte hat nix gemerkt." Er strich sein Hemd und die Leinenhose, die jetzt grüne Maserungen aufwies, glatt. Selbst sein Freizeitlook sah teuer aus. Die Flecken schienen ihn jedenfalls nicht zu interessieren.

„Die Alte?", gluckste ich und stand auf. „Was soll das denn? Ich kann mich nicht erinnern, eine Erlebnisreise durch grünen Dschungel gebucht zu haben."

Quinn zog eine Grimasse und zerrte mich hinter die hölzerne Gartenhütte des idyllischen Gärtchens. Ich sah einen kleinen Pool mit türkisblauen Fliesen. Ringsum wuchs die Thujahecke und davor waren kleine Blumenbeete mit bunten Blumen bestückt.

„So", zufrieden griff er nach meiner Tasche. „Susan darf von dem ganzen Schwindel hier nichts erfahren."

„Deshalb lässt du mich fröhlich durch die Flora krabbeln?"

„Ja, ich plane in meinen Hotels eine Krabbel-Erlebnis-Safari für Kinder anzubieten, das wollte ich an dir testen." Er schraubte und zog eine Grimasse. „Nein, natürlich nicht. Was glaubst du, wie lang ich schon auf dich hier warte? Ans Fenster musste ich mich klemmen und heimlich aufstehen, in der Hoffnung, dass Susan nichts bemerkt. Sie ist es gewohnt, dass Frühstück auf dem Tisch steht, wenn sie aufwacht." Er blickte mit getriebenem Blick auf seine Rolex am Handgelenk.

„Du hättest mich problemlos durch einen Hintereingang lotsen, oder mir eine WhatsApp schicken können."

„Pah, als ob ich jeder dahergelaufenen meine Nummer geben würde."

„Soso, ich bin also eine Dahergelaufene. Na, dann kann ich ja wieder gehen. Deine Probleme würd ich gern mal haben." Angepisst stapfte ich hinter der Hütte hervor. Es war mir egal, ob Susan aufwachen würde oder nicht. So durfte er nicht mit mir umspringen, der Herr Schnösel.

„Halt." Er griff hastig nach meinem Arm und ließ mich stolpern. „So war das nicht gemeint."

Er grinste, während er mich vom Fallen abhielt. Ich ließ mir strauchelnd von ihm helfen.

„Entschuldigung angenommen, unter einer Bedingung", forderte ich angriffslustig. Er seufzte ergeben und wartete. „Du wirst mich mit Respekt behandeln und sobald Susan aus dem Haus ist, darf ich mich beschäftigen, wie ich will, und du erledigst einen Teil des Haushaltes."

Quinn prustete ungläubig. „Das ist ein Scherz. Als ob ich es nötig hätte, meinen Haushalt zu schmeißen."

Das Grün in seinen Augen loderte und ich verschränkte die Arme. „Da hätten wir es wieder. Ich bin NICHT deine Bedienstete, ich helfe dir lediglich, dass du nicht von Susan verlassen wirst."

„Was ich dir vergüte, vergiss das nicht. Dafür erwarte ich Extraservice. Larry übrigens auch." Er grinste spitz und ich war kurz davor, aufzustampfen wie ein wütender Teenager.

„Halt Larry da raus."

Er machte mich wirklich wütend. Was bildete sich der Kerl eigentlich ein?

„Oh, habe ich einen wunden Punkt getroffen?“ Quinn schürzte die Lippen.

Wenn wir hier ewig weiter diskutierten, würde Susan uns sicher bald erwischen.

„Nein“, erwiderte ich trotzig. „Schön. Ich helfe dir beim Haushalt machen. Abgemacht?“ Provokant streckte ich ihm die Hand hin und er ergriff sie mit einem triumphalen Grinsen.

„Vergiss nicht“, er ließ meine Hand los und schwenkte meine Umhängetasche vor meiner Nase, „ich hab deine Tasche noch und du bekommst sie erst wieder, wenn du mit dem Outfit, das ich dir ausgesucht habe, vor mir stehst und mir Kaffee eingießt.“

Er lächelte triumphal, huschte dann über die Wiese zur Terrasse und schlüpfte durch die Tür.

„Argh.“

Ich warf die Hände in die Luft und ärgerte mich über Quinns Sieg. *Warum habe ich mich auch von ihm kleinstampfen lassen?*

Das war normalerweise nicht meine Art, doch Quinn berührte eine Seite in mir, die mir nicht geheuer war.

Ergeben folgte ich ihm durch die Terrassentür und stand schließlich in einem hellen Schlafzimmer. An der lindgrün gestrichenen Wand war ein Doppelbett platziert, mit ebenfalls grüner Bettwäsche. Darauf lagen ein schwarzer Rock, eine weiße Bluse und eine graue Schürze. Es fuchste mich wahnsinnig, meine Würde gegen die Dienstmädchenkleidung eintauschen zu müssen.

Ein Umschlag auf dem weißen Nachtschränkchen erregte meine Aufmerksamkeit. Ich zog eine Karte heraus und ein Fünfzig-Pfund-Schein glitt zu Boden.

131

Danke für deine Mühe. Quinn

Empört verstaute ich die Karte samt Geldschein wieder im Umschlag. Der Arsch dachte tatsächlich, ich wäre käuflich. War ich ja auch irgendwie.

Nachdem ich mir lustlos seine Kleiderauswahl angezogen hatte, griff ich nach meinem Handy. Kelly hatte mir etliche entschuldigende WhatsApp-Nachrichten zum gestrigen Abend geschickt. Das hob meine Laune etwas, denn sie sollte ruhig ein schlechtes Gewissen haben.

Ihre letzte Nachricht indessen war eine Lobeshymne auf Larry, der ihrer Meinung nach grandios zu mir passen würde. Schnaubend warf ich das Smartphone aufs Bett. Ihre Nachrichten ließ ich unbeantwortet.

Blöde Kuh!

Nach einem kurzen Blick ins integrierte Badezimmer, das mit Dusche und Badewanne ausgestattet war, schlich ich mich leise den Gang entlang in den vorderen Teil des Häuschens.

Rücksichtsvoll öffnete ich jede Tür, hinter der ich die Küche vermutete, und wurde schnell fündig. Doch was mich dort erwartete, war der Albtraum einer ordentlichen Hausfrau.

Das dreckige Geschirr stapelte sich in der Spüle und die Spülmaschine stand offen. Benutzte Taschentücher lagen wahllos auf der Anrichte herum und diverse Flecken zierten die Armaturen. Ich entdeckte sogar einen fauligen Apfel in der Obstschale auf dem Küchentisch. Die Küche hatte offensichtlich schon lange keinen Putzlappen mehr von unten gesehen. Entrüstet öffnete ich jedes Schränkchen, um nach den Putzutensilien zu suchen, denn der benutzte Spülschwamm war mehr dreckig als sauber.

Als ich endlich fündig wurde, schrubbte ich, was das Zeug hielt und behielt aufmerksam die Uhrzeit im Blick. Sicher, es war erst halb acht, aber ich hatte keine Ahnung, wann die reichen Herrschaften gewöhnlich aufstanden. Allerdings wollte ich kein Frühstück in der verdreckten Küche herrichten.

Nachdem die hellgrauen Armaturen geschrubbt waren, räumte ich das gespülte Geschirr aus der Maschine und bestückte sie mit dem dreckigen.

Der Anblick und der Geruch waren so ekelerregend, dass ich Mühe hatte, nicht zu würgen. Mit der Ferse stieß ich das Verdeck der Spülmaschine zu und riss mit angehaltenem Atem die Fenster auf. Die frische Brise war wohltuend.

Mein Blick glitt zum großen Kühlschrank aus Edelstahl, und ich machte mich daran, seinen Inhalt zu studieren.

Er war, zu meiner Überraschung, vielfältig bestückt. Damit konnte ich definitiv ein Frühstück servieren. Seufzend griff ich nach einer Bratpfanne und schlug fünf Eier hinein. Ich vermengte sie mit Speck und streute Petersilie darüber.

In der kleinen Vorratskammer neben der Küche fand ich eine Dose Baked Beans, die ich schonend auf dem Herd erhitzte.

Hach, das würde ein herrliches englisches Frühstück geben.

Für Susan schnitt ich Obst klein und schöpfte Naturjoghurt in eine Schale. Die Cerealien gab ich in Glasdosen, damit sie ihr Müsli auswählen konnte.

Zufrieden steckte ich den Toaster ein und gab drei Scheiben Vollkorntoast hinein. Dann huschte ich aus der Küche, um im Esszimmer den Tisch zu denken.

Als ich die Tür öffnete, keuchte ich auf, denn der ganze massive Holztisch war voll mit Zeitschriften, leeren Flaschen und benutzten Gläsern.

Wenn ich es nicht besser gewusst hätte, hätte ich das für eine stereotypische Junggesellenbude gehalten. Hauste Quinn so katastrophal?

Schnaubend befreite ich den Tisch von den Zeitschriften und stapelte sie ordnlich auf ein mahagonifarbenes Sideboard, das mit verwelkten Blumen geziert war.

Danach griff ich nach den Gläsern und räumte sie in die bereits laufende Spülmaschine. Zeitgleich ließ ich die Pfanne mit dem Rührei auf Sparflamme, damit es nicht kalt wurde, bis ich mit dem Gedeck fertig war.

Zufrieden betrachtete ich das weiße Porzellangeschirr auf dem dunklen Esstisch. Es sah alles einladend und sauber aus. Den Kaffee hatte ich in eine silberne Thermoskanne gefüllt und ein Blick auf die Uhr verriet mir, dass es nun schon halb neun war.

Ob ich mir auch einen schnellen Kaffee genehmigen durfte?

Entschlossen, mit einer Tasse gewappnet, ging ich in die Küche und ließ mir einen doppelten Espresso ein. So eine Luxusmaschine hatte ihre Vorteile. Ich grinste und genoss den ersten Schluck. Herrlich!

Ich vernahm ein leises Trappeln und schreckte auf. Das kleine Mistvieh war also auch schon wach.

Ich pirschte zur Küchentür und linste hinaus. Princess war nicht zu sehen, aber ich konnte ihr

Schnüffeln deutlich hören. Die würde doch nicht auf den gedeckten Esstisch hüpfen, oder?

Panisch stürzte ich aus der Tür ins Esszimmer und sah die kleine Pudeldame am Fenster dicht bei den milchweißen Vorhängen sitzen.

Mein aufgeregter Herzschlag beruhigte sich. Das Vieh machte mich wirklich paranoid.

Princess knurrte leise, als sie mich witterte und blitzte mich aus schwarzen Augen frech an.

„Jaja. Dir auch einen guten Morgen." Ich verdrehte die Augen und wollte gerade den Raum verlassen, als ich ein lautes Ratschen hörte.

Entsetzt schnellte ich zurück und sah, wie Princess unschuldig blickend mit einem Teil des weißen Vorhangs im Maul dasaß.

„Spinnst du?", herrschte ich sie an und zog an dem Stofffetzen in ihrem Maul.

Sie knurrte warnend, doch das hielt mich nicht auf. Stattdessen riss ich noch mehr an dem Stoff, den sie unbeabsichtigt losließ.

Nach hinten torkelnd, konnte ich mich in letzter Sekunde auffangen, um nicht in den Esstisch zu stürzen. Princess kläffte giftig und sprang am zweiten Vorhang hoch.

„Aus! Schluss! Sitz!", brüllte ich Hundekommandos, die ich fieberhaft in meinem Hinterkopf suchte. „Platz!" Doch Princess guckte mich nur unbeeindruckt an. Als würde sie nur darauf warten, dass ich mich lächerlich machte.

Instinktiv griff ich nach ihrem pinken Halsband, um Schlimmeres zu vermeiden, aber sie entglitt mir und riss ein großes Loch in den zweiten Vorhang. Erfreut schaute sie auf ihr Werk und legte provokant ihren zotteligen Kopf schief.

„Bist du wahnsinnig?", brüllte ich und schob sie barsch mit dem Bein vom Vorhang weg.

Sie jaulte auf, doch es war mir egal. Mit dem Fuß bugsierte ich sie aus dem Esszimmer, darauf bedacht, ihrem kläffenden Schnappen auszuweichen. Dann knallte ich die Tür ins Schloss und betrachtete ihre Verwüstung. Das würde Ärger geben!

Grimmig fasste ich nach den heruntergerissenen, beinah durchsichtigen Stofffetzen. Die Vorhänge konnte man nicht mal mehr nähen. Puh, da mussten neue her.

Missmutig schlich ich zur geschlossenen Tür und lauschte. Ich konnte Princess nicht hören. Umsichtig öffnete ich den Durchgang einen Spalt, die Pudeldame war nirgends zu sehen. Erleichtert trat ich in den Gang und schloss die Tür hinter mir.

Dann nahm ich Kurs auf die nächste im Flur, um Quinn zu finden und ihm von Princess' Attentat zu unterrichten.

Beherzt klopfte ich an der ersten Tür, doch es kam keine Antwort. Ich pochte nochmal, dieses Mal fester. Wieder blieb es still. Schnaubend drückte ich die Klinke nach unten und blickte direkt auf ein Bockspringbett.

Die Decken waren zu faltigen Hügeln geknautscht und dazwischen erkannte ich ein weibliches Bein. Die Hügel bewegten sich eigenartig und Susans entsetzter Blick schlug mir entgegen. Sie kreischte schrill und zog sich eine der Decken bis zum Hals.

Auf der anderen Seite erschien Quinns zerzauster schwarzer Haarschopf. Er lächelte verlegen.

„Was macht sie hier?", quietschte Susan und raffte die Decke.

„Tut mir leid", murmelte ich, als ich begriff, wobei ich die beiden gestört hatte und wollte flink die Tür zuziehen. Doch Quinn war in Windeseile aus dem Bett gekrabbelt und stand, nur in karierten Boxershorts bekleidet, vor mir.

Ich schluckte. Er war definitiv eine Augenweide. Seine schlanke Taille und der muskulöse Oberkörper ließen mich erstarren und Hitze schoss mir ins Gesicht. Seine Stirn war von Schweißperlen benetzt.

Verdammt, sah der gut aus. Sogar schwitzend.

„Was ist passiert?", erkundigte sich Quinn, als wäre es das Normalste der Welt, nach dem unterbrochenen Liebesspiel mit Susan Geschäftliches zu regeln.

„Ähm", stammelte ich und riss meinen Blick von seinem attraktiven Körper los. „Es geht um Vorhänge."

„ES GEHT UM VORHÄNGE?", kreischte Susan hysterisch und baute sich, in die weiße Decke gehüllt, auf dem Bett auf.

„Dass du es überhaupt wagst, hier reinzuplatzen", brüllte sie, darauf bedacht, keinen Zentimeter Haut zu viel zu zeigen.

Quinn hob beschwichtigend die Hand. „Schatz, beruhige dich. Lass Tessie erst einmal erklären."

Ich spürte seinen Zeigefinger auf meinem Kinn, mit dem er mein Gesicht anhob, sodass ich ihn direkt anblicken musste. Wärme flutete mich.

Mein Herz setzte für einen Schlag aus und ich musste mich daran erinnern, zu atmen. Es verwirrte mich,

137

wie extrem mein Körper auf seine leicht bekleidete Gegenwart reagierte.

„Ja, also, es ist so, dass ...", stammelte ich und Susan zischte.

„Das kann doch jetzt nicht wahr sein!"

Sie stapfte vom Bett herab und kam mit erhobenem Zeigefinger auf mich zu. Dabei zog sie die Bettdecke mit sich, wie eine Braut ihre Schleppe.

„Du blöde Pute wagst es, uns zu stören, und kriegst dann nicht mal einen vollständigen Satz heraus? Erbärmlich. Einfach nur erbärmlich. Quinn, ich weiß echt nicht, was du an ihr findest", schleuderte sie ihrem Freund entgegen und wandte sie sich dann angewidert von mir ab.

In der Decke eingewickelt trat sie durch eine weiße Tür, hinter der ich das Badezimmer vermutete. Die Tür ließ sie mit einem lauten Knallen ins Schloss fallen.

„Keine Sorge. Ich beruhig sie schon." Quinn grinste und lehnte sich mit dem Oberarm an die Türzarge. „Also, was ist mit den Vorhängen?"

Seine Augen fixierten mich und ich schluckte erneut, um mich auf die Formulierung des nächsten Satzes zu konzentrieren. Ich versuchte starr sein Gesicht zu betrachten und jegliches Mustern des sportlichen Körpers zu vermeiden.

„Princess hat sie ramponiert."

Quinn wirkte nicht sonderlich überrascht. „Princess?" Er legte den Kopf schief. „Seit wann interessiert sich ein Pudel für Vorhänge?"

Sein Blick wurde wachsam und glitt neugierig über meine Gesichtszüge.

„Na ja. Ich habe Frühstück gemacht und das kleine Biest hat sich in den Vorhang verbissen und den Stoff zerrissen."

Ein weiches Lächeln umspielte Quinns Lippen und ich fragte mich, ob er mich überhaupt ernst nahm. Aus seinen Augen blitzte Amüsement und er strich sich mit den Fingern übers Kinn.

Dachte er, ich würde ihn anbaggern? Entschlossen griff ich seine Hand und zog ihn aus dem Schlafzimmer.

Überrumpelt stolperte er mir hinterher ins Esszimmer, dessen Tür ich mit einer großen Gebärde aufschwang. Die wohlige Wärme die seine Hand ausströmte, versuchte ich zu verdrängen.

Quinn näherte sich den zerfetzten Vorhängen und fuhr sich nervös durch die schwarzen Haare. Dann blieb sein Blick an dem liebevoll gedeckten Tisch kleben. Er löste seine Hand von der meinen.

„Das warst du?"

„Nein. Natürlich war ich das nicht, oder sehe ich so aus, als würde ich hauptberuflich Vorhänge zerstören? Das war Princess."

Quinn schüttelte den Kopf und schwarze Strähnen fielen ihm frech in die Stirn. „Nein. Ich meine den Tisch." Er wies mit dem Kinn auf das Gedeck und ich nickte.

„Ich dachte, das wäre mein Job?", entgegnete ich spitz und erntete ein Lächeln.

„Wow. Weißt du, wie lange ich schon kein englisches Frühstück mehr hatte?" Seine Augen glänzten erfreut.

In meinem Bauch erwachte ein wohliges Gefühl. „Öhm, ja, in der Küche wäre noch Toast. Aber was ist jetzt mit den Vorhängen?"

Die schienen ihn nicht im Geringsten zu kümmern, denn er hatte sich inzwischen an den Tisch gesetzt und seinen Teller mit Rührei beladen. Zufrieden brummend goss er sich Kaffee ein.

„Auch was?"

„Äh. Die Vorhänge", erinnerte ich ihn sanft und versuchte mich nicht darüber zu wundern, dass er ohne Susan anfing, zu frühstücken.

„Ach, die. Da gehst du halt in die Stadt und besorgst Ersatz." Er schaufelte das Rührei in seinen Mund.

„Köstlich", schmatzte er.

„Du fängst ohne mich an?", schnarrte es von der Tür und Susan stand mit säuerlicher Miene am Türrahmen gelehnt. Entsetzt hielt Quinn inne.

„Susan, setz dich doch." Freundlich bot ich Susan einen Stuhl an und sie rümpfte pikiert die Nase.

„Ich wüsste nicht, dass ich dir das Du angeboten habe. Außerdem, wie sieht es hier denn aus?"

Entrüstet schürzte sie ihre pink geschminkten Lippen und eine Parfumwolke zog an mir vorbei, als sie sich setzte. Es roch wie Chanel No 5, nur mit einer Spur mehr Vanille.

„Die Vorhänge hat Princess ramponiert", erklärte Quinn, der nervös einen Schluck Kaffee trank.

„Princess?", zischte Susan und beäugte mich bedrohlich.

„Kaffee?" Ich griff nach der silbernen Thermoskanne.

Abwehrend hob Susan die Hand. „Nein. Ich trinke jeden morgen grünen Tee." An Quinn gewandt moserte sie: „Ich denke nicht, dass mein wohlerzogenes Mädchen etwas derart Verstörendes tun würde. Nicht wahr, mein Schätzchen?" Sie tätschelte Princess' Flanke und hob sie auf den Schoß. Die schwarzen Hundeaugen funkelten mich angriffslustig an.

„Soll ich Ihnen grünen Tee zubereiten?", bot ich Susan höflich an.

Quinn nickte an ihrer statt. „Das wäre lieb, Tessie, danke. Und bitte bring mir noch etwas Rührei, wenn du hast, ja?", bat er mit einem charmanten Lächeln und ich bemerkte Susans entsetzte Miene, bevor ich aus dem Raum schlüpfte.

„Liebling, das kann doch nicht dein Ernst sein. So ein gehaltvolles Frühstück. Du ruinierst deine Figur. Hast du Tessie denn nicht eingelernt? Wie kommt sie dazu, Rührei zu servieren? Wenn sie wenigstens Fisch reichen würde."

Ich hörte Susan schimpfen, während ich Wasser in den Kocher füllte. Dabei äffte ich sie tonlos nach.

„Sie ist noch nicht lange da, Susan. Gib ihr eine Chance. Schau, sie hat dir frischen Joghurt und Obst hergerichtet."

Zum Glück übertönte der Wasserkocher Susans Erwiderung und ich ließ die Teeblätter ins Teesieb rieseln. Auf der Verpackung standen chinesische Schriftzeichen und ich war mir sicher, dass das einer der exklusivsten Tees überhaupt war, den ich je zubereitet hatte.

Mit der gefüllten Kanne und der Rühreipfanne ging ich zurück ins Wohnzimmer und bemerkte, dass

Susan sich vom Joghurt genommen hatte. Gott sei Dank. Ich atmete ein wenig auf.

„Was machen wir mit dem Vorhangproblem?", informierte sich Susan, während sie die Cerealien studierte und die Gefäße skeptisch drehte.

„Tessie besorgt Ersatz in der Stadt."

„Tessie?" Sie riss empört die Augen auf. „Hat sie denn ausreichend Fachkompetenz dafür?"

Quinn sah mich stirnrunzelnd an und ich schöpfte das restliche Rührei auf seinen Teller.

„Vorhänge aussuchen könnt ihr Frauen doch alle", brummte er und nickte mir dankend zu.

„Ich schätze, das sollte ich hinbekommen."

„Soso", gurrte Susan und goss sich vom Tee ein. Offenbar war sie zufrieden mit Quinns Antwort, denn ich hatte keine Lust, mit der Ziege Vorhänge kaufen zu gehen.

„Willst du dich zu uns setzen?" Quinns Kinn wies auf den leeren Platz neben ihm und ich hörte das Klirren von Porzellan. Susans Tasse war auf ihre Untertasse gefallen und der Tee war übergeschwappt.

„Was sind denn das für Sitten?!"

„Schätzchen, wir leben nicht mehr im achtzehnten Jahrhundert. Ich wette, Tessie hat heute noch nichts gegessen."

„Bitte, wie du meinst." Susan drehte demonstrativ den Kopf weg und schob ihren Teller von sich. Eine Vierjährige hätte ihren Frust nicht besser ausdrücken können.

Scheu setzte ich mich neben Quinn, der selbst beim Frühstück in Boxershorts aussah wie ein junger Gott.

„Kaffee?", bot er mir lächelnd an und ich nickte.

Zu meiner Überraschung war von Susan kein giftiger Kommentar zu hören, als er mir die Tasse mit dem braunen Heißgetränk füllte. Quinn reichte mir einen Toast und ich bestrich ihn mit Marmelade.

Das restliche Frühstück verlief schweigend und Susan verließ nach dem letzten Löffel Joghurt, den sie theatralisch in sich hineinzwang, vorschnell den Tisch. Sie murmelte etwas von Spa und Princess trottete ihr treu hinterher. Die Haustür fiel ins Schloss und Princess' Jaulen tönte durch den Hausgang.

„Sie hat den Köter nicht mitgenommen", ärgerte sich Quinn. „Das Vieh macht mich wahnsinnig."

„Frag mich mal", brummte ich und wischte mir die Toastkrümel vom Mundwinkel.

„Ich schätze, du solltest in die Stadt und neue Vorhänge besorgen. Das Dilemma schlägt Susan sonst noch mehr auf das feinmaschige Nervengeflecht."

Ich hatte langsam den Eindruck, die Beziehung schien mehr Zweck als wirkliche Liebe zu sein. Es ging mich nichts an, aber offensichtlich war es lukrativ mit ihr liiert zu sein. Ich konnte dahinter nur geschäftliche Deals vermuten, da beide in der Hotelbranche tätig waren. Zugegeben, Susan hatte eine Bombenfigur, die sie in ihren engen Kostümen gekonnt in Szene setzte. Aber in der Birne war die Frau hohl wie ein Astloch.

„Okay." Ich seufzte und räumte das benutzte Geschirr auf das weiße Serviertablett, welches ich in den Untiefen der Küche gefunden hatte.

„Das Frühstück war übrigens super", lobte Quinn und wollte sich aus Reflex in die Hosentasche greifen, bis er bemerkte, dass er keine trug.

Ich mied seine sportliche Statur und hörte sein amüsiertes Kichern.

„Mein luftiger Aufzug ist dir doch nicht etwa peinlich, oder?"

„Niemals", erwiderte ich und ärgerte mich, dass er mir offenbar Trinkgeld für das Frühstück hatte geben wollen.

„Gut, denn wir haben Freitag eine FKK-Party hier. Ich erwarte, dass du dich anpasst."

Entsetzt ließ ich eine Tasse auf die Teller fallen und das Scheppern vermischte sich mit Quinns Lachen. Feine Fältchen umringten seine Augen. „Keine Sorge. Das war ein Witz."

Ein beruhigender Gedanke. Nicht, dass ich ihn nicht nackt sehen wollte, aber die Vorstellung, ihm nackt gegenüber zu stehen und zu wissen, dass er Susans Körper als Vergleich hatte, war dann doch unangenehm. Mit ihrer top Figur könnte ich nicht mithalten, denn ich war eher Ottonormalverbraucher schlank und nicht modelmäßig dürr.

Nachdem ich in der Stadt neue Vorhänge und Einkäufe für Quinn erledigt hatte, legte ich ihm seine Kreditkarte auf den Esstisch. Ich wollte ihn nicht bei der Arbeit, oder was immer er tat, stören.

Ich entledigte die Fenster ihrer zerrissenen Vorhänge und brachte die neuen an. Dabei genoss ich die friedliche Atmosphäre, die der große Raum spendete.

Die neuen Vorhänge sahen exakt gleich aus wie die alten und ich konnte nur hoffen, dass sie für Susan passend genug waren. Mein Blick durchstreifte den

Raum und blieb an einer der Ecken des Ledersofas hängen.

Irgendwie sah es merkwürdig aus und ich kniff die Augen zusammen. Rasch erkannte ich die Misere, die mich dort erwartete. Das feine Leder an der Ecke hatte löchrige Stellen, aus denen das orange Innenleben der Couch hervorquoll.

Was zum Teufel?!

Eilig stürzte ich an die Sofakante und fuhr ungläubig mit dem Finger an dem zernagten Leder entlang.

Das konnte nur Susans Giftzwerg gewesen sein. *Scheiße!*

Quinn würde bestimmt durchdrehen. Ich wollte mir nicht ausmalen, wie teuer das Teil war. Es sah aus, als wäre es aus dem Designerkatalog entsprungen.

Es hätte mich auch nicht gewundert, wenn ein exklusiver Möbeldesigner das Ding als Unikat angefertigt hatte.

Warum hatte ich bescheuerte Kuh die Tür auch sperrangelweit offenstehen lassen, als ich aus dem Haus ging?

Stöhnend erhob ich mich und fuhr mir über die Stirn. Der Job schaffte mich. Was würde ich jetzt darum geben, mit Ferb durch die Gegend zu düsen. Ohne Susan und dem weißen Biest im Nacken.

Aus purer Verzweiflung schob ich den beigen Hocker, auf dem ein Fell lag, vor das kaputte Sofaeck. Die Nerven, mich jetzt darum zu kümmern, hatte ich nicht. Das müsste ich auf später vertagen, sobald mir Quinn über den Weg lief.

Missmutig trottete ich in die Küche. Mein Magen rumorte und meldete mir, dass ich seit dem Toast heute Morgen nichts mehr gegessen hatte. Vielleicht konnte ich mir ja eine Kleinigkeit aus dem Kühlschrank stibitzen. Immerhin war schon siebzehn Uhr.

Ich wandte mich dem Kühlschrank zu und sah einen kleinen Post-it darauf kleben.

Abendessen bitte um achtzehn Uhr!

Achtzehn Uhr?

Ich stöhnte auf. Das durfte jetzt nicht wahr sein. Keine Minute hatte ich heute damit verbracht, das Abendessen zu planen. Mein Einkauf bestand nur aus den Lebensmitteln, die als Basis in jedem Haus vorhanden sein sollten. *Shit!*

Ein Fünf-Gänge-Menü oder derartiges konnte ich daraus nicht kredenzen. Griesgrämig öffnete ich den Kühlschrank und ein Geistesblitz durchfuhr mich.

Kapitel 8

Eine Dreiviertelstunde später hatte ich den Tisch gedeckt. Princess hatte sich für ein ausgiebiges Nickerchen zurückgezogen und ich war froh, dass ich keinen hundeterroristischen Anschlägen während des Kochens ausgesetzt war.

Quinn spickte vorwitzig um die Ecke. „Es riecht herrlich. Was gibt es denn?"

„Das wird nicht verraten, bis die Hausherrin da ist."

Ich stellte frischen Salat auf den Tisch, während Quinn eifrig eine Flasche Rotwein aus dem Weinregal nahm.

Er trug Anzug und Krawatte. Vermutlich war er direkt von einem Meeting heimgekommen. Sein zitroniges Aftershave drang mir in die Nase. Ein Geruch, der mir inzwischen herrlich vertraut war.

„Ich schätze, der wird dazu passen." Er zwinkerte und stellte drei Weingläser auf den Tisch. „Warum nur zwei Gedecke? Isst du nicht mit uns?"

„Oh, ich wusste nicht, also ich dachte, das heute Morgen wäre eine Ausnahme gewesen."

Quinn schmunzelte und rieb sich über den gestutzten Bart. „Natürlich isst du mit uns."

Seine grünen Augen blickten mich sanftmütig an. „Du machst deine Sache echt gut", lobte er und entkorkte den Wein.

„Danke."

„Hast du mal darüber nachgedacht, den Beruf zu wechseln?"

„Um reichen Herren ihre Wäsche nachzutragen? Nein!"

Quinn grinste und schnupperte an der Weinflasche. „Sicher spannender, ihnen die Post zuzustellen."

„Ich mache meinen Job gern."

Okay, das war eine kleine Lüge gewesen, denn seit ich Private Post Officer war, vermisste ich meine vorige Route und die Herzlichkeit der Menschen. Aber das war mir dann allemal lieber, als Hampelmann für Quinn oder Susan zu spielen.

„Es ist wichtig, dass man auch kleinbürgerliche Jobs gerne erledigt. Die Welt braucht Leute wie dich Tessie."

Ich schnaubte. Kleinbürgerlich.

„Darf es für dich auch Wein sein?", fragte er beiläufig und ich nickte.

Flink huschte ich in die Küche, um die Pasta in eine Porzellanschüssel zu füllen. Die Bolognese-Sauce schöpfte ich in eine hübsche Suppenterrine. Sie war mir echt gelungen.

Beides trug ich mit Stolz ins Esszimmer und schnappte Quinns überraschten Blick auf.

„Spaghetti?", fragte er entgeistert.

„Nicht gut?" Das Herz rutschte mir in die Hose, denn ich hatte mir wirklich Mühe gegeben, die Nudeln al dente zu kochen und die Bolognese schmackhaft zu würzen.

Er schnupperte an der Terrine. „Riecht köstlich. Hatte ich auch schon ewig nicht mehr." Seine Augen glänzten vor Freude und ich atmete erleichtert auf.

Dabei fragte ich mich, was er noch so alles ewig nicht mehr gegessen hatte. Ich verkniff mir jeglichen Kommentar dazu.

„Der viele Kaviar hängt mir zum Hals raus", schimpfte er und zog den hellblauen Hemdärmel nach oben, um auf seine Armbanduhr zu linsen. „Susan sollte längst hier sein."

Der Hunger sprang ihm aus dem Gesicht und ich setzte mich zu ihm.

„Es wäre vermutlich unhöflich ohne sie anzufangen, oder?"

Quinn nickte gequält. „Das wäre der nächste Weltuntergang heute."

Zwei Grübchen zierten seine Bartstoppelwangen und ich bemerkte, wie sehr es mir gefiel, ihn grinsen zu sehen. Seine lockere Art und seine Ehrlichkeit machten ihn sympathisch. Das passte gar nicht in meine Vorstellung von verlogenen Reichen und Schönen.

„Gegen ein Gläschen Wein gibt es sicher nichts einzuwenden", erklärte er und goss mir reichlich ein.

Skeptisch roch ich an dem roten Gesöff, das sanft nach Vanille duftete.

„Ein afrikanischer Shiraz", erklärte er stolz und wog die Weinflasche andächtig in der Hand.

Mit der Info konnte ich wenig anfangen, aber ich lächelte brav. Die Weinsorte war mir herzlich egal, schmecken musste er. Beim Whisky allerdings war ich pingeliger. Der musste wirklich in der Kehle brennen und schmecken, als würde man direkt in den dicken Eichenstamm beißen.

Neugierig nahm ich ein Schlückchen Wein, er schmeckte sehr mild.

„Und?" Quinn fixierte mich und seine vollen Lippen öffneten sich einen Spalt.

„Ja, ich denke, der könnte mir schmecken. Generell bin ich eher der Whisky-Typ."

O Mann, konnte ich nicht einfach mal den Mund halten? Das ging Quinn überhaupt nichts an.

„Whisky?" Er neigte sich interessiert zu mir. „Wow. Das hört man nicht oft von einer Frau."

„Lässt sich auch nicht jede Frau auf einen haarsträubenden Deal mit dir ein", erwiderte ich spitz und nippte an dem Wein.

Quinn hob einen Mundwinkel und legte den Kopf schief. Ein frecher Glanz huschte in seine grünen Augen und er fuhr sich mit dem Finger über sein Kinn. Ich hielt seinem Blick wacker stand, wenngleich sich ein zartes Kribbeln in meinem Bauch ausbreitete. Der verzückte Ausdruck in Quinns Augen wurde verwegener. Er sah mich an, wie ein Tiger, der auf Streifzug war und seine Beute visierte. Mein Puls reagierte sofort darauf und beschleunigte sich.

Die Haustür fiel ins Schloss und eine Parfumwolke schwebte in den Raum.

„Ah, Susan." Quinn beendete den intensiven Blickkontakt und eilte aus dem Esszimmer. Das Schmatzen
eines Kusses war zu hören.

„Du kommst wie gerufen."

„Ach ja?", gurrte sie.

Ich nahm einen tiefen Atemzug, um diesen pri-
ckelnden Moment von eben zu verdrängen. Vermutlich sollte ich Quinn nicht so nah an mich heranlas-
sen.

Princess' Tippeln Richtung Eingang war unüberhör-
bar genauso wie weiteres Geschmatze. Igitt, die
knutschte tatsächlich ihre Töle ab. *Hoffentlich verfangen sich ein paar Zecken in ihren Haaren*, dachte ich
grimmig und schöpfte Susan Spaghetti und die Hack-
fleischsauce auf den Teller. Hastig goss ich Wein in ihr
Glas, um Quinns und mein kurzes Pläuschchen zu
vertuschen.

Bei Quinn eingehakt ließ sich Susan in das Esszimmer führen, und sie verzog die Mundwinkel säuerlich,
als sie mein Gedeck bemerkte.

„Wieder mit Gesellschaft ja?" Flehend blickte sie zu
Quinn, der sich setzte.

„Liebling. Wir sind ein offenes Haus", erklärte er, als
wäre er der König selbst, der die Gesetze für das Prole-
tariat erließ.

Argwöhnisch linste Susan auf ihren Teller. „Und was
ist das?"

„Spaghetti Bolognese", erklärte ich freundlich.

„Italienisch?"

„Ist doch toll. Mal was anderes." Quinn schob sich
demonstrativ eine Gabel mit aufgedrehten Spaghetti

in den Mund und verteilte dabei winzig rote Saucen-spritzer auf seinem Hemd.

Lustlos griff Susan nach einer Gabel und stocherte auf ihrem Teller herum. Ihre herablassende Geste machte mich wütend und ich stopfte mir schnell eine Gabel in den Mund, bevor ich sie anfallen konnte. Ich fand die Bolognesesauce großartig.

Susan war jemand, der alles Hochwertige als selbst-verständlich betrachtete. Wahrscheinlich konnte sie nicht mal was für ihre hochnäsige Weltanschauung, denn sie war in reichen Verhältnissen aufgewachsen. Trotzdem wurmte es mich enorm, dass ihr nichts gut genug war, was ich tat.

Ich spülte die Spaghetti mit einem Schluck Wein hinab und tröstete mich mit dem Gedanken, dass Susan es einfach nicht besser wusste.

„Uuuuh", entfuhr es ihr, nachdem sie das Essen the-atralisch hinuntergewürgt hatte. Sie fächerte sich mit ihrer filigranen Hand etwas Luft zu.

Zornig ließ ich meine Gabel auf den Tisch fallen und funkelte sie böse an. „Was ist denn jetzt schon wie-der?"

Quinns grüne Augen flammten warnend und ich biss mir auf die Unterlippe.

„Huh, das ist eindeutig zu überwürzt." Susan trank einen Schluck Wein und beobachtete mich herausfor-dernd.

Ich schwieg, jedoch ballten sich meine Hände unter dem Tisch zu Fäusten. Meine Fingernägel bohrten sich in meine Haut und der kleine Schmerz, dimmte mei-nen Ärger. Fieberhaft dachte ich an das Geld, das mir

Quinn für dieses Schauspiel bezahlen würde und meine Nerven beruhigten sich etwas.

„Schatz, probier es doch nochmal. Unser Lieblingsitaliener könnte es nicht besser kochen."

Quinns Lob freute mich, doch von Susan konnte ich keine Komplimente erwarten.

Es überraschte mich, dass sie sich nochmal eine Gabel in den Mund schob. Angewidert verzog sie die Mundwinkel nach unten und wischte den Teller beiseite.

„Ich kann das nicht essen", informierte sie mich mit giftigem Blick.

„Das ist allenfalls für den Hund gut genug."

Damit drückte sie mit ihrem Zeigefinger auf die Tellerkante und sein Inhalt schwappte auf den Boden.

„Guten Appetit, Süße", flüsterte sie Princess zu, die über das Mahl herfiel.

„Bist du wahnsinnig?"

Irritiert blickte Susan zu Quinn, der wütend auffuhr.

„Ich bekomme Bauchschmerzen davon", wimmerte Susan. Ihr Verhalten mutierte immer mehr zu dem einer Vierjährigen inmitten der Trotzphase. Die blanke Wut stieg in mir empor und ich war kurz davor, auszurasten.

„Und das kannst du nicht freundlicher mitteilen?", schimpfte Quinn und wies mit dem Kinn auf den verdreckten Boden, auf dem jetzt auch meine Würde lag.

Ich musste an mich halten, um nicht alle Schimpfwörter, die mir geläufig waren, rauszubrüllen, hätte es aber liebend gerne getan. Verdient hätte es die aufgeblasene Pute definitiv!

Mit einem flammenden Feuerball im Bauch stand ich wortlos auf und holte Eimer und Wischmopp. Wenig später stand ich neben Princess, die mich angriffslustig anstarrte. Ihre weiße Schnauze war von roter Bolognesesauce umrahmt.

„Ich. Koche. Nicht. Für. Den. Hund", zeterte ich bedrohlich und wischte den Kläffer grob mit dem Wischmopp beiseite.

„Was soll das?" Susan sprang auf und wollte nach dem Wischer greifen, doch ich war schneller und wirbelte herum. Dabei verteilte ich Putzwasser auf ihrem rosafarbenen Kostüm.

„Das ist meine Arbeit, Susan", zischte ich und fuhr mit dem Mopp quer über den Bolognesehaufen. Mit einem Bein versuchte ich Princess, von dem verlockenden Fleischduft abzuhalten.

„Spinnt ihr?" Quinn eilte zu uns und packte Susan an der Schulter. „Wenn es dir nicht schmeckt, dann kapiert es Tessie auch, ohne dass du sie schikanierst." Wut glomm in seinen Augen.

„Ihr könnt mich beide mal am Arsch lecken", rief sie hysterisch und warf die Hände in die Luft. Dabei riss sie sich versehentlich die Sonnenbrille aus dem blonden Haar.

„Gerne", murmelte ich und drückte den Mopp in den Eimer, in dem die Spaghettinudeln schwammen. Ein ekelhafter Anblick. Ich musste mich zusammenreißen, um nicht zu würgen.

„Wie war das?" Susans Augen verengten sich zu Schlitzen und ihre spitze Hakennase erinnerte ein wenig an einen Habicht. Sie starrte mich direkt an. *Scheiße!* Hatte sie mein Äffen gehört?

„Nichts", log ich und wischte nochmal über den feinen Marmor. Dabei wirbelte ich etwas ruppiger als nötig, um Susan mit weiteren Putzwasserspritzern in Schach zu halten. Ihr Zeigefinger kroch in mein Sichtfeld. „Wag es nicht noch einmal, mich zu beleidigen."

„SUSAN. Es reicht", brüllte Quinn und drückte sie an der Schulter zur Tür. „Raus jetzt!" Er drückte ihr die Sonnenbrille in die Hand.

„Dass du auf ihrer Seite stehst, finde ich ungeheuerlich", fuhr sie ihn an.

Princess unterstrich die Dramatik mit lautem Gebell. Wie ich dieses Gespann hasste!

Schnaubend steckte ich den Mopp in das eklige Putzwasser und schaffte beides in den Flur. Dort hörte ich das Gezank von Susan und Quinn.

Rasch beschloss ich, das Dreckwasser in den nächstbesten Ausguss zu kippen. Ich hätte nicht übel Lust gehabt, es in Susans Bad zu tun und die Misere im Waschbecken zu lassen. Doch ich besann mich und trug den Eimer in den Keller, in dem ich einen großen Ausguss fand.

Die Spaghetti wanden sich durch das Gitter und ich rümpfte die Nase. Es würde sicher einige Zeit dauern, bis ich die dünnen Nudeln wieder essen konnte.

Oben angekommen, hörte ich noch immer das Gebrüll von Susan.

Mein Schädel dröhnte und ich wollte mich verkriechen, aber der Tisch musste noch abgeräumt und die Küche saubergemacht werden.

Mit einem tiefen Atemzug betrat ich wieder den Schauplatz im Esszimmer und fand einen schnaubenden Quinn vor, der sich wirsch durch die schwarzen

Haare fuhr. Die standen ihm zu Berge. Kein Wunder bei der hysterischen Kuh.

„Was hast du mit meiner Ledercouch gemacht?" Susans Habichtaugen fixierten mich und ihr Finger wies anklagend auf die zerbissene Lederecke.

Ach du Scheiße!

Der Schreck durchfuhr mich. Das Sofa hatte ich komplett vergessen. Hektisch wanderte mein Blick zum Sofa, jemand hatte den Hocker von der betroffenen Ecke weggeschoben.

„Das war dein Hund", erklärte ich der tobenden Hotelerbin, in deren Augen Wut aufglomm.

„Pah. Quinn, erkennst du endlich, dass Tessie mich systematisch fertigmachen will?" Susans Miene verwandelte sich sofort in einen gequälten Ausdruck und ihre Augen hätten nicht unschuldiger dreinblicken können.

Mein angestauter Vulkan meldete sich wieder im Bauch. Ich schluckte hart. Jetzt war nicht die Zeit, auszuflippen.

Über Quinns Nase hatte sich eine tiefe Sorgenfalte gebildet.

„Ich glaube kaum, dass Tessie heute so viel Langeweile hatte, um die Couch anzuknabbern."

„Das war klar, dass du ihr glaubst", giftete Susan im Angriffsmodus.

„Man sieht doch, dass es nur ein Hund gewesen sein kann." Er wies mit dem Zeigefinger auf die Fussel des Innenlebens. „Ein Mensch würde eher zu einem Messer greifen und darauf einstechen. Die vielen Flusen deuten doch auf Princess hin, die mit ihren Zähnen daran gerupft hat."

Na, der hatte ja Horrorfantasien, von wegen Sofamörder mit Messer.

„Warum sollte ich überhaupt die Couch zerstören wollen?", pflichtete ich Quinn bei.

„Weil du mich mobben willst." Susan blitzte mich unheilvoll an und ich verkniff mir jegliches Auflachen.

Die gesamte Situation war lächerlich. Ich zischte leise, um ihr meine Verachtung zu zeigen.

Quinn fuhr sich nervös über die Stirn. „Ein Fraueninternat ist vermutlich einfacher zu leiten als mit euch beiden unter einem Dach zu wohnen."

„Bitte. Du hast es doch gewollt", erklärte Susan trotzig.

„Ja, aber nur, weil du ohne Dienstmädchen nicht sein kannst", giftete er genervt zurück und Susan zog an Princess' pinkfarbener Leine.

„Süße, wir gehen. Mami braucht jetzt ein ausgiebiges Bad."

Mit wackelndem Hüftschwung stolzierte Susan ohne ein weiteres Wort aus dem Raum.

Ich hörte Quinns Schnauben. Am liebsten wäre ich aufs Sofa gefallen und hätte die Augen zugemacht. Aber der Haushalt wartete auf mich. Susan ging mir echt an die Substanz und ich fragte mich, ob es das wirklich wert war. Quinns Summe für meinen Einsatz war zwar großzügig, aber brauchte ich das wirklich? Meine Würde definitiv nicht.

„Hör mal." Er riss mich aus der Gedankenstarre. „Es tut mir echt leid. Dir muss es ziemlich beschissen gehen mit Susan, oder?"

„Beschissen ist noch milde ausgedrückt." Ich trat an den Esstisch, um das Geschirr abzutragen. „Ich frage mich vielmehr, warum ich das auf mich nehme. Ob es das Geld wirklich wert ist, dass ich wegen dieser Tussi tausend Falten mehr auf der Stirn trage."

Quinns volle Lippen umspielte ein Lächeln. „Ich möchte dich nicht bedrängen, Tessie, aber es ist wichtig, dass Susan sich bei mir wohlfühlt. Wir stecken mitten in einem geschäftlichen Deal mit ihrer Familie, der noch nicht save ist. Das Ganze könnte wegen ihrer wandelnden Laune kippen."

Uff, okay, das konnte ich verstehen. Zweckgemeinschaften waren bei der High Society nichts Neues. Das Fremdgehen konnte ich ihm nicht mal mehr verübeln bei der Schreckschraube, die er sich als Freundin halten musste.

„Okay, Quinn. Aber so läuft das nicht. Dauernd muss ich mich von ihr beleidigen und schikanieren lassen. Überhaupt hab ich keine Ahnung, was ihr esst, wann ihr esst oder ob ihr einen Vier-Uhr-Tee wollt. Die Putzsachen im Haus musste ich suchen wie ein ermittelnder Detektiv. Ich kann nur erahnen, welcher Raum hinter welcher Tür steckt und hoffen, dass ich euch nicht wieder bei bettgymnastischen Tätigkeiten störe", sprudelte es verzweifelt aus mir heraus und in Quinns Miene spiegelte sich Betroffenheit.

„Es tut mir leid." Er hob zögernd die Hand und ließ sie resigniert wieder fallen.

„Hört sich ziemlich scheiße an." Seufzend setzte er sich auf die Couch.

„Ist es auch." Ich räumte missmutig das dreckige Geschirr auf das Tablett.

„Lass dir helfen." Quinn stand in Windeseile hinter mir. So nah, dass sein Atem meinen Nacken streifte. Ich schauderte für einen kurzen Moment und grub die Hände in die Griffe des Tabletts. „Nein, geht schon."

Ich wollte diese intime Nähe schnellstmöglich loswerden und meinem Herzen nicht die Möglichkeit schaffen, wegen dieses Kerls schneller zu schlagen.

Sanft umfasste Quinn meine Hände am Tablett. „Lass mich das erledigen", raunte er an meinem Ohr und mir stockte der Atem.

Mein rasender Herzschlag polterte in meinem Kopf. Wie gelähmt, ließen sich meine Finger sanft von Quinns Händen vom Tablett pflücken. Mit einem zufriedenen Grinsen trug er es in die Küche.

Okay, durchatmen. Tieeef durchatmen. Was war das denn? Ich strich meinen Rock glatt und wischte mir die schweißnassen Hände trocken.

Das konnte nur eines bedeuten, Quinn spielte mit mir und setzte sein verflucht gutes Aussehen ein, um mich gefügig zu machen.

Angesäuert stapfte ich in die Küche und bemerkte, dass Quinn durchaus in der Lage war, die Spülmaschine zu bedienen. Seelenruhig sortierte er das dreckige Geschirr ein und schwang das Verdeck mit der Hüfte zu.

„Ähm, ich wusste ja nicht, dass du auch der perfekte Hausmann bist", frotzelte ich und griff nach dem nassen Spüllappen. Doch Quinn war schneller und schnappte ihn. „Natürlich. Aber es macht mir keinen Spaß. Das liegt nicht im Blut des Mannes."

Grinsend trat er aus der Küche, um den Tisch abzuwischen. Ich sauste ihm hinterher.

„Liegt nicht im männlichen Blut? Deshalb lässt man seine Bude verkommen wie ein lediger Junggeselle?", warf ich ihm an den Kopf und gab mir mental einen High-Five.

Quinn zuckte mit den Schultern. „Wie gesagt, es macht mir keinen Spaß. Dir kleine Tessie, offenbar schon."

Er drehte eine Haarsträhne, die sich von meinem Knoten gelöst hatte, zwischen Zeigefinger und Daumen, bevor er mit seinem Grübchenlächeln wieder in die Küche verschwand.

„Ach ja, um das Ledersofa werde ich mich auch kümmern. Du kannst Feierabend machen", tönte er aus der Küche und ich schaute ihm irritiert nach.

Irgendwie wollte ich der Situation noch nicht entfliehen. Aber wie dämlich war ich denn, zu hoffen, Quinn könnte mich annähernd attraktiv finden.

Seufzend ging ich aus dem Wohnzimmer, ließ mich in meinem Gästezimmer direkt auf das weiche Bett fallen und kuschelte mich in das lindgrüne Kissen. Die Bettwäsche passte perfekt zu dem weißen Schrank im Shabby Look und der beigen Kommode, die gegenüber des Bettes stand. Die kleine Nische, in der das Bad eingelassen war, verdeckte ein Leinenvorhang mit Blattmuster. Ein hübsches Zimmer, in dem ich mich wohl fühlte.

Nur einen kurzen Moment wollte ich die Augen schließen und genoss die Stille um mich herum. Herrlich!

Ich wusste nicht, wie lange ich gedöst hatte und wurde durch ein sanftes Klopfen aus meinem Komfort gerissen.

Fahrig überprüfte ich meine Frisur und hoffte, dass der Kissenabdruck im Gesicht nicht zu breit war.

Der Türspalt gab den lächelnden Quinn preis, der mir eine Tasse Tee entgegenstreckte. Der Anblick erinnerte mich an ein reumütiges Kleinkind, das sich bei seiner Mutter entschuldigen wollte.

Quinn hatte feuchtes Haar, das ihm in die Stirn fiel. Der Geruch seines herben Shampoos drang mir in die Nase und mir wurde bewusst, dass er nur eine Pyjamahose trug. Sein muskulöser Oberkörper glänzte und war vermutlich noch feucht von der Dusche.

„Ich hoffe, ich störe nicht?"

Hatte er sich etwa von Susan weggeschlichen? Ein kleines, freudiges Kribbeln schlich sich in meinen Bauch.

„Nein, komm herein."

Nervös ließ ich ihn eintreten. Er stellte den Tee auf das Nachttischchen und setzte sich auf das Bett.

„Du hast geschlafen, oder?" Er musterte das eingedellte Kissen und ein beklommener Ausdruck huschte über seine Miene. Galant strich er sein feuchtes Haar aus der hohen Stirn.

„Das ist schon okay. Ich hoffe nur, dein Ausbruch aus dem Schlafzimmer gibt keinen Ärger", seufzte ich und setzte mich zu ihm.

Höflich griff ich nach dem Tee und nippte daran. „Ich hoffe, du magst Früchtetee? Irgendwie fand ich keinen anderen in der Küche. Mach dir keine Sorgen um Susan, sie schläft tief und fest, nachdem sie noch ewig herumgezetert hatte." Ein schiefes Grinsen glitt über seine Lippen.

Es machte mich total nervös, dass er nur in Pyjamahose neben mir saß.

„Ohje, dann bin ich jetzt völlig unten durch bei ihr. Klar mag ich Früchtetee. In deinem Vorratsraum neben dem Kühlschrank beherbergst du ein ganzes Teelager."

„Mhm", brummte Quinn und ließ sich ins Kissen sinken. „Agata war wirklich eine gute Seele. Sie hat mir jeden Tag Tee gebracht und gesagt, Tee würde die Welt besser machen."

Es war ein befremdliches Gefühl, ihn so entspannt auf meinem Kissen liegen zu sehen.

„Hört sich nach einer tollen Frau an", sagte ich und bemerkte ein sehnsuchtsvolles Glänzen in seinen Augen. „Du vermisst sie, oder?"

Mein Blick wanderte über seinen markanten Kiefer. Er hatte den Bart gestutzt, der mit der schneidigen Kante seines Kinns endete.

„Ja", verriet er. „Ich kenne sie schon mein ganzes Leben."

Er wandte das Gesicht zu mir und stützte den Kopf auf die Hand. „Sie war immer für mich da. Von Kindesbeinen an, wie eine Mutter, die ich nie hatte."

Ich schluckte, seine grünen Augen wandelten sich zu verlassenen Kinderaugen und ich konnte förmlich spüren, wie einsam er sich fühlen musste ohne Agata und mit dem Biest Susan an seiner Seite.

„Was ist mit deinem Vater?", fragte ich, um dem unguten Thema Mutter vorzubeugen.

Quinn schnaubte. „Den interessiert nur sein Geld. Mit achtzehn schleuste er mich in seine Hotelwelt ein und seitdem bin ich dort gefangen."

Puh, eine malerische Kindheit klang anders. Da war meine wie aus dem Bilderbuch entsprungen. Meine Eltern waren bodenständig und beide fleißige Geschäftsleute. Mutter leitete eine Bäckerei und mein Vater war Angestellter einer Versicherung. Es hatte mir an nichts gefehlt und ich wollte die schönen Erinnerungen, die sie mir beschert hatten, nicht missen.

„Bereust du es, dass er dich dort hineingezogen hat?" Sachte ließ ich mich ebenfalls ins Kissen sinken, um den Blickkontakt zu unterbrechen. Der Shampooduft intensivierte sich.

„Nein, auf den Luxus, der damit einhergeht, möchte ich nicht verzichten. Aber etwas mehr Freizeit und Leben wären schön. Die ganzen Zwänge, die die High Society mit sich bringt, sind oftmals nicht problemlos auszuhalten."

Ich hörte seinen tiefen Atemzug und wagte es, den Blick zu ihm gleiten zu lassen. Aufmerksam betrachtete er mich. Sofort baute sich wieder die prickelnde Spannung zwischen uns auf, wie vor dem Abendessen.

Hitze schoss in meine Wangen. Der guckte akribischer als ein Uhu bei Nacht.

„Hmmm, ich dachte immer, ihr wärt glücklich mit eurem Reichtum."

„Ihr ...", wiederholte Quinn nachdenklich. „Das passiert oft, dass alle Reichen über einen Kamm geschert werden. Dabei sind wir so individuell. Nimm Susan zum Beispiel. Ihr goldenes Näschen für Fusionen ist legendär."

Oha, ein Talent verborgen unter zu viel Make-up und Nagellack.

Wie toll, dachte ich argwöhnisch.

Quinn, der mir den Gedanken wohl an der Nasenspitze angesehen hatte, lachte auf. „Ich weiß, du magst sie nicht besonders, aber sie hat auch ihre guten Seiten."

Vermutlich war seine Einstellung der Anker dieser launischen Zweckbeziehung.

„Warst du denn mal verliebt?", entschlüpfte es mir unbedacht.

„In Susan?", fragte er und mir war die Frage peinlich. Rasch versuchte ich, ihm einen Ausweg zu verschaffen.

„Sorry, ich wollte dir damit nicht zu Nahe treten."

„Ach Quatsch." Er grinste und legte die Hände unter den Kopf. „Ich schätze, ich war in meiner Jugend das letzte Mal verliebt. Das mit Susan, nun ja, ich glaube, das hatte ich dir schon erklärt."

Ich schluckte verlegen und zupfte an der Ecke des Kissens herum.

„Warst du denn schon mal verliebt?", fragte er im Gegenzug und ich spürte seinen Blick auf mir ruhen.

„Ich?" Meine Augen fanden die seinen. „Mal abgesehen von den heißen Typen, die wöchentlich das Seventeen-Cover zierten, schon drei Mal, ja", antwortete ich ehrlich.

„Dann bist du glücklich vergeben?"

Ich musste beinah auflachen, denn meinen Ex hatte ich direkt mit dem Strauß verlogener weißer Rosen hochkant rausgeschmissen, nachdem er mich mit seiner Sekretärin hintergangen hatte.

„Nein. Mein Ex war ein versnobter Arsch, dem das Geld in den Kopf gestiegen war und der seine Sekretärin attraktiver fand als mich."

Ja, ich schwelgte erneut in dem Ärger, den ich tatsächlich zwei Jahre lang hatte verdauen müssen, bevor ich keinen einzigen Gedanken mehr an Ronald verschwendet hatte.

„Huh, da hätten wir wohl ein Vorurteil von dir entlarvt", ertappte mich Quinn und ich biss verlegen auf meiner Unterlippe.

„Ja, ich hab's nicht so mit den Reichen und Schönen."

„Wie gesagt, Tessie, wir sind nicht alle gleich", erinnerte mich Quinn sanft und lächelte.

„Vielleicht nicht alle gleich versnobt, aber trotzdem abgebrüht."

Quinn schmunzelte und erhob sich langsam. „Ich werde dich schon noch vom Gegenteil überzeugen, kleine Tessie."

Damit trat er an die Tür und warf mir noch einen verschmitzten Blick zu. „Schlaf gut."

Ich rollte mich nachdenklich zur Seite und roch den Duft seines Shampoos auf dem Kissen.

Quinn hatte mich mit seiner Ehrlichkeit überrascht. Dass ich das Gespräch sogar genossen hatte, wollte ich mir nicht eingestehen und schloss die schweren Augenlider. Bilder seines anziehenden Oberkörpers schwirrten mir durch den Sinn und ließen mich schließlich zufrieden eindösen.

Kapitel 9

Ein schauderhaftes Kratzgeräusch an einer der Türen, die von meinem Schlafzimmer abgingen, ließ mich aufschrecken.

Mit Herzklopfen schaltete ich die Nachttischlampe an und blickte ängstlich zur Terrasse.

Mein Gehirn hielt es durchaus für möglich, dass es im Reichenviertel vor Einbrechern nur so wimmelte.

Da ich nicht besonders furchteinflößend aussah oder vor Selbstverteidigungstechniken strotzte, war ich vermutlich ein grandioses Opfer.

Krchhrr …

krrrchrrrr … krrrchrrr …

Ich hielt den Atem an und das Blut rauschte in meinen Ohren. Heilige Scheiße. Hatte Quinn denn keine Alarmanlage?

Ich zog die Bettdecke bis zur Nase und glitt sanft zum Boden.

In rasender Geschwindigkeit ging ich zum Rolloband, um den Rollladen herunterbrettern zu lassen und hoffte, den Eindringlingen damit eine Kopfnuss zu verpassen.

Nicht, dass ich es gewagt hätte, die Augen dabei zu öffnen.

Gerade, als ich das Band loslassen wollte, hörte ich das schauderhafte Geräusch wieder.

Krrrchhhrrrrr ...

Krrrchrrrr ...

Mit lähmendem Entsetzten stellte ich fest, dass es von meiner Schlafzimmertür kam und nicht von der Terrasse. Und nun?

Hektisch suchte ich den Raum nach einem Schlagwerkzeug ab, mit dem ich mich wehren konnte.

Krchrrr ... kchrrr ... kchrr ...

Das Scharren wurde drängender und mir schoss Princess' hämisch guckende Hundevisage in den Sinn. Natürlich, der rettende Gedanke ließ mich zur Tür eilen und sie zornig öffnen.

Die kleine Hundedame saß dort schwanzwedelnd und trat ein, sobald der Türspalt breit genug war. Zielstrebig spazierte sie zu meinem Bett und hopste auf die Bettdecke.

Empört schnappte ich nach Luft. „Was soll das?", herrschte ich die Kleine an, die vergnügt auf meiner Decke herumhopste.

Energisch ging ich ans Bett und griff nach ihr. Durch ihr Hüpfen und den Schreck in meinen Gliedern gestaltete sich das schwierig.

„Halt doch mal still", schimpfte ich und Princess winselte vergnügt. Sie schien zu kapieren, dass ich dabei war, sie achtkantig wieder hinauszuwerfen. Sie wetzte fröhlich quer durchs Bett, bis ich sie schließlich mit meinem Kissen packen konnte.

Das Fellknäuel ließ mich sein Unbehagen durch ein drohendes Knurren spüren, doch ungeachtet dessen bugsierte ich die Pudeldame in den Flur.

Dort setzte ich sie auf dem flauschigen Teppich ab. Dabei stieg mir ein beißender Geruch in die Nase. Den ignorierte ich, denn Princess war schon wieder auf dem Weg in mein Schlafzimmer und ich wollte ihr zuvorkommen.

Was ich nicht schaffte.

„Verdammt!"

Resigniert setzte ich mich auf die lindgrüne Bettdecke, aus dem ein kurzer wedelnder Pudelschwanz hervorblitzte.

Eine Weile sah ich dem rhythmischen Wedeln zu, bevor ich mich sachte näherte, Princess mitsamt der Decke packte und vor die Tür setzte. Blitzschnell zog ich die Decke weg, schloss die Tür und verbarrikadierte mich im Bett.

Umsichtig legte ich ein weiteres Kissen auf meinen Kopf, um die Kratzgeräusche auszublenden, die Princess wieder an der Tür verursachte. Das würde sicherlich Schrammen geben.

Genervt versuchte ich einzuschlafen.

Nach einer Weile wurde mir zu warm und ich schleuderte das Kissen gegen die Tür. Princess kratzte unerbittlich weiter.

Falls es einen inkarnierten Teufel gab, war Princess der ultimative Beweis dafür, einen Teil seiner Seele in sich zu tragen.

Grimmig trat ich an die Tür und öffnete sie einen Spalt weit.

„Wehe, du gibst noch einen Mucks von dir, dann sperre ich dich in die Gartenhütte!"

Sie marschierte direkt auf das Bett zu und rolle sich dort am Fußende zusammen. Natürlich, der Kratzterror musste die kleine Teufelsbrut auch mal müde werden lassen.

Schläfrig stieg ich zurück ins Bett und zog die Decke bis zur Nase. Princess' rhythmischer Atem verriet mir, dass sie schon schlief. Ein aberwitziger Gedanke glitt mir durch den Sinn. Eigentlich könnte ich mich jetzt an ihr rächen, aber dazu war ich zu müde und froh, dass sie Ruhe gab.

Rasch schloss ich die Augen und glitt bald in einen Dämmerschlaf, der einzig durch den beißenden Geruch gestört wurde. Lahm drehte ich meinen Kopf und schnupperte am Kissen, dort roch nichts ungewöhnlich. Also drehte ich mich zur anderen Seite. Dort empfing mich der stechende Geruch jedoch auch nach einer Weile.

Missmutig stieß ich die Decke von mir und Princess gab einen erschrockenen Laut von sich. Sie stellte aufmerksam die Ohren auf und schaute mich säuerlich an.

„Sorry, du Stinkbeule."

Ich schnupperte an ihr, doch Princess war nicht Auslöser des Geruchs.

Ein Blick auf den Wecker verriet mir, dass es bereits drei Uhr nachts war und ich mir schon eine Stunde um die Ohren schlug.

Genervt trat ich Band des Rollladens und ließ ihn ein Stück hoch, um das Fenster zu kippen.

Danach folgte ich dem Geruch nach draußen auf den Flur, wo er sich intensivierte. Princess eilte mir brav hinterher.

„Was hast du wieder angestellt?", murrte ich und suchte mit den Fingern den Lichtschalter an der Wand.

Mit dem Einschalten des Lichts im Flur erkannte ich die Misere. Mittig auf dem beigen Teppich prangte ein großer Urinfleck. Fassungslos keuchte ich auf.

„Du Biest."

Ich wollte nach Princess schnappen, doch sie flüchtete ins Schlafzimmer.

„Aaarrgh!"

Das hatte das Hundevieh absichtlich gemacht und mich brav kratzend davon in Kenntnis gesetzt. Auf keinen Fall konnte ich den Fleck auf dem teuren Teppich lassen, die Geruchsbelästigung war einfach nur ekelhaft.

Mürrisch marschierte ich in den Keller um Putzzeug zu besorgen und den Fleck grob herauszuschrubben. Dazu gab ich die doppelte Ladung Waschpulver in das lauwarme Wasser. Schließlich sollte es jeglichen Urinduft übertünchen. Letztendlich musste das teure Stück sowieso in die Reinigung und professionell gesäubert werden. Ich wollte mir nicht zumuten, das Designerteil in der Waschmaschine vollends zu ruinieren.

Mit dem Putzeimer und einer Bürste bewaffnet trat ich zurück in den Flur. Dort knallte ich den Eimer auf den Boden und wischte die Sauerei auf.

„Was in aller Welt treibst du hier nachts um halb vier?"

Quinn stand in seiner Pyjamahose vor mir und hatte die Hände in die Seiten gestemmt. In seinem Blick lagen Irritation und Amüsement gleichermaßen.

„Hier, nimm mal eine Nase voll."

Provokant reckte ich ihm die Bürste entgegen und hob schützend die Arme vors Gesicht.

„Das stinkt ja bestialisch!"

„Richtig. Bedank dich bei Princess", schimpfte ich und schrubbte weiter.

„Das verzogene Ding hat es auf dich abgesehen, was?" Er grinste schief.

„Sie hält mich seit einer Stunde wach", informierte ich ihn angesäuert und fand kein Anzeichen von Wut in seiner amüsierten Miene.

„Oh, ich dachte, sie liegt bei uns in ihrem Körbchen. Da muss sie wohl ausgebüxt sein." Sein Lächeln wurde breiter, während er mich aufmerksam beobachtete.

„Das ist nicht lustig. So ein verzogenes Mistvieh gehört normal in die Gartenhütte gesperrt."

„Gar keine schlechte Idee. Willst du das Susan erklären, oder soll ich?"

„Deine Freundin."

Quinn lachte auf. „Wohl wahr."

Er griff nach der Bürste und nahm sie mir aus der Hand. „Lass gut sein. Der Teppich ist sowieso hinüber."

„Bei dem Gestank kann kein normaler Mensch schlafen, Quinn."

Ich funkelte ihn erbost an und er kratzte sich am Kopf. „Da hast du recht."

Sein Blick glitt auf meine Handschuhe.

„Nun, ich denke, wir werfen ihn direkt in die Tonne, oder?"

Rasch zog ich die Putzhandschuhe aus und reckte sie ihm entgegen. „Bitte!"

Ich war überrascht, dass er sie ohne Murren überzog und den Teppich selbst nach draußen schaffte.

Mit gerümpfter Nase trat er wieder in den Flur. „So, das wäre erledigt. Dann noch eine gute restliche Nacht", wünschte er mir im Vorbeigehen.

Ich nickte und ließ den Putzeimer an Ort und Stelle, um müde in mein Bett zu fallen.

Aber dort erwartete mich nicht meine gemütliche Bettdecke, sondern ein Berg aus grünen Stofffetzen und dem Innenleben der einstigen Decke. Oben auf dem Fetzenberg thronte Princess und begutachtete ihr Werk zufrieden. Fehlte nur noch das Krönchen, das ihr Haupt zierte.

„Das darf jetzt nicht wahr sein!", rief ich und trampelte auf das Bett zu.

Princess hopste reaktionsschnell vom Bett und verkrümelte sich direkt darunter.

„Du elendiges Mistvieh!" Ich sah mich schon auf dem Sofa schlafen.

„Was ist denn jetzt ... oh", schnarrte Quinn am Türrahmen und ich drehte mich entsetzt zu ihm um.

„Ich fragte mich schon immer, was Susan an der Pudeldame findet."

„Das ist eine Ausgeburt der Hölle", schimpfte ich weiter und bückte mich, um Princess unter dem Bett böse anzufunkeln. „Komm sofort da raus, du Mistkröte."

„Mistkröte." Quinn lachte schallend und ich glaubte, mich zu verhören. Er fand das alles überaus lustig.

Ich allerdings überhaupt nicht.

„Was für eine Scheiße läuft hier eigentlich?", fuhr ich ihn an. „Für das Benehmen dieser Diva sollte ich normalerweise lebenslang Ziehgeld verlangen."

Ich war noch lange nicht fertig, mich in Rage zu reden, als er mich sanft an den Schultern fasste. Wärme flutete mich.

„Bleib cool. Die Töle macht, was sie will und Susan sieht es nicht ein, weiter mit ihr in die Hundeschule zu gehen. Auch einen professionellen Hundetrainer lehnt sie ab."

„Das soll mich jetzt trösten oder was?"

Ich riss mich von ihm los und wies auf die zerstörte Bettwäsche.

„Das ist Horror!" Ich schnaubte und fuhr mir über die Stirn. Die Situation schaffte mich.

„Ich weiß", pflichtete er mir bei und musterte mich mitfühlend.

„Komm. Du schläfst heute Nacht in meinem Privatzimmer. Lass Princess einfach hier. Soll sie verwüsten, was sie will, ich lasse morgen einen Putztrupp und einen Innenarchitekten kommen, der dein Gästezimmer hundesicher machen soll."

Ich nickte. „Na schön."

Mit Pantoffeln schlurfte ich ihm schließlich durch den Flur hinterher. An seinem Schlafzimmer räusperte er sich verlegen. „Also, ab hier beginnt mein persönlicher Bereich. Er, ähm, ist mein privates Domizil, in dem ich nicht gestört werden will."

„Ist das so ein Shades-of-Grey-Ding?"

Skeptisch ließ ich den Blick auf der grauen Tür verweilen, die aussah, als würde sie etwas Verbotenes dahinter verbergen.

Quinn lachte auf.

„Nein, so pervers bin ich dann doch nicht." Er zog den Schlüssel aus seiner Pyjamahose.

„Gut, denn auf so was steh ich nicht", eröffnete ich ihm und gähnte.

Einladend hielt er mir die Tür auf und ich trat in das geheimnisvolle Domizil ein. Nachdem Quinn Licht gemacht hatte, wurde ich von einem breiten weiß gestrichenen Raum empfangen, den eine kolossale graue Sofalandschaft dominierte. Dunkelgraue Kissen waren dort in den Ecken gestapelt. Davor stand der vermutlich größte Flachbildfernseher, den ich je gesehen hatte auf einem gläsernen TV-Board. Der Kabelsalat zweier Spielkonsolen war achtlos in eine Nische des TV-Boardes gestopft worden und ich musste unweigerlich lächeln. Das erste Indiz, das ich fand, was absolut zu einem Männer-Domizil passte.

„Gefällt es dir?", erkundigte sich Quinn.

„Richtig schick." Ich ließ meinen Blick weiterwandern. An den Fenstern hingen hellgraue Vorhänge und auf dem Sims entdeckte ich sogar einige Kakteen.

Neben dem TV-Board stand eine Vitrine mit einem Sortiment an Weingläsern. Daneben war ein reichhaltig bestücktes Weinregal platziert. Von der Wohnoase gingen zwei weitere Räume ab, die durch graue Türen versperrt wurden.

Quinn wies mit dem Kinn auf die linke. „Dort kannst du schlafen."

Verunsichert trat ich darauf zu. „Ist das dein geheimes Schlafzimmer?"

Er nickte. „Sozusagen. Auf der anderen Seite ist mein Büro, manchmal wenn es spät wird, lege ich mich hier schlafen."

Ich grinste, denn ich wusste, was er mir durch die Blume erklären wollte. Es handelte sich um einen Ort, an dem er Susan meiden konnte.

Zaghaft öffnete ich die Tür zu seinem geheimen Schlafzimmer und fand einen kleinen, gemütlichen Raum mit einem hellgrauen Schlafsofa vor. Eine große Stehlampe stand in der Ecke und die Wand hinter dem Schlafsofa war in dunklem anthrazit gestrichen.

„Du magst grau, was?"

„Jepp", tönte es vom Sofa. Quinn hatte es sich dort gemütlich gemacht.

Ich lächelte ihm dankbar zu, bevor ich die Tür schloss und die ordentlich zusammengefaltete Decke aufschlug. Müde bettete ich mich auf das Kissen und fühlte, dass mir seitlich etwas in die Wange kniff.

Ich erhob mich und sah, dass das Kissen einen Spitzen-BH halb verdeckte. Ich verdrehte die Augen. Natürlich!

Das war auch ein hervorragendes Ausweich-Schlafzimmer für seine reichlichen Seitensprünge. Ich seufzte und drehte das Spitzenteil in der Hand.

Der BH sah recht teuer aus und ich war mir sicher, dass ich so ein Teil niemals tragen würde. Es war eher ein Hauch von Nichts, als ein ordentlicher Büstenhalter.

Auf Zehenspitzen schlich ich mich zur Tür und öffnete sie still.

Quinn lag dösend auf dem Sofa und hatte gedämpfte Musik angestellt. Breit grinsend drapierte ich den BH auf seiner Decke und schlich mich zurück ins Schlafzimmer. Kichernd sank ich wieder auf das Sofa und deckte mich zu. Hoffentlich war das Bettzeug gewaschen, anderenfalls würde ich in Queenis Ausdünstungen schlafen.

Die Nacht auf dem Sofa war angenehm ruhig und ich wurde von den ersten Sonnenstrahlen geweckt, die durch das halb geöffnete Rollo brachen. Gähnend linste ich auf die antiquare Uhr an der Wand, die Punkt sieben zeigte.

Ich reckte die Arme in die Höhe und beschloss aufzustehen, denn heute wollte ich zumindest beim Frühstück nicht versagen.

Leise öffnete ich die Tür und sah, dass Quinn noch schlief.

Auf Zehenspitzen schlich ich aus seinem Trakt, am Schlafzimmer mit Susan vorbei.

Vor dem Gästezimmer machte ich Halt und beobachtete Princess, wie sie auf dem Fetzenberg schlief. Das Biest hatte sein Werk die Nacht über bewacht.

Leise trat ich an den weißen Kleiderschrank, um frische Klamotten herauszuholen. Dann schlich ich in die Badnische. Eine halbe Stunde später stand ich in der Küche und ließ die Kaffeemaschine frischen Kaffee mahlen.

Das Geräusch musste die weiße Töle geweckt haben, denn sie rieb sich winselnd an meinem Bein.

„Was willst du denn?", fragte ich sie spitz und schob sie mit dem Fuß weg. Sie sollte ruhig merken, dass ich noch angepisst war von ihrer Zerstörungswut.

Engelsgleich blickte sie mich an und wedelte weiter. Sie bettelte.

„Ah, ich verstehe. Du hast Hunger."

Princess bellte zur Bestätigung und ich grinste diabolisch.

„Soso. Und du kleiner Giftzwerg denkst, das hast du nach der heutigen Nacht verdient?"

Oh, meine Rache war süß.

Wieder bekam ich energisches Schwanzwedeln zur Antwort. Da ich kein Unmensch sein konnte, ließ ich mich davon erweichen und füllte ihr frisches Futter in den Napf.

Während sie fraß, goss ich den Kaffee in die Thermoskanne und bereitete frische Pancakes für Quinn zu. Für Susan schnitt ich Obst und drapierte es schön auf einem silbernen Tablett. Dann kochte ich ihren grünen Tee und deckte den Tisch im Esszimmer. Princess folgte mir dabei trippelnd.

„O nein. Du wirst mir das Frühstück nicht versauen", sagte ich und mein Blick schweifte zum Garten.

Eine hervorragende Idee kam mir in den Sinn und ich öffnete kurzerhand die Terrassentür. Dankbar lief Princess nach draußen und schnupperte neugierig an den Blumen. Der Garten war komplett eingezäunt, weshalb ich die Terrassentür gleich wieder schloss.

Princess schien das nicht zu interessieren, sie tollte begeistert auf der Wiese und jagte Schmetterlinge. Sollte mir recht sein.

Zufrieden beobachtete ich sie und freute mich an ihrer Begeisterung. Vielleicht würden wir ja doch so etwas wie Freunde werden. Rasch schob ich den sentimentalen Gedanken beiseite. Mein Hirn hatte definitiv zu viel Rosamunde Pilcher gesehen.

Kapitel 10

„UM HIMMELS WILLEN!", kreischte es vom Esszimmer und ich ließ erschrocken den Teelöffel fallen, mit dem ich Honig in Susans grünen Tee rührte.

Alarmiert eilte ich ins Esszimmer und fand Susan panisch vor der Terrassentür.

„Mein Baby", heulte sie und machte sich an der silbernen Klinke zu schaffen.

„Was ist hier los?" Quinn erschien im edlen Anzug an der Tür und blickte verstört zu Susan.

„Sie hat Princess in den Garten gesperrt", heulte sie und schaffte es offensichtlich nicht, die Terrassentür zu öffnen.

Ungläubig wanderte Quinns Blick zu der spielenden Princess, die sich im Garten austobte. „Es gefällt ihr doch. Lass sie tollen, dann wird sie wenigstens müde." Sein Blick klebte wissend an mir und ich grinste.

„Spinnst du? Da draußen wimmelt es vor Gefahren!" Susan hatte es endlich geschafft, die Tür zu öffnen.

Panisch rannte sie in den Garten und versuchte ihren Pudel einzufangen.

Princess dachte nicht daran, eingefangen zu werden. Schwanzwedelnd umkreiste sie ihr Frauchen.

Es amüsierte mich, Susans krampfhafte Einfangversuche zu beobachten und ich erwischte auch Quinn beim Schmunzeln.

Susan, die das ahnte, warf uns einen finsteren Blick zu und ich setzte mich flugs an den gedeckten Tisch.

„Frühstück?", fragte ich Quinn lieblich, der nickte.

„Wie war die Nacht?", erkundigte er sich bei mir und nahm sich Pancakes. Ein frecher Ausdruck glitt über seine Züge und ich war mir sicher, dass er den BH gesehen hatte.

„Ganz angenehm, danke." Ich biss in den Pancake, der vor Sirup triefte. Dazu schob ich mir zwei Blaubeeren in den Mund und zerkaute das süße Frühstück genüsslich.

„Man findet interessante Schätze bei dir." Ich spielte auf die Spitzenunterwäsche an und erntete ein diabolisches Grinsen.

„Ja, die großen Jungs hüten ihre düsteren Geheimnisse." Er wischte sich Sirup vom Mundwinkel.

Wusch!

Mit einem Schlag fiel die Terrassentür klappernd ins Schloss und Susan stand mit geröteten Wangen vor uns.

„Es hätte weiß Gott was passieren können", stöhnte sie und setzte Princess auf dem Boden ab. Diese hastete schwanzwedelnd zum Sofa und rollte sich dort zu einer kleinen weißen Fellkugel zusammen.

Quinn erhob sich und schob Susan auf den freien Stuhl. Dann goss er ihr Tee ein. „Trink das. Er wird dich beruhigen."

Ich gluckste vergnügt und erntete einen warnenden Blick von ihm.

„Danke, Liebster", gurrte Susan. „Schau mal, ganz fertig ist das arme Ding."

Mein Blick wanderte zu dem armen Ding, das engelsgleich auf dem Sofa schlief. Der Auslauf schien Princess wirklich gutgetan zu haben.

„Stell dir vor, sie hätte in die Engelstrompete gebissen? Oder in eine Lilie?", schimpfte Susan und Quinn stöhnte genervt.

„Gott, ich will mir nicht ausmalen, was sie sich für eine Vergiftung zugezogen hätte, mein armes Purzelchen." Susan fasste mich ins Auge. „Tessie hat nicht kontrolliert, was für Gefahren für Princess dort draußen lauern."

Der absurde Vorwurf hing in der Luft und ich zischte belustigt. Wieder einmal fand Susan die perfekte Gelegenheit, über mich zu schimpfen.

„Das wäre der erste Hund, der von Natur aus so doof wäre, direkt die giftigen Pflanzen zu fressen."

„Princess ist nicht doof, sondern unwissend."

„Hunde fressen keine giftigen Pflanzen", erklärte ich wacker. „Außerdem hat ihr der Auslauf gutgetan, sie liegt endlich mal zufrieden auf dem Sofa und schläft."

„Was heißt hier endlich?", echauffierte sich Susan und erhob sich stürmisch.

„Quinn, Tessie mobbt Princess. Wusste ich es doch gleich, dass du eine Hundehasserin bist", herrschte sie mich an.

„Ja genau, ich bete den Gott der Katzen an, schon klar", nuschelte ich. Ihre Theatralik beeindruckte mich nicht.

„Susan, ich bin sicher, Tessie hat es lieb gemeint. Sie hat recht, es ist schön, wenn Princess tagsüber mal schläft."

Er lächelte sie charmant an, doch Susans trotzige Miene verfinsterte sich.

„Ihr hasst sie alle beide. Jawohl, eure Verschwörung kann ich tausende Meter gegen den Wind riechen."

Okay, Hass war übertrieben, aber ich war mir ziemlich sicher, dass Quinn und ich denselben Sympathiegrad für Princess hegten.

„Den Schwachsinn redest du dir selbst ein, Liebling", erklärte Quinn und legte sein Besteck weg. Ihm war der Appetit vergangen.

„Schwachsinn, sagst du?" Susans Blick lauerte und ihre Hand wanderte in ihre pinke Handtasche, die sie dauernd bei sich trug. Mit siegessicherer Miene zog sie den schwarzen Spitzen-BH hervor und knallte ihn auf den Tisch.

Quinn sah aus, als hätte er sich an den Pancakes verschluckt, und wurde kreidebleich.

„Woher hast du den?", fragte er gedämpft und versteifte sich. Ich starrte gebannt auf das Teil. *Scheiße!*

Daran konnte nur ich schuld sein. Mein Hirn arbeitete auf Hochtouren und ich suchte fieberhaft nach einer Ausrede.

„Den habe ich heute Morgen auf deinem Schlafsofa aufgesammelt. Es ist nicht meiner!" Susan wirkte tatsächlich tief getroffen.

„Was machst du in meinem Trakt?" Quinns Tonfall war scharf und das Grün seiner Augen wurde eisig. „Du weißt, dass du dort nichts verloren hast."

„Da hast du recht, Liebling. Offenbar habe nicht ich meine Unterwäsche dort verloren!"

„Es ist meiner", platzte ich überraschend heraus und griff nach dem BH. „Den hatte ich schon überall gesucht."

Ich versuchte zu lächeln und bemerkte, wie beide Augenpaare empört zu mir schnellten.

„Und wie kommt der auf Quinns Schlafsofa?" Susan verengte die Augen zu Schlitzen.

„Ach, das ... na ja ich habe die Decken des Schlafsofas gewaschen. Das hatten sie dringend nötig." Mein Blick schoss zu Quinn, der abwartend den Kopf schieflegte. „Dabei muss er mir aus dem Wäschekorb gerutscht sein." Ich hoffte, dass Susan mir diese offensichtliche Ausrede abkaufte.

„Aha", sagte diese und entspannte sich. „Na, immerhin beweist du einmal Geschmack."

Mit dem Kinn wies sie auf den BH, der mir vermutlich viel zu groß war. Aber das konnte Susan ja nicht wissen.

„Dann wäre das geklärt", fasste Quinn zusammen und leerte seinen Kaffee. Er nickte mir unmerklich zu.

„Hach." Susan seufzte und fuhr sich mit der Hand über das Gesicht. „Der ganze Stress wühlt mich völlig auf. Princess, Liebling, ich glaube, wir checken für eine Nacht in unserem Spa ein, was hältst du davon?"

Sie ließ den Blick zur schlafenden Pudeldame schweifen. Meine Ohren klingelten bei Susans Worten und ich konnte nur hoffen, dass sie tatsächlich ins Hotel ging.

Sie erhob sich und nahm Princess behutsam auf den Arm. Dann warf sie uns einen vernichtenden Blick zu und das letzte, was wir von ihr hörten, war die Haustür, die scheppernd ins Schloss fiel.

Quinn lehnte sich seufzend nach hinten. Dieselbe Erleichterung durchflutete mich. Er hatte nicht mal versucht, sie aufzuhalten.

„Was für ein Drama."

„Allerdings", pflichtete ich Quinn bei und freute mich auf den freien Nachmittag.

„Ich sollte arbeiten", sagte Quinn und erhob sich müde. „Das solltest du vermutlich auch", riet er mir und verließ den Raum.

Bevor ich ihm hinterhereilen konnte, war er schon in seinem Trakt verschwunden. *Mist!* Frustriert machte ich mich daran, den Frühstückstisch abzuräumen.

Nachdem ich die Küche wieder auf Vordermann gebracht hatte, war ich unsicher, was ich tun sollte. Eigentlich konnte ich das Schauspiel für heute beenden, bis Susan wieder zurück war. Andererseits war ich gerne in Quinns Stadthäuschen. Warum sollte ich es nicht für mich nutzen? Schließlich war das ein Teil der neuen Abmachung gewesen, den er mir zugesichert hatte.

Es trieb mich zum hauseigenen Bücherzimmer und ich studierte Quinns Literaturvorlieben. Er outete sich dabei als eingefleischter Krimi-Leser, was so gar nicht mein Genre war. Trotzdem suchte ich mir ein gelobtes Werk von Dan Brown aus und verkrümelte mich damit auf der Terrasse.

Das Wetter war traumhaft schön und die Sonnenstrahlen wärmten meine Beine. Doch nach einiger Zeit war mir die Schurkenjagd in Italien zu viel und ich zog das Handy aus der Tasche. Flugs tippte ich eine WhatsApp an Kelly. Da sie arbeitete, erwartete ich keine flotte Antwort und steckte es wieder weg.

„Was machst du?"

Ich spürte, wie Quinns Atem meine Wange streifte und er sich hinter dem Liegestuhl zu mir beugte. Sein herbes Parfum stieg mir in die Nase und mein Herz klopfte aufgeregt.

„Das nennt man lesen", erklärte ich und rappelte mich auf. „Musst du nicht arbeiten?"

Er guckte mich verwirrt an und zupfte an seinem weißen Hemdkragen. „Es ist zwölf Uhr", erinnerte er mich an das Mittagessen, das ich komplett vergessen hatte.

„Ähm, ich dachte, weil Susan nicht da ist ... also ..." Scheiße, war das peinlich!

Quinn lachte und hob die Hände. „Alles gut. Richtig gedacht. Du hast dir Freizeit verdient. Allerdings hatte ich gehofft, du würdest vielleicht trotzdem kochen. Egal."

Er zuckte gleichgültig mit den Schultern und wandte sich wieder ab. Enttäuschung kroch in mir empor.

„Warte!" Ich erhob mich und trat ihm hinterher. „Ich könnte uns Sandwiches machen."

Ich erntete ein blendendes Lächeln. „Das wäre wunderbar."

„So in zwanzig Minuten?"

Quinn nickte und verschwand hinter der Tür.

Seufzend trat ich in die Küche, bestrich die Sandwiches mit Erdnussbutter und belegte sie mit Hähnchenbrust, eingelegten Mandarinen und Honig. Ich garnierte sie hübsch auf einem Teller und holte zwei Coladosen aus dem Kühlschrank. Das musste genügen.

Ich stellte das Essen auf dem Terrassentisch ab. Ein lauschiges Plätzchen im Schatten des Vordachs und man hatte Sicht auf den herrlich gepflegten Garten und den dort angelegten kleinen Pool, auf dessen Oberfläche sich das Sonnenlicht spiegelte.

Die Blumenbeete waren bestückt mit frischen Knospen und Frühblühern. Ich zog den Duft der lauen Frühlingsluft ein. Die Ruhe, die Susans Abwesenheit verströmte, erfasste mich. Das Leben könnte wirklich schön sein, wenn sie und ihr Giftköter nicht wären.

Geduldig wartete ich auf Quinn, der mit Leinenhose und T-Shirt um die Ecke kam.

„Schon Feierabend?", fragte ich belustigt und bemerkte seine finstere Miene.

Er stöhnte und ließ sich mit der Coladose auf den Liegestuhl fallen. Er öffnete sie, und ein prickelndes Zischen entfuhr ihr, dann nahm er einen großen Schluck.

„Okay", stellte ich fest. „Miese Laune. Dagegen hilft ein richtig schmackhaftes Sandwich."

Ich hielt ihm lächelnd den Teller unter die Nase und er griff brummend zu.

Schweigsam biss ich in meines und musterte ihn. Sein Blick verharrte auf dem grünen Rasen.

„Das ist ja nicht auszuhalten, deine Laune", seufzte ich und musterte ihn schräg von der Seite. Er hatte die

Lippen zusammengekniffen. Das verlieh ihm einen grimmigen Ausdruck.

„Alkohol?"

Sein Blick wanderte nun endlich interessiert zu mir. „Hast du Lust, heute Abend auszugehen?"

Die Einladung traf mich völlig unvorbereitet und mir glitt das Sandwich aus der Hand. Es klatschte auf den Holzboden der Terrasse.

„Schade um das gute Essen", schnurrte Quinn.

Verdattert griff ich nach einer Serviette, um die Sauerei aufzuwischen.

„Also, willst du heute Abend mit mir ausgehen? Essen und dann auf einen Whisky in den Pub?"

Entweder musste er wirklich verzweifelt sein, oder er meinte das tatsächlich ernst. Der verkniffene Gesichtsausdruck war zumindest verschwunden.

„Okay", sagte ich langsam und setzte mich wieder auf den Liegestuhl.

„Sehr gut." Zufrieden biss Quinn in sein Sandwich und seine miese Laune war wie weggeblasen.

„Ist wirklich alles in Ordnung?" Ein Kerl, der unter solchen Stimmungsschwankungen litt, war mir bisher noch nie untergekommen.

„Klar." Er grinste und schaute mich an, als wäre es nie anders gewesen.

„Ich will einen Abend lang den scheiß Deal vergessen." Verlegen rieb er sich über seinen rasierten Bart und kaute.

„Ah, deshalb der frühe Feierabend?"

Er nickte knapp.

„Du musst dringend mal wieder einen durchziehen", stellte ich fest und erntete ein tönendes Lachen.

„Sagt die Richtige." Sein Blick forderte mich heraus und er beugte sich näher zu mir.

„Ich schätze, meine Leber dürstet es nach einem richtig guten Whisky. Außerdem brauchen meine Nerven das, nachdem deine Freundin mich als Ausgeburt der Hölle empfindet." Geduldig trank ich meine Cola leer und zerknautschte die Dose. Quinn tat es mir gleich.

„Gut, dann haben wir ein Date. Um acht?" Abwartend lehnte er sich zu mir.

Ich nickte knapp und bemerkte, dass er sich sein Shirt über den Kopf zog. Irritiert verfolgte ich jede seiner Bewegungen.

Breit grinsend entledigte er sich seiner Leinenhose und stand nur in blauer Badehose vor mir. Sein Blick glitt aufreizend zu mir und blitzschnell griff er nach meiner Hand und zog mich aus dem bequemen Liegestuhl. Unfähig mich zu wehren, stolperte ich.

„Hey", überrumpelt ließ ich mich mitziehen und landete mit einem Schubs im Pool.

Nach Luft ringend tauchte ich an der Oberfläche auf und prustete. Das kalte Nass prickelte auf meiner Haut.

Ich sah Quinns Lächeln. Er schwamm mit kräftigen Zügen auf mich zu. Dabei ließ er mich nicht aus den Augen. Grübchen zierten seine Wange und in seinem Blick lag etwas Verwegenes, etwas, das auf der Lauer lag und nur darauf wartete, sich auf mich zu stürzen.

Ich atmete tief durch und strich mir die klatschnassen Haare aus der Stirn. „Damit hast du mein Herzinfarktrisiko um einiges erhöht", schimpfte ich und ließ mich rücklings im Wasser treiben.

Er stoppte nah bei mir. Zu nah. „Wegen meines stählernen Körpers oder dem Schreck?" Leger fuhr er sich mit der Hand durch das Haar und feixte.

Ich sah die kleinen Wassertropfen von seinem Haar abperlen. „Vermutlich beides."

Ich richtete mich blitzschnell auf und spritzte ihm eine Handvoll Wasser ins Gesicht, um die Nähe zu unterbinden. Flink tauchte ich unter, damit er nicht zum Gegenschlag ausholen konnte.

Übermannt spürte ich, wie er den Arm um meine Taille schlang und mich aufhielt.

Verdammt, der Kerl war echt zackig. Gekonnt befreite ich mich aus seinen Fängen, tauchte auf und suchte hektisch nach etwas, das ich als Racheinstrument verwenden konnte. Er tauchte neben mir auf und japste.

„Gemeines Luder."

„Gleichfalls."

Ich schürzte die Lippen und zog mich am Poolrand hoch. Flink wich ich seiner schnappenden Hand aus und achtete penibel darauf, dass mein nasses Kleid meinen Körper bedeckte. „Mich erwischst du nicht nochmal, Freundchen!" Ich lachte und legte mich in den grünen Rasen, der herrlich duftete. Die Sonne wärmte mein nasses Gesicht und ich hörte das Wasser platschen.

Quinns sanfte Schritte im Gras kündigten sein Kommen an und mit einem gedämpften Rums lag er neben mir.

Ich griff nach dem Haargummi und löste das wirre Haar aus dem ordentlichen Knoten, den ich heute Morgen gebunden hatte. Ich wollte es von der Sonne trocknen lassen. Quinns rhythmisches Atmen drang an mein Ohr und ich spickte heimlich zu ihm.

Er hatte die Augenlider geschlossen. Es war ein seltsam vertrauliches Gefühl, mit ihm auf der Wiese zu liegen.

Fast so, als wäre es völlig normal, als wäre er kein Firmenmogul, der in der High Society verkehrte. Dennoch sollte nicht ich es sein, mit der er hier lag, sondern Susan.

Entschlossen streifte ich die kleine nasse Schürze ab und klatschte sie ihm frech ins Gesicht.

„He", empörte er sich und ich kicherte. „Rache ist süß."

„Mit dir bin ich noch lange nicht fertig, Fräulein", raunte er mir ins Ohr und strich eine Strähne aus meinem Gesicht.

Sein Blick war intensiv und glühte direkt in mein Inneres. Es war wie ein süßes Versprechen, das er mir gab und es ließ ein verbotenes Gefühl in mir erwachen.

Mit stockendem Atem drehte ich mich weg, um Schlimmeres zu verhindern. Schnell stand ich auf und trat auf die Terrasse.

Quinn folgte mir. „Ich hole dich um acht ab."

Ich kicherte bei der Vorstellung, dass er mich an der Tür zum Gästezimmer abholen würde, aber ich nickte brav. „Bis dann."

Die Zeit bis zu unserem Date verbrachte ich damit, nervös im Gästezimmer auf und ab zu laufen. Das Date machte mich unheimlich nervös, denn ich stellte fest, dass Quinn nicht unbedingt in meine vorurteilbehaftete Welt der Reichen und Schönen passte. Die kleinen Momente während unserer Gespräche, in denen er mich hinter seine Fassade blicken ließ, zeigten mir einen einfühlsamen Mann. Kein gefühlskaltes und berechenbares Arschloch, wie ich es erwartet hatte.

Ich stoppte mein Umhertigern vor dem Kleiderschrank und öffnete ihn.

Was sollte ich nur anziehen? Irgendwie war alles, was ich eingepackt hatte, nicht schick genug. Wer weiß, in welchen Nobelschuppen mich Quinn schleppen würde. Außerdem sollte ich unbedingt aufhören, ihn mir schön zu reden, ihn attraktiv zu finden und zu hoffen, er könnte Gefallen an mir finden.

Ich zog Rock und Bluse aus dem Kleiderschrank und schloss ihn wieder. Zum hundertsten Mal stellte ich mich vor den Spiegel und betrachtete den schwarzen Mini-Rock, den ich ausgesucht hatte. Dazu trug ich eine petrolfarbene Bluse, die im Rock steckte. Auf Schmuck verzichtete ich, den hatte ich sowieso nicht parat.

Sicher, mein Outfit sah nett aus, aber nett war in dem Fall nicht annähernd das, was man in einem Nobelschuppen trug.

Seufzend wandte ich mich vom Spiegelbild ab und trat ins Bad. Wenn schon das Outfit nicht de luxe war, sollte wenigstens das Make-up ein Hingucker werden.

Ich umrandete meine Augen mit Kajal und tuschte mir die Wimpern. Dann trug ich Puder und Rouge auf. Zum Schluss grauen Lidschatten, den ich in meinem Kulturbeutel gefunden hatte. Die Lippen zog ich mit pfirsichfarbenem Lippenstift nach und musterte mein Spiegelbild im grellen Schein der Schminklampe.

Ich sah ganz passabel aus. Meine Haare föhnte ich zu einem Seitenscheitel und ließ diesen elegant in die Stirn fallen.

Zufrieden trat ich aus dem Bad und schlüpfte in die silbernen Ballerinas, die ich als Ersatz für meine schwarzen ausgelatschten eingepackt hatte. Den Lippenstift steckte ich in die Handtasche und kontrollierte, ob Kelly schon geantwortet hatte. Ihre WhatsApp war kurz angebunden, doch sie fragte mich, ob alles so weit gut lief mit Quinn. Ich lächelte und tippte, dass ich den Abend mit ihm verbringen würde. Kurzum kamen ziemlich eindeutige Emoji von ihr zurück und ich schloss den Chat. Kelly war unmöglich.

Grinsend steckte ich das Handy in die Tasche und mein Blick wanderte nervös zur Uhr. Es war kurz vor acht. Noch einmal kontrollierte ich meinen Anblick und hörte Quinns Schritte. Seine teuren Treter verursachten jedes Mal einen dumpfen Klang, sobald er auf dem Marmorboden auftrat.

Nervös griff ich zur schwarzen Weste, die als Jacke dienen sollte. Quinn klopfte an die Tür und ich öffnete sie mit einem Gefühl, als würden tausende Schmetterlinge durch meinen Bauch flattern.

Er lächelte und ließ anerkennend den Blick über mich gleiten. Mein Herz pochte.

Quinn sah fabelhaft aus. Er trug ein Jeanshemd. Dazu ein schwarzes Jackett und eine dunkle Jeans. Die edlen Treter, die er heute in schwarz ausgewählt hatte, rundeten sein seriöses Auftreten gekonnt ab. Seine

Haare hatte er elegant nach hinten gegelt und sein Bart sah frisch rasiert aus.

„Hübsch bist du", begrüßte er mich und grinste, der Schwall seines Aftershaves drang zu mir.

„Danke. Du siehst auch gut aus."

„Ich weiß." Er überprüfte, ob seine silberne Armbanduhr richtig saß.

„Macho."

Er schmunzelte, zog den Hemdkragen wieder über die Uhr und ging zur Haustür.

„Bereit, mit einem Porsche zu fahren?" Er zwinkerte und zog den Autoschlüssel aus seiner Jacketttasche, während er durch die Tür ging. Ich nickte und stellte an der Parkbucht fest, dass Ferb abgeholt worden war. Der Platz, an dem ich ihn bei meiner Ankunft geparkt hatte, war leer. *Hoffentlich hat er es gut*, dachte ich, als Quinn mir einladend die Autotür aufhielt.

Der Porsche duftete nach Neu und die beigen Sitze wirkten unbenutzt.

Quinn steckte den Schlüssel in die Vorrichtung. Sofort startete der Wagen und der Motor röhrte.

Ich seufzte. Das war so typisch Mann!

Quinns Freude an seinem schnellen Auto konnte ich förmlich spüren, denn er drückte gehörig aufs Gas. Und das in einem Wohngebiet.

„Wo fahren wir eigentlich hin?", fragte ich und musterte die Straße. Sogar der Mond spiegelte sich auf der Themse wider, die wir wenig später Nahe des Big Ben überquerten. Ein romantischer Anblick.

London bei Nacht war immer ein Hingucker. Alles war mit warmem Licht beleuchtet und einige alte Pubs verliehen diesem Teil der Stadt ein uriges Flair.

„Lass dich überraschen", schnurrte Quinn und drosselte das Tempo des schwarzen Porsche. Immerhin fuhr er einigermaßen bedächtig. Das Testosteron ging also noch nicht vollständig mit ihm durch. Grinsend beobachtete ich, wie er konzentriert auf die Straße sah.

„Wir sind gleich da."

Sein Seitenblick streifte mich und ich lehnte mich an das beige Polster. Den Stadtteil Newington kannte ich, dort war ich einige Male mit Kelly und Scott feiern gewesen. Außerdem besuchten wir gerne das Sea Life London Aquarium.

Müsste ich die Lokale dort einordnen, dann würde ich sie als angenehme Mittelklasse deklarieren. Immerhin fand man einige Museen dort, in die sich immer wieder Touristen verirrten.

Quinn fuhr den Porsche auf einen Parkplatz und ich stieg neugierig aus dem Auto.

Das Lokal erkannte ich auf den ersten Blick nicht, aber es sah sehr gepflegt aus und war nicht wie üblich in eines der vielen Reihenhäuser eingelassen, sondern freistehend. Es hatte braune Fassaden und große Fenster, die mit anthrazitfarbenen Vorhängen dekoriert waren.

Mit einem Piep bestätigte der Porsche, dass er verschlossen war und Quinn steckte die Schlüssel in seine Jacketttasche. „Dann wollen wir mal."

Ich nickte knapp. Gentlemenlike hielt er mir die Tür ins Lokal auf und ich trat hinein.

Mildes Licht empfing mich, das den Gastraum erleuchtete. Auf den Tischen standen kleine Kerzenständer, in denen silberne Kerzen steckten. Die meisten Plätze waren belegt und ich bemerkte, wie Quinn sich gedämpft mit dem Kellner unterhielt.

Der Gastraum war in sanftem grau gestrichen und die Dekoration war überwiegend in Silber gehalten. Ein kaltes Flair, aber keineswegs ungemütlich.

Die Tische waren aus dunklem Holz und die Polster der Stühle lavendelfarben. Anhand des modernen Designs ließ sich erkennen, dass das Restaurant noch nicht alt war. An den Tischen saßen schick gekleidete Leute, die ich der Mittelklasse zuordnete. Vereinzelt konnte ich Geschäftsleute mit Laptops auf den Tischen entdecken. Mein Blick schweifte zur großen Bar, hinter der ein Regal mit Schnapsflaschen bestückt war. Daneben entdeckte ich eine Vitrine mit dem karamellfarbenen Getränk, für das ich ein Faible hatte.

„Gefällt es dir?", raunte mir Quinn zu, während der Kellner uns galant zu einem Tisch am Fenster führte. Es erlaubte einen Blick auf einen hübsch angelegten Garten, der mit weißen Lampions geschmückt war.

„Es ist schick", erwiderte ich und ließ mir vom Kellner den Stuhl zurückziehen. Rasch setzte ich mich und strich meinen Rock glatt. Es war definitiv ein hübsches Restaurant, aber keines, in das sich feiernde Studenten verirren würden, um vorzuglühen.

Mein Outfit passte Gott sei Dank zum stilistischen Rahmen. Der Kellner reichte uns die Speisekarte und ich öffnete sie gespannt.

„Burger?", fragte ich erstaunt und studierte die Burgerkarte.

„Ich hoffe, das ist okay?" Quinn schaute mich nervös an.

„Natürlich ist es das. Es ist nur … hmm … das hätte ich nicht unbedingt erwartet."

Ich schielte auf die Preise und stellte fest, dass auch diese im normalen Bereich angesiedelt waren.

„Dann bist du nicht enttäuscht, dass ich dich in keinen Nobelschuppen ausgeführt habe?" Er lächelte verschmitzt und zog sein Jackett aus.

„Nein. Dafür hätte ich doch gar nicht die passende Garderobe gehabt."

„Wohl wahr."

„Blödmann."

Ich steckte meine Nase wieder in die Speisekarte und riss mich von seinen frech blitzenden Augen los.

Kapitel 11

Nachdem der Kellner mit unserer Bestellung zur Küche marschiert war, schenkte mir Quinn vom Rotwein ein, den er ausgesucht hatte. Neugierig nippte ich daran und stellte eine gewisse Ähnlichkeit zu Quinns Hauswein fest. Zufrieden beobachtete er mich.

„Ein schickes Restaurant", eröffnete er den Smalltalk.

„Das stimmt."

„Normalerweise kenne ich alle Restaurants, die mehr als die üblichen Whiskysorten anbieten", erklärte ich mit einem Blick auf die Whiskyvitrine.

„Dann wirst du von der Auswahl hier begeistert sein."

„Du bist öfter hier?"

Quinn legte den Kopf schief. „Selten. Susan isst nicht gerne bürgerlich."

„Verstehe ich nicht, wie sie einen guten Burger verschmähen kann." Ich seufzte und wartete sehnsüchtig auf meinen BBQ-Burger mit frischem Speck.

„Wenn sie uns jetzt sehen könnte." Quinn schmunzelte.

„Dann würde sie dir meinen BH vermutlich um die Ohren hauen", ergänzte ich, und ein verwegener Ausdruck trat in seinen Blick. Angetan neigte er sich nach vorne.

„Ich wusste gar nicht, dass du eine Vorliebe für schwarze Spitze hast." Sein Blick glitt zu meinem Ausschnitt.

„Na hör mal." Ich räusperte mich geräuschvoll. „Sei froh, dass sie mir das abgekauft hat."

„Das bin ich allerdings. Trotzdem würde mich interessieren, was eine wie du drunter trägt", flüsterte er.

„Perversling."

Ich grinste und nahm einen Schluck Wein. Die ausgelassene Atmosphäre nahm mir jegliche Nervosität. Es tat unglaublich gut, mit ihm zu albern. Auch wenn diese Art des Scherzens verwerflich war.

„Hach, man darf doch wohl noch träumen", sagte er frech und seine Lachgrübchen gruben sich tief in die Wange.

Der Kellner trat mit den Burgern an den Tisch und befreite mich von dem Gesprächsniveau, das normalerweise erst mit ordentlich Alkohol in diesen Themenbereich absank.

„Sieht köstlich aus", offenbarte ihm Quinn und der Kellner nickte zufrieden.

Rasch steckte ich mir eine Süßkartoffelfritte in den Mund. „Es schmeckt herrlich", erklärte ich kauend und bemerkte, dass Quinn ebenfalls genüsslich knabberte.

„Gott, wie lange hab ich schon keinen Burger mehr gegessen." Er zelebrierte den nächsten Bissen und ein Funkeln trat in seine Augen, welches sonst nur bei Kindern unter einem Weihnachtsbaum zu beobachten war.

„Ich frage mich wirklich, ob du auf einem anderen Planeten lebst. Selbst wenn ich steinreich wäre, könnte ich nicht auf Spaghetti, Pizza oder einen simplen Burger verzichten."

Es amüsierte mich zutiefst, dass er sich über diese Kleinigkeiten freuen konnte, die für mich normal waren. Trotzdem dämmerte mir allmählich, was es heißen musste, in seinen Schuhen zu stecken.

Die Welt, in der er lebte, erforderte ein gewisses Benehmen, Attitüden und schrieb genaustens vor, welches Essen zum Image passte. Ich stellte mir das mühselig vor, deshalb war ich froh, dass ich jederzeit Fast Food essen konnte, ohne einen Reporter um die Ecke vermuten zu müssen, der mich dabei erwischte.

„An deiner Stelle würde ich das täglich essen." Quinn schmatzte genüsslich und wischte sich etwas Burgersoße von den Lippen.

„Damit ich eine fette Couch-Potato werde?"

„Ich glaube nicht, dass du überhaupt ein Grämmchen Fett ansetzen kannst." Quinn zwinkerte mir spitzbübisch zu, während er sein Glas an die vollen Lippen setzte.

Mein Blick wanderte amüsiert zu ihm. Satt schob ich den Teller von mir und trank den letzten Schluck Wein.

„Jetzt zum behaglichen Teil des Abends", entschied Quinn und winkte den Kellner mit einer Handbewegung zu sich. Höflich lächelnd trat dieser an den Tisch und Quinn erhob sich. Die beiden tuschelten und ich versuchte, konzentriert zu lauschen, aber die gedämpfte Musik machte es mir unmöglich, etwas zu verstehen.

Quinn heckte was aus, so viel war klar. Der Kellner eilte geschäftig davon und Quinn setzte sich. Dabei mimte er das perfekte Pokerface und zupfte seinen Hemdkragen zurecht.

„Was wird das?" Wissbegierig beugte ich mich nach vorne.

„Was meinst du?", fragte er scheinheilig.

„Na, deine Verschwörung mit dem Personal."

„Ich habe ihm lediglich eine ausführliche Rückmeldung zum Burger gegeben."

„Aha. Ich hasse Überraschungen."

Quinn fuhr sich über den gestutzten Bart. „Schlechte Erfahrungen damit gemacht?"

„Wenn du es als positives Erlebnis wertest, dass dein Chef mit einem Strauß Rosen vor deiner Tür steht, um sich dann von deiner besten Freundin abfüllen zu lassen, die dich ihm anpreist wie ein gebärfreudiges Schaf beim Viehhandel, dann ja, ist das eine schlechte Erfahrung."

Quinns Lachen schallte durch den Gastraum und die Köpfe am Nachbartisch reckten sich neugierig zu uns. Ich warf ihnen ein Grinsen zu und Quinn kicherte.

„Das ist nicht lustig", mahnte ich ihn gespielt ernst.

„Ein versklavtes Schaf", gluckste er und ich funkelte ihn an.

„Ein teurer Kuhhandel", ergänzte ich das Wortspiel und der Kellner trat an den Tisch.

„Wenn Sie mir bitte folgen mögen?"

Seine blauen Augen ruhten auffordernd auf mir und ich erhob mich verunsichert.

Ich mochte Überraschungen tatsächlich nicht. Denn ich wusste nie, wie ich mich angemessen verhalten sollte, um mein Gegenüber nicht zu enttäuschen. Vor Überraschungen war ich meist so nervös, dass ich den Knalleffekt oft nicht richtig bemerkte.

Aufgeregt folgte ich dem Kellner durch den Gastraum und verdrängte die hundert Szenarien, die sich in meinem Kopf abspielten. Mein Herz pochte ein Quäntchen schneller als sonst.

Den Leuten im Lokal war es herzlich egal, wohin wir uns bewegten. Das beruhigte mich, so hatte ich zumindest keine Zuschauer.

Der Kellner stoppte vor der Terrassentür, die er mir aufmachte. Quinns Hand ruhte sanft auf meinem Rücken. Der Anblick, der mich erwartete, war einfach nur magisch.

Die Terrasse wurde mit Lampiongirlanden sanft erhellt. In der Mitte stand ein Tisch mit zwei Whiskygläsern und etlichen Whiskyflaschen.

Auf dem Boden reckten sich kniehohe Windlichter in die Höhe, deren Kerzenlicht züngelte. Ein Heizpilz stand unaufdringlich in der Ecke und spendete Licht. Weit und breit war kein zweiter Tisch gedeckt und ich verstand, dass Quinn den abgeschiedenen Ort für uns arrangiert hatte.

„Gefällt es dir?", flüsterte er leise an meinem Ohr. Seine Hand ruhte noch an meinem Rücken und ich hörte meinen polternden Herzschlag. Noch nie hatte mich jemand so romantisch überrascht.

„Es ist wunderbar", antwortete ich gedämpft und hörte, wie Quinn den Kellner dankend fortschickte.

Dieser schloss die Terrassentür und zog die Vorhänge zu. Wir hatten tatsächlich keine Zuschauer. Ich schluckte und war ein klein wenig rührselig. Doch mein Verstand ermahnte mich, das alles nicht zu sehr zu genießen.

„Komm, setz dich."

Quinn zog einen der beiden Stühle nach hinten und ich bemerkte, dass darauf eine Decke drapiert war. Wahnsinn! Die dachten echt an alles.

„Wow, ich weiß gar nicht, was ich sagen soll."

Quinn lächelte erfreut. „Ein kleines Dankeschön an dich, Tessie. Ohne dich wäre mein Leben jetzt ziemlich katastrophal."

Das Grün seiner Augen leuchtete liebevoll und erfasste mich wie ein Sog, dem ich nicht ausweichen konnte. Sein Blick ging mir direkt ins Herz und ich konnte mich ihm nicht entziehen. Mein Herz hüpfte und die Schmetterlinge in meinem Bauch waren aufgewacht. *Verdammt!* Ich sollte mich wirklich in den Griff bekommen und dem Charme des Kerls irgendwie standhalten.

„Wobei es um einiges katastrophenträchtiger geworden ist, seit du bei uns bist."

Quinn verzog die vollen Lippen zu einem einnehmenden Lächeln.

Seit du bei uns bist ... dieser Teil seiner Aussage holte mich wieder zurück auf die Erde.

Ich durfte mich jetzt nicht in Quinn verlieben. Das käme überhaupt nicht in Frage, denn nach Susans Abreise hatte das Schauspiel ein Ende.

Ich schluckte und versuchte, die Schmetterlinge vom Flattern abzuhalten. „Danke Quinn, das ist wirklich eine liebe Überraschung", sagte ich einigermaßen sachlich. Die romantische Atmosphäre zerstörte ich damit trotzdem nicht.

Rasch musterte ich die Whiskyflaschen und deren Labels. „Ich würde sagen, darauf stoßen wir an, oder?"

Quinn nickte. „Welche Sorte bevorzugst du denn?", erkundigte er sich. Von meinem inneren Gefühlschaos schien er nichts mitzubekommen.

„Ich mag es gerne rauchig."

Sein überraschter Blick erfreute mich insgeheim und er fasste zielstrebig nach einer Flasche, deren Label schon zerfleddert war.

„Dann wird dir der hier schmecken. Achtzehn Jahre lang gereift."

Anerkennend nickte ich. Einen Highland Park Whisky hatte ich noch nie probiert, das lag mitunter am teuren Preis. Hundert Pfund pro Flasche waren zu viel.

Quinn schenkte mir einen kleinen Schluck ein, den ich neugierig kostete. Der Whisky schmeckte herrlich. Er hatte einen starken Abgang und der Rauchgeschmack verweilte einige Zeit lang am Gaumen.

„Sehr gut."

Ich lächelte Quinn an, der fragend die Flasche hob. „Gerne", bestätigte ich sein Angebot.

Er goss ein und ich schlug die Beine übereinander. Die Atmosphäre war ruhig. Ab und an hörte man die Geräusche der Autos von der Straße, die an den nächsten Wohnblock angrenzte.

Quinn rückte mit dem Stuhl näher zu mir, sodass wir gemeinsam über die Terrasse schauen konnten. Ich hob den Kopf, um den Sternenhimmel zu betrachten. Die Nacht war klar und die Sterne funkelten weiß.

Wieder beschlich mich dieses vertraute Gefühl wie heute Mittag am Pool, als wir schweigend im Gras gelegen hatten. Quinn ergänzte etwas in meinem Inneren auf eine Weise, die ich noch nie gespürt hatte. Mit einem Kerl, den ich gerade mal ein paar Tage kannte, würde ich eigentlich nicht so vertraut auf einer Terrasse sitzen wollen um Sterne anzusehen. Doch mit Quinn fühlte es sich so normal an, fast schon selbstverständlich und diese Erkenntnis brachte mich völlig durcheinander. Denn es sollte sich nicht so vertraut und wunderbar anfühlen. Vielmehr sollte ich Rückgrat beweisen und die romantische Stimmung zerstören.

Wäre die Szene in einem Rosamunde-Pilcher-Film zu sehen, würde ich vermutlich genervt die Augen verdrehen. Doch im Moment genoss ich es, in meiner eigenen Rosamunde-Pilcher-Szene festzustecken. Ich schaffte es nicht, diese Atmosphäre zu zerstören, denn insgeheim wollte ich, dass sie blieb.

„Wie alt bist du eigentlich?", brach Quinn das Schweigen. „Fünfundzwanzig."

Sein Blick ruhte auf mir. „Und mit fünfundzwanzig ist jemand wie du noch Single?"

„Ja. Bisher konnte ich mich erfolgreich gegen Dating-Portale, die meine Mutter für angemessen hält, wehren."

„Oh, dann bist du schon ein Fall für die Vermittlung?" Er grinste frech und nahm mir das leere Whiskyglas aus der Hand.

„He", schimpfte ich, schon leicht benebelt und beobachtete, wie er die zweite Flasche nahm, die wie der Highland Park auch ziemlich alt aussah.

„Bereit für zwanzig Jahre?", fragte Quinn, öffnete die Flasche und schnupperte am Flaschenhals.

Ich nickte. Großzügig schenkte er ein und drückte mir das Glas wieder in die Hand. Dieser Whisky hatte es noch mehr in sich. Das Brennen spürte ich nicht nur in der Kehle, sondern auch im Magen, der sich mittlerweile wohlig warm anfühlte.

Quinn stieß sein Glas gegen meines. „Auf unsere hervorragende Teamarbeit."

Ich lächelte. Ohne den Blick von mir zu nehmen, nahm er einen Schluck.

„Sehr gut", sagte er und ich wagte nicht zu spekulieren, ob er mich oder den Whisky damit meinte. Denn sein Gesicht näherte sich langsam und das Grün seiner Augen zog mich intensiv in seinen Bann. Ich wagte es kaum zu atmen. Liebevoll nahm er mir das Glas aus der Hand und mein Atem beschleunigte sich.

Ich fühlte, dass mich der Whisky schon dusselig gemacht hatte, und wollte mich wehren, doch Quinns Blick gab mich nicht frei. Ich spürte, wie er nach einer braunen Haarsträhne griff. Sanft drehte er sie zwischen Zeigefinger und Daumen. Ich schluckte. Diese intime Geste hatte er schon einmal angewandt. Er strich mir die Strähne hinters Ohr und sein Atem roch dabei nach Whisky. Ob seine Lippen danach schmeckten?

Unweigerlich glitt mein Blick über seine kantigen Wangenknochen zu ihnen. Sie öffneten sich einen kleinen Spalt weit.

„Ich würde dich gerne vermitteln." Quinns Blick sah verwegen aus und er hob einen Mundwinkel an.

„Was?", fragte ich verdattert und wich ein Stück von ihm weg. Immerhin war es dieses Mal er, der den romantischen Augenblick zerstörte. „Wieso das denn?"

Quinn grinste. „Weil du gefährlich bist. Wärst du in festen Händen, wäre diese Gefahr gebannt."

Das Grün flammte wild und ein begehrender Ausdruck erfasste Quinns vertraute Gesichtszüge.

„Ich schätze, du hast einen Waffenschein, um die Gefahr zu bannen."

Rasch griff ich zum Whisky, um mich abzulenken. Die Situation war heikel und die Spannung zwischen uns prickelnd. Der Schluck Whisky konnte das Feuer allerdings nicht löschen, das sich in mir ausbreitete. Im Gegenteil, er fachte es lodernd in meinem Bauch an.

„Mein Waffenschein muss hiervon ja nichts wissen."

Ich drückte ihm flüchtig das Whiskyglas in die Hand, bevor sein Hang zur Untreue weiter wuchs.

„Es gibt so einiges, wovon dein Waffenschein nichts weiß", murmelte ich leise und war damit beschäftigt, die aufkeimenden Schmetterlinge wieder zu beruhigen.

Ich war nicht betrunken genug, um Susan das anzutun. Auch wenn ich sie nicht mochte, wollte ich keine sein, mit der Quinn sie betrog.

Nachdem wir den Whisky schweigend geleert hatten, beschloss ich, das Restaurant zu verlassen, ehe sich der Alkohol noch mehr ausbreitete. „Sollten wir nicht langsam aufbrechen?", murmelte ich zu Quinn, der in den Sternenhimmel vertieft war.

„Ich schätze, du hast recht", sagte er mit einem Hauch Bedauern. „Warte eben hier, ich bezahle."

Damit erhob er sich, trat energisch zur Terrassentür und klopfte. Ich hörte, wie der Kellner ihn in den Gastraum ließ und seufzte.

Dass ein Kerl wie Quinn kein Single war, lag auf der Hand, aber dass er des Geschäfts wegen Susan ertragen musste, fand ich abartig. *Wie das Whisky-Tasting wohl verlaufen wäre, wenn Susan nicht wäre?*, überlegte ich.

Wahrscheinlich wäre es gar nie zu dieser Nähe gekommen, denn für Quinn war ich noch immer eine Normalbürgerliche.

Vermutlich war ich auch die erste dieser Sorte, die er kennenlernte. Deshalb übte ich diese Faszination auf ihn aus. Enttäuscht über die Erkenntnis erhob ich mich schließlich und trat scheu ins Restaurant.

Ich sah Quinn entspannt und mit dem Barkeeper plaudernd an der Theke lehnen. Quinn wusste definitiv, wie man Konversation betrieb.

Die beiden schweren Whiskys, die er innehatte, bemerkte man auf den ersten Blick nicht. Ich sah die beiden lachen und stellte fest, dass sie einen vertrauten Umgang pflegten.

Schüchtern schritt ich näher und der Barkeeper musterte mich neugierig.

„Ist sie das?", fragte er Quinn, der sich überrascht zu mir wandte.

„Ja, das ist Tessie." Er lächelte smart. „Tessie das ist Will."

Der Barkeeper bot mir höflich die Hand an. Ich drückte sie kurz und musterte die grau bekränzte Halbglatze. Seine warmen blauen Augen zeugten von Lebenserfahrung und sein Händedruck war angenehm entschlossen.

„Freut mich", schnurrte Will. „Darf ich euch noch auf einen Aperitif einladen?"

Quinn überließ mir die Antwort. Wills durchdringender Blick bat mich um ein stummes Ja, zu dem ich mich letztlich durchrang.

„Aber sicher, gerne."

Wir setzten uns auf die ledernen Barhocker und Will griff zu drei Grappagläsern und goss uns ein. Ich betrachtete die klare Flüssigkeit und verfluchte mich in dem Moment, in dem ich sie an meinen Lippen spürte. Erst Wein, dann Whisky und jetzt noch Schnapsbrand. Mein Schädel würde morgen alle bisherigen Kater übertrumpfen, dessen war ich mir sicher. Doch Wills warmes Lächeln und seine sympathische Ausstrahlung ließen mich gemächlich entspannter werden.

„Du bist also die berühmte Tessie, die für Quinn Dienstmädchen spielt. Scheinst dem Löwen gutzutun. Ich habe ihn selten so zahm erlebt wie heute." Will warf einen wissenden Blick zu Quinn, der eine Grimasse zog.

Will mochte einiges älter sein als er. Ich schätzte ihn auf Mitte fünfzig und war überrascht, dass er von unserem Deal wusste.

„Oh, ich wusste nicht, dass Löwenzähmen zu meinen verborgenen Talenten gehört", scherzte ich und erntete Wills Lachen.

„Du hast recht, sie hat es in sich", sagte er dann zu Quinn, der zufrieden nickte.

„Ihr redet über mich?"

Will nickte knapp. „Natürlich. Wir telefonieren ab und an, denn der junge Herr lässt sich leider selten hier blicken."

Quinn zuckte entschuldigend mit den Schultern. „Viel zu tun", nuschelte er und führte das Grappaglas an die Lippen.

„Die Stressausrede hat er immer parat. Aber wenn es brenzlig wird, meldet er sich bei mir. Dafür sind Freunde da." Ich konnte Will nur beipflichten.

„Was hast du gedacht, als er dir von dem haarsträubenden Deal erzählt hat?", fragte ich und Will grinste.

„Ehrlich gesagt, dachte ich im ersten Moment, dass er jetzt komplett durchdreht. Aber ich weiß, wie wichtig Susan für sein Business ist." Er beugte sich näher zu mir und ein wissender Ausdruck huschte über seine Miene. „Trotzdem hätte er ein schniekes Mädchen verdient, dass ihn von dem ganzen Stress ablenkt." Er blickte mich unverhohlen an.

„Och, für genügend Ablenkung sorgt er schon selbst", frotzelte ich und Quinn bedachte mich mit einem finsteren Blick.

„Ihr redet über mich, als wäre ich Luft."

Wir brachen in Gelächter aus, während Quinn demonstrativ die Lippen schürzte. „Wahrscheinlich hab ich es sogar verdient." Mürrisch leerte er seinen Grappa. Will legte ihm freundschaftlich die Hand auf die Schulter.

„Du warst schon immer ein Schlawiner, das darfst du ruhig wissen."

Ich genoss Wills unkomplizierte Art und leerte meinen Grappa.

„Noch einen?", fragte er, doch Quinn schüttelte den Kopf.

„Es wird Zeit heimzugehen." Mir fiel siedend heiß ein, dass Quinn genau so viel Alkohol wie ich konsumiert hatte. Der wollte doch nicht etwa fahren, oder?

„Alles klar, dann ruf ich euch ein Taxi?", vergewisserte sich Will und ich nickte erleichtert.

Quinn kramte seinen Autoschlüssel aus dem Jackett und legte ihn auf den Tresen. „Spar dir die Tankfüllung dieses Mal."

Will grinste, als er ihn entgegennahm. „Das ist unser Deal", erklärte er mir verschwörerisch und griff zum Handy, um uns ein Taxi zu rufen.

„Die Welt besteht nur aus Geschäften für dich, oder?", scherzte ich an Quinn gewandt. Das er sein nobles Auto einfach so aus der Hand gab, hätte ich ihm nicht zugetraut.

„Ich hole eben aus allem das Beste raus. Eine tolle Wesensart, solltest du dir auch mal zulegen. Macht neben dem Haushalt doppelt sexy."

Bingo. Mich mit den eigenen Waffen zu schlagen passierte mir nicht häufig. Ertappt kicherte ich und Quinn griff nach meiner Hand. „Komm, wir warten draußen."

Er nickte dem telefonierenden Will dankbar zu und verflocht seine Finger mit meinen. Überwältigt von dem Gefühl, das er damit in mir auslöste, ließ ich mich übermannt nach draußen führen.

Dort gab er meine Hand frei, um mich dicht an die Brust heranzuziehen. Ich roch seinen Alkoholatem und spürte die Wärme, die sein Körper ausstrahlte. Überwältigt von Empfindungen stand ich an ihn gepresst und genoss es in vollen Zügen.

Quinns Atem ging regelmäßig und er legte das Kinn auf meinem Scheitel ab, so, als wären wir ein vertrautes Paar. Die Gedanken kreisten in meinem Kopf und kurz bevor ich die innige Nähe lösen wollte, blickte ich in das grelle Licht der Taxischeinwerfer.

Quinn trat auf den Wagen zu und nannte dem Taxifahrer die Adresse. Ich stieg auf den Rücksitz. Nachdem Quinn eingestiegen war, fuhr der Fahrer eilig los.

„Will ist nett", bemerkte ich beiläufig.

„Er ist großartig. Der beste Freund, den ich habe", verriet mir Quinn. „Man könnte sagen, Will verkörpert den Vater, den ich nie hatte."

Ich nickte, das war meine Vermutung gewesen.

„Er mag dich", enthüllte er mir mit einem verschmitzten Lächeln. „Aber es dürfte schwer sein, dich nicht zu mögen."

Beschämt drehte ich mich zur Fensterscheibe und beobachtete die vorbeiziehenden Lichter. Der viele Alkohol ließ mich Quinns Komplimente viel zu sehr genießen, als dass ich mich dagegen wehren konnte.

Vor seinem Haus angekommen steckte Quinn dem Taxifahrer Geldscheine zu. Hastig schloss er die Eingangstür auf und ich trat ein. Er machte Licht im Flur und blickte mich forschend an.

„Also ... ähm ... das war ein schöner Abend", stammelte ich überfordert.

„Das war es", erwiderte Quinn und lauerte abwartend.

„Es wäre vernünftig, jetzt zu überprüfen, ob mein Gästezimmer wieder in einem nutzbaren Zustand ist", schlug ich mehr mir selbst als ihm vor, um die unbequeme Stille zwischen uns zu brechen.

„Eine gute Idee." Quinn glitt ein schuldbewusster Ausdruck über das Gesicht.

Ich ahnte schon weshalb und starrte direkt auf den Fetzenberg, nachdem er die Tür zum Gästezimmer geöffnet hatte.

„Sorry, ich hab es völlig verplant", gestand er mir und zog sein Handy hervor. „Ich schreibe Hillary sofort."

Er musste mir die Frage in den Augen abgelesen haben, denn er fügte schnell hinzu: „Sie ist meine Sekretärin und der Engel für alles. Ohne Hillary wäre ich aufgeschmissen."

Er tippte rasch eine Nachricht und steckte das Handy wieder in die Innentasche seines Jacketts.

„Tja, das bedeutet, du wirst noch eine Nacht in meinem Trakt verbringen." Die Freude, die in seinen Augen aufglomm, konnte er nicht verbergen.

Ich seufzte und spazierte den Flur entlang. Damit brach ich ungefähr die hundertste Regel, die mir wichtig war, und ich konnte nur hoffen, dass Quinn Susan irgendwann verlassen könnte, um sie nicht weiterhin so hintergehen zu müssen.

Vor der grauen Tür angekommen zückte Quinn den Schlüssel und öffnete sie. Zielsicher strebte ich das Schlafzimmer an, doch er griff nach meiner Hand.

„Lass den Abend bitte noch nicht vorbei sein", flüsterte er.

Ich schluckte und der Whisky ließ meinen Kopf brummen. Die Situation war zum Brüllen komisch, worauf sie hinauslaufen könnte, bereitete mir Kopfschmerzen und meine Vernunft wehrte sich vehement dagegen.

Doch mein Herz konnte ihm diese Bitte nicht abschlagen. „Na gut", seufzte ich und schmiss die Vernunft über Bord. Sollte sie doch ertrinken in den stürmischen Wellen der Emotionen. „Aber bitte ohne Alkohol."

„Versprochen."

Er zog mich mit einem schneidigen Lächeln auf das graue Sofa. Sein Zeigefinger griff nach meiner Haarsträhne. Verspielt wickelte er sie um ihn herum und blickte mich intensiv an. Hastig entzog ich mich ihm. Das war mir alles zu offensiv.

„Okay, die Nacht ist noch jung, was stellen wir an?" Theatralisch zog ich meine Weste aus und suchte den Raum nach einer Beschäftigung ab. Ich blieb an einer der Spielekonsolen hängen. „Lust auf ein Match?"

Quinn starrte mich irritiert an. „Äh, was?"

„Na, ein Spiel." Ich wies mit dem Kinn auf die Konsolen.

„Ach das. Ich hab schon ewig nicht mehr gespielt."

„Mutiert langsam zu deinem Lieblingssatz, oder?"

Er stand auf, startete die schwarze Konsole und schnappte die beiden Controller.

„Okay, wenn ich gewinne, bestimme ich die nächste Aktion, wenn du gewinnst, darfst du entscheiden, klar?"

Der Flachbildschirm blinkte auf und zeigte verschiedene Apps, aus denen wir ein Spiel auswählen konnten. Quinn steuerte seinen Cursor auf ein Rennspiel und ich nickte.

„Alles klar. Dann mach dich aufs Verlieren gefasst, McLion", drohte ich.

„Keine Sorge. Ich kriege immer, was ich will, Neill", erwiderte er und setzte sich aufrecht hin, wie ein Raubtier, das sich darauf vorbereitete, sein Opfer zu zerfleischen.

Kapitel 12

Der Alkohol machte es mir schwer, mich auf das Rennen zu konzentrieren. Außerdem war es Ewigkeiten her, dass ich zuletzt mit Scott gezockt hatte. Ich verlor das Rennen und hatte nichts anderes erwartet.

„Mist." Frustriert sank ich auf das graue Polster.

Ich fühlte mich wie ein pubertierender Teenager, der nicht recht wusste, wie er sich in Gegenwart seines Schwarms verhalten sollte. Es fühlte sich an, als ob all meine Instinkte nur auf ihn gepolt wären. Ein Gefühl, dass ich noch nicht mal bei meinem Ex Ronald verspürt hatte. Wäre Quinn Single, wäre diese dauernde Anziehungskraft zwischen uns okay. Aber so war sie ein Unding.

Ich spürte, wie sein Blick auf mir ruhte und meine Aufmerksamkeit wanderte unweigerlich über den Bart zu seinen vollen Lippen. Ich konnte den Alkohol nicht leugnen, der meine Hemmungen zurückschraubte. Mein Kopf malte sich aus, wie es wohl wäre, ihn zu küssen.

„Ich habe gewonnen." Quinn blitzte mich spitzbübisch an und rückte näher. „Ich darf mir aussuchen, was wir als Nächstes tun."

Seine Stimme nahm diesen verwegenen rauen Touch an und über die einnehmenden grünen Augen legte sich ein Schleier. Sogleich spürte ich Quinns Atem an meiner Wange. Zärtlich schob er mein Haar beiseite.

„Jetzt bekomme ich, was ich will", kündigte er heiser an.

Mein Atem stoppte, während Quinn zärtlich mit der Nasenspitze meine Wange entlangfuhr. Mein Herz hämmerte gegen meinen Brustkorb und raubte mir fast den Atem.

Quinn hielt inne und seine Augen glommen voller Begierde. Sanft stupste er meine Nase mit seiner an und senkte flugs die Lippen auf meine. Wie ein zarter Windhauch glitt er darüber hinweg und ein Prickeln, wie bei einer frisch geöffneten Sektflasche, erfasste mich. Die Schmetterlinge in meinem Bauch erwachten tausendfach zum Leben. Es war ein zarter Kuss, der so viel mehr erzählte, als ich in Worte fassen konnte.

Die Spannung zwischen uns stand kurz vor der Explosion und ich seufzte. Quinn küsste mir den Seufzer von den Lippen und löste sich von mir. Sein Blick war innig und suchte die Bestätigung, die ich ihm so gerne gegeben hätte.

Sofort vermisste ich das warme Gefühl, das er mit sich nahm.

Er blickte mich erwartungsvoll an und ich verharrte mit meinen Flugtierchen im Bauch. Wie gerne hätte ich ihm gesagt, dass es okay war, dass ich ihn verstand. Doch ich war seiner Anziehung ausgeliefert.

„Ich ... das ... also ...", stammelte ich, um der Situation Herr zu werden und mich zu sammeln.

Quinn legte den Kopf schief und fasste nach einer Haarsträhne.

„Du bist wunderschön", hauchte er und sein Blick streichelte mich.

Ich schluckte, denn das Grün seiner Augen nahm mich, wie so oft, gefangen. Gebannt verharrte ich.

Sein Zeigefinger ruhte auf meinem Kinn und er hob es sanft an, damit sich unsere Lippen nochmal treffen konnten. Ich ließ es geschehen, denn ich genoss seine Wärme.

Nie hätte ich geahnt, dass Quinn mir so nahe sein könnte. Er berührte Stellen in mir, die lange im Verborgenen geschlummert hatten.

Flink zog er mich zu sich und sein Oberkörper drückte mich sanft auf das weiche Polster. Der Kuss intensivierte sich und ich öffnete die Lippen. Zeitgleich fuhr ich ihm durch das volle schwarze Haar und krallte die Finger hinein.

Ich wollte nicht, dass der Kuss endete. Meiner Vernunft entsagte ich. Ein Seufzen entglitt ihm und seine Zungenspitze fand die meine. Zuerst berührte er sie zart, bevor sie sich lauernd wie ein Tiger auf seine Beute stürzte. Seine Hand strich an meiner Seite hinab bis zur Taille. Ich schlang ein Bein um seine Hüfte und er fasste mich am Hintern. Keuchend lösten wir uns voneinander.

„Okay, das darf nicht passieren", flüsterte ich heiser.

„Es muss niemand erfahren", wisperte er und sein ganzer Körper signalisierte mir Begierde.

Nicht, dass meiner das nicht auch tat. Im Gegenteil, er bettelte darum, dass Quinn mir die Kleider vom Leib riss. Aber die Vernunft regte sich dann doch noch zu einem kleinen Quäntchen und ich hielt inne.

Quinns Finger fanden den Saum meiner Bluse und er zog sie frech aus dem Minirock. Zärtlich strich er über die empfindliche Haut meines Bauches. „Du bist wunderschön", flüsterte er und küsste mich erneut. Dieses Mal hungriger.

Mit der anderen Hand knöpfte er meine Bluse auf und ich ließ es geschehen. Meine Vernunft hatte verloren und Quinns war offenbar bereits jenseits von Gut und Böse. Er schob mir küssend die Bluse von der Schulter und wir verloren uns.

Am nächsten Morgen erwachte ich mit heftigen Kopfschmerzen. Quinns Arm lag auf meinen Schultern und ich spürte seinen regelmäßigen Atem am Rücken. Hastig zog ich die Decke bis zur Nase und nahm einen tiefen Atemzug.

Halleluja, wir waren gestern nicht zu bremsen gewesen und es kam zum unvermeidlichen Sex. Sofort meldete sich mein Gewissen, das mir Susans angesäuerte Miene schickte.

Ja, verdammt, er hatte sie mit mir betrogen. Mein Kopf hämmerte. Vom schlechten Gewissen und dem vielen Alkohol am Abend.

Unsicher drehte ich mich zu Quinn, der friedlich schlief. Da ich absolut keine Ahnung hatte, wann

Susan zurückkommen würde, war es vermutlich das Beste, wenn ich mich sofort aus dem Bett schlich.

Vorsichtig entwand ich mich Quinns Arm und schlüpfte aus dem Bett. Flugs griff ich nach der Unterwäsche und streifte sie über. Den Mini-Rock und meine Bluse sammelte ich vom Boden auf und öffnete geräuschlos die graue Tür.

Auf Zehenspitzen schlich ich ins Gästezimmer. Den Fetzenberg ignorierend stieg ich unter die Dusche. Das Wasser spülte die Erinnerungen an letzte Nacht nicht fort. Sie dominierten meinen Geist und fühlten sich so richtig an, dass ich mich fragte, ob ich verrückt wurde.

Ich konnte es doch nicht ernsthaft darauf anlegen, Quinn langfristig für mich zu gewinnen. Das wäre lächerlich, er war an Susan gebunden. Gott, wer wusste, ob Quinn genauso empfand wie ich und wie lange er noch so fühlen würde.

Ich schnaubte. Er war sicher einer von der Sorte, der nach erfolgreicher Beuteerlegung kein Interesse mehr an seinen Betthäschen hatte. Diese These wurde von den fluktuierenden Frauen gestützt, die ich bis zu meiner Rettungsaktion beobachtet hatte.

Mit dieser Erkenntnis stieg ich aus der Dusche und cremte mich ein. Quinns zarte Berührungen durchkreuzten dabei meine Sinne und ein frustriertes Knurren entfuhr mir. *Shit!* Wie sollte ich ihm nur unbefangen gegenübertreten?

In Unterwäsche verließ ich das Bad. Barsch schob ich die Erinnerungen an die gemeinsame Nacht beiseite und schlüpfte in eine frische Dienstmädchen-Kluft, die ich im Schrank fand. Infolgedessen föhnte ich mein Haar und band es zu einem ordentlichen

Knoten, bevor ich in der Küche das Frühstück vorbereitete.

Das Mahlen der Kaffeemaschine und der Duft des frisch gebrühten braunen Getränks konnte schließlich meine Gedanken beruhigen. Ich trank den Espresso mit einem Zug leer.

„Guten Morgen, Schönheit", schnurrte Quinn hinter mir und küsste meinen Nacken.

Erschrocken fuhr ich zusammen. „Gott, hast du mich erschreckt."

Flink trat ich beiseite, um die Nähe zu vermeiden. Dabei griff ich nach dem Tablett und belud es mit der Thermoskanne. Quinns Blick verfolgte mich amüsiert. „Alles klar bei dir?"

Ich nickte knapp. „Klaro."

Er sollte nicht merken, wie verwirrt ich tatsächlich war.

Mit dem Tablett trat ich an ihm vorbei ins Esszimmer und atmete dort tief durch.

Okay, meine Sinne spielten eindeutig verrückt in seiner Gegenwart. Wenn ich könnte, würde ich mich sofort in seine Arme werfen. Aber die Vorhang-Situation, der ich kritisch gegenüberstand, und die Tatsache, dass er vergeben war, sollte mich nicht Derartiges denken lassen.

Quinn deckte unaufgefordert den Tisch und beäugte mich eingehend. Für ihn schien das alles total normal zu sein.

Ich schnaubte. Sicher erlebte er dieselbe Situation nun schon zum wievielten Mal? Zum Fünfzigsten? Hundertsten? Der Gedanke an seine verflossenen Betthäschen war zermürbend.

„Kaffee?" Er hob die Thermoskanne an.

„Okay." Ich schob das Tablett beiseite. Meinen Hunger konnte ich nicht leugnen, also griff ich beherzt zum Toast und belegte ihn mit Schinken und Käse. Schweigend aß ich und vermied den Blickkontakt mit Quinn. „Tessie, ist wirklich alles in Ordnung?"

Mist! „Äh, ja klar", nuschelte ich.

Er betrachtete mich kritisch. „Du bist schweigsam heute." Wachsam klebte sein Blick an mir. Ich schluckte.

„Die Müdigkeit vermutlich", nuschelte ich.

„Papperlapapp." Mit einer Handbewegung wischte er den flüchtigen Vorwand beiseite. „Bereust du es?" Wehmut stand in seinen Augen, gepaart mit der lauernden Aufmerksamkeit eines Löwen.

Damit saß ich in der Zwickmühle. Ich wollte ihn nicht anlügen, das hätte er nicht verdient, aber eingestehen, dass die Nacht grandios war, grenzte an moralischen Selbstmord. „Okay", sagte ich und besann mich. „Hör zu."

Er widmete mir seine volle Aufmerksamkeit.

„Die Nacht war toll Quinn, ehrlich. Du bist ein begehrenswerter Mann und lässt die Frauenherzen zu tausenden höherschlagen. Aber ich bin nicht die andere, mit der man seine Freundin betrügt. Mein Kerbholz umfasst nur wenige One-Night-Stand-Kerben und ich möchte, dass das so bleibt." Wacker hielt ich seinem intensiven Blick stand.

Quinn seufzte und ein gequälter Ausdruck huschte über seine Züge. „Wenn ich könnte, würde ich die Zeit zurückdrehen. Dich nochmal ausführen und mich wie ein Gentleman benehmen, statt dich anzufallen wie ein hungriger Löwe, der die emotionale Nahrung gefunden hat, die ihm lange verwehrt blieb. Du bist keine leichtfertige Kerbe auf meinem Bettpfosten, Tessie, und ich bereue keine Sekunde. Auch wenn mich das zurecht an den Moralpranger stellt, ich würde es jederzeit wieder tun."

„Huhuuu", trällerte es vom Hausgang und Susan kam in Pumps und mit Princess an der Leine angerauscht.

Ohne die Stimmung zwischen Quinn und mir zu bemerken, setzte sie sich an den Tisch. „Na, wo bleiben denn deine Manieren, Tessie?"

Sie warf mir ein gut gelauntes Lächeln zu und wies mit dem Finger auf das Geschirr.

„Sorry", murmelte ich, ergriffen von Quinns Worten, und hastete zum Geschirrschrank. Rasch deckte ich für Susan.

„Was guckt ihr zwei denn wie drei Tage Regenwetter?", fragte sie und ihre Hand umschloss Quinns Finger.

Er lächelte gequält. „Schön, dass du wieder da bist, Liebling."

Zack! Damit landete der erste Pfeil in meinem geschundenen Herzen. Ich schluckte den kleinen Einstich hinab und bemerkte, wie Quinn Susans Hand küsste.

„Ich bin schon satt", murmelte ich und erhob mich.

In Quinns Augen lag ein stummes Flehen, aber ich ignorierte es.

„Ich werde Ihnen Tee machen, Susan", sagte ich und diese nickte.

„Vielen Dank."

Ihre neu erworbene Freundlichkeit mir gegenüber verwirrte mich und ich hastete in die Küche.

Dort angekommen japste ich nach Luft. Susans Ankunft nach Quinns emotionalen Worten wühlte mich auf.

Ich hörte sie fröhlich plappern und vernahm zwischendurch Quinns bestätigendes Brummen. Verstört kochte ich Wasser für ihren grünen Tee. Ich vernahm Schritte und wandte mich um. „Alles okay zwischen uns?"

Quinn musterte mich verunsichert. Ich nickte knapp.

„Susan sollte nichts bemerken", erklärte er gedämpft und ich nagte an meiner Unterlippe. Das war der zweite Pfeil, der soeben mein Herz erreicht hatte.

Er strich mir flink mit den Fingern über die Wange und gab der Küchentür einen beherzten Schubs, die daraufhin zuschwang. Keine Sekunde später zog er mich energisch an seine Brust und küsste mich hungrig.

Überrumpelt von seinem stürmischen Kuss stieß ich ihn von mir.

„Stopp."

Seine Mundwinkel verzogen sich zu einem frechen Grinsen. „Zuviel Nervenkitzel?" Er näherte sich mir lauernd und drückte mich gegen die Kante der Armaturen.

Mein Atem ging stoßweise und ich stemmte die Hände gegen seine Brust. „Wenn sie uns erwischt", zischte ich, während Quinn an meinem Hals knabberte.

„Wird sie nicht", schnurrte er und seine Hand glitt an der Strumpfhose meines Oberschenkels hinauf.

„Hör auf", befahl ich halbherzig, es war zu riskant. Doch Quinns verheißungsvolles Knabbern an meinem Mundwinkel ließ mich beinah schwach werden.

„Entspann dich", raunte er mir ins Ohr und küsste das Ohrläppchen. „Susan wollte ein Bad nehmen. Wir haben eine ganze Stunde."

Seine Hand fand meinen Hintern und seine Lippen wanderten angriffslustig zu meinem Mund.

Meine Barrikaden brachen und ich schlang die Arme um seinen Hals. Ein verräterisches Winseln vor der Küchentür ließ Quinn wie von der Tarantel gestochen von mir weichen. Fahrig strich ich meinen Minirock glatt und drehte mich zur Anrichte. Die Türklinke wurde nach unten gedrückt.

„Liebling", schnurrte Susan und ich hörte den dezent misstrauischen Tonfall. Mein Herz zog sich zusammen.

„Ich hatte vergessen, zu erwähnen, dass ich heute Mittag schon abreisen muss. Du kennst doch meinen Vater, er schleppt mich ständig zu irgendwelchen Investoren. Gully hat für heute zugesagt und Vater will mich dabeihaben."

„Wow. Ihr habt Gully an Land gezogen?", hörte ich Quinn fragen und bewunderte ihn für seine Fassung. Meine Hände zitterten und der Verrat, den ich das zweite Mal an Susan begangen hatte, bohrte sich in meine Brust. Ihre Abreise war meine Chance, zu entkommen. Aber wollte ich das?

„Ja, Gully wurde endlich einsichtig. Deshalb dachte ich, zur Feier des Tages willst du mir vielleicht im Bad Gesellschaft leisten?"

Die Frage hing wie ein Damoklesschwert in der Luft. Ich konnte Susans Forderung beinahe spüren und mein Inneres rebellierte, als ich Quinns Antwort aufschnappte. „Natürlich. Ich bin gleich bei dir."

Susans Schritte verklangen im Gang und ich wagte es, mich umzudrehen.

Quinn stand dort wie ein begossener Pudel und in seinem Blick schwang so viel Bedeutsames, dass es mir die Kehle zuschnürte. Es durfte nicht sein. Der Reiz des Verbotenen durfte mich nicht wieder schwächen.

„Hau ab", presste ich hervor, um mich selbst zu schützen und den Gedanken nicht zuzulassen, dass er jetzt bei Susan sein würde. Ich mied seinen Blick.

„Tessie, bitte. Du musst verstehen, ich ..."

Doch ich wollte nicht zuhören, sondern rauschte aus dem Raum in mein Zimmer. Mit einem Knall schleuderte ich die Tür hinter mir zu und schloss ab. Wütend zerrte ich meine Tasche hervor und warf achtlos mein bescheidenes Hab und Gut hinein. Ich würde das Anwesen verlassen, sobald Susan abgereist war.

Eine heiße Träne rann meine Wange hinunter und ich wischte sie frustriert weg. Nein! Ich durfte nicht zum Spielball von Quinn McLion werden, in den ich offenbar Hals über Kopf verliebt war.

Diese Tatsache schockierte mich derart, dass ich nicht fähig war, rational zu handeln. Es war das Beste, wenn ich ihm aus dem Weg ging, bis ich endlich das verfluchte Stadthaus verlassen konnte.

Eine halbe Stunde später huschte ich in die Küche, um dort das dreckige Geschirr des Frühstücks abzuräumen.

Das Häuschen hüllte sich in Schweigen und der Gedanke, dass Quinn und Susan die Zeit zusammen verbrachten, quälte mich. Ich lungerte im Flur herum, um endlich das erlösende Geräusch der grauen Tür zu hören und Susan beim Beladen des Autos zu helfen.

Meine Tasche lag schon fertig gepackt auf dem Bett. Kelly hatte ich bereits über mein baldiges Kommen informiert und freudige Herz-Emojis von ihr erhalten. Ihre und Scotts Gesellschaft würde mir guttun und meine Sicht hoffentlich wieder klar werden lassen.

Die gedämpften Stimmen am Ende des Ganges holten mich aus meinen Gedanken.

„Machs gut Liebling", schnurrte Susan und ich hörte das Schmatzen eines Kusses.

Princess' Tippeln kündigte sie an und ich bezog brav Stellung im Eingangsbereich. Geschäftig sortierte ich die Tageszeitungen, die Quinn offenbar alle abonniert hatte.

„Tessie, würdest du mir bei den Koffern helfen?", bat Susan.

„Lass nur, ich mach das. Tessie verdient eine Pause", mischte sich Quinn ein und warf mir einen bedeutungsvollen Blick zu.

Ich nickte unmerklich und Quinn schob Susan, mit ihren Koffern hinaus zur Einfahrt.

Durch das Fenster beobachtete ich, wie er ihr das Gepäck in den Kofferraum hievte und Susan umarmte. Die beiden sahen vertraut aus und ich entdeckte ein Funkeln in Susans Augen, das mir verriet, dass sie doch mehr für Quinn empfinden musste als geahnt. Sie spitzte die Lippen und küsste ihn. Scharf zog ich die Luft ein und wandte den Blick ab. Mein Herz schmerzte. Nur noch wenige Minuten bis ich aufbrechen konnte.

Die Autotür der Limousine schlug zu und ich blickte auf. Sie setzte sich langsam in Bewegung.

Das war mein Zeichen. Ich hastete ins Gästezimmer und zog die Tasche vom Bett. Leise öffnete ich die Terrassentür und schlich in den Garten. Behutsam spickte ich um die Ecke und sah, wie die Limousine aus der Einfahrt fuhr. Gebückt schritt ich nach vorne und bemerkte erleichtert, dass Quinn nach drinnen gegangen war.

Mit der Tasche in der Hand rannte ich die kiesige Einfahrt entlang auf den Gehsteig und schlug dort zielsicher den Weg zum Primrose Hill ein. Ich wusste, dass es dort Taxistände gab, an denen die Black Cabs warteten. Ich schaute nicht zurück, aus Angst Quinn würde mir folgen und erhöhte mein Tempo.

Der idyllische Park breitete sich in sattem Grün vor mir aus und ich sah das erste Black Cab. Zielstrebig trat ich zum Wagen und klopfte gegen die Scheibe.

„Sind Sie frei?"

Der Taxifahrer nickte. „Wo soll es denn hingehen?"

Ich gab ihm die Adresse meiner WG und stieg erleichtert ins Auto.

Wenig später saß ich heulend auf dem Sofa in der WG. Kelly schaute mich mitfühlend an und drückte mir meine Legolas-Tasse in die Hand, die von heißer Schokolade mit Schokostreuseln überquoll.

Mein Handy lag blinkend auf dem Sofatisch, doch ich ignorierte die eingehenden Nachrichten. Ich wusste, von wem sie waren.

„Er fragt sich bestimmt, wo du bist", meinte Kelly und strich mir tröstend übers Haar. Ich hatte ihr die ganze Tragödie erzählt und sie reagierte überraschend milde.

„Soll er auch", schniefte ich frustriert. „Ich bin doch keine Puppe, die macht, was er will."

Kelly nickte. „Ich weiß. Aber ich schätze, er hat dich wirklich gern."

„Genau das ist das Problem. Wenn er mich gern hätte, dann hätte er Susans Einladung ausgeschlagen." Ich wischte mir die Tränen von der Wange.

„Was hatte er denn für eine Wahl?", verteidigte Kelly ihn und langsam wurmte es mich, dass sie sich auf Quinns Seite schlug.

„Susan hätte den Betrug doch gewittert, wenn er es ausgeschlagen hätte. Zumal ich mir eure Mienen am Esstisch bildlich vorstellen kann."

Ich nippte an der Schokolade.

„Ach, Tessie. Warum muss es ausgerechnet ein reicher, vergebener Kerl sein?"

„Ich weiß. Wie in den scheiß Komödien mit Jennifer Lopez." Kelly grinste. „Genau so. Aber hey, sie haben zumindest ein Happy End." Sie wies mit ihrem Kinn auf mein vibrierendes Handy. „Willst du nicht mal lesen, was er schreibt?"

Entschlossen schüttelte ich den Kopf. „Nein. Seine Erklärungen kann er sich sonst wohin schieben." Ich war noch zu angefressen, als dass ich die Nachrichten neutral hätte lesen können.

Ich hörte, wie die Haustür aufgeschlossen wurde und Scott stürmte herein. „Tessie!" Erfreut schlang er hinterrücks seine Arme um meinen Hals. „Schön, dass du wieder da bist."

Seine freudige Miene wich Entsetzten, als er mein verheultes Gesicht bemerkte. „Ach du Scheiße, was ist mit dir los?"

Sofort rückte Kelly ein Stück beiseite, um ihrem Freund Platz zu machen, der sie zur Begrüßung flüchtig küsste. Flehend blickte ich zu ihr, um die ganze Geschichte nicht nochmal erzählen zu müssen.

Kelly erklärte Scott die Einzelheiten und sein Blick schwankte zwischen Unglauben und Anerkennung. Nachdem Kelly ihre Tatsachenschilderung beendet hatte, nahm mir Scott die Herr-der-Ringe-Tasse ab und trank ein paar Schlucke daraus. Diese vertraute Geste trieb mir die Tränen in die Augen und ich schniefte. Ich hatte ihn vermisst!

„Verdammt Tessie, was machst du nur?" Er stellte die Tasse auf den Tisch und wies auf mein Handy. „Was schreibt er?"

„Ich kann mir das nicht ansehen", erklärte ich verhalten. Scott legte mitfühlend eine Hand auf die meine. „Hör mal, wenn er so drauf ist, wie du sagst, leidet er mindestens genauso dreckig wie du. Nur, dass er in der beschissenen Situation ist, jetzt allein daheim zu hocken, während wir dich aufpäppeln."

„Na und? Du kannst nicht behaupten, er hätte es nicht verdient", schimpfte ich.

„Klar wünsch ich dem Kerl Liebeskummer an den Hals, bis er faltig und grau wird. Aber ohne ein Wort zu verschwinden, war auch nicht unbedingt erwachsen von dir."

„Jaja", brummte ich schuldbewusst.

„Du musst sie verstehen, es ist schon verdammt scheiße, wenn der Kerl, den man gern hat, mit einer anderen im Bad verschwindet", warf Kelly ein und Scott nickte.

„Ich versteh euch. Denkt ihr, er hat das gern gemacht? Wenn ihr mich fragt, dann ist Susan nichts weiter als eine Geldgeberin für ihn, die er mit den Pflichten eines Partners beglücken muss, damit sie bei ihm bleibt. Wir Kerle markieren gern den harten mit One-Night-Stands und so, aber wenn uns eine Frau erwischt, dann völlig kalt, und das haut uns in der Regel um. Manchmal derart, dass wir nur noch Scheiße bauen."

Er lächelte Kelly verliebt an, die ihm beiläufig über die Hand strich. Rasch griff ich zu meiner Tasse und stellte fest, dass Scott sie leer getrunken hatte.

Natürlich hatte ich Verständnis für Quinns Verhalten, doch der Schmerz saß einfach zu tief, als dass ich es entschuldigen konnte.

„Was wirst du jetzt machen?" Scott warf die Frage in den Raum, die ich mir nicht beantworten konnte.

„Keine Ahnung. Wahrscheinlich ist es das Beste, ihn erst mal zu meiden."

„Ich kann nur hoffen, dass dein Plan funktioniert", murmelte Scott skeptisch.

„Du gehst morgen erst mal ins Office und dann wirst du schon sehen, was Larry für einen Plan ausgeheckt hat", versuchte Kelly mir Mut zu machen.

Ich nickte knapp und schob mein Handy in die Westentasche.

„Auf jeden Fall brauche ich jetzt eine Mütze Schlaf. Gute Nacht ihr beiden."

Ihre mitleidigen Blicke verfolgten mich, bis ich vor meiner Zimmertür stand. Es trieb mir erneut die Tränen in die Augen und ich stürzte mich aufs Bett. Dort schlief ich müde ein.

Kapitel 13

Am nächsten Morgen erwachte ich mit brennenden Augen. Ich fühlte mich, als hätte mich ein Panzer überrollt und mein Körper nicht eine Sekunde geruht. Ein beschissenes Gefühl!

Gequält stieg ich aus dem Bett und schaltete den Wecker aus, der seit Punkt halb sieben geklingelt hatte. Mein Blick glitt zum blinkenden Handy.

Nervös wischte ich über das Display, um WhatsApp zu öffnen. Es war Zeit, Quinns Nachrichten zu lesen. Der Chatverlauf schnürte mir die Kehle zu, denn er fragte unverblümt, warum ich ohne Abschied aufgebrochen war und schrieb, dass er mich vermissen würde. Dass es so nicht zwischen uns enden könnte.

Ich warf das Handy, ohne zu antworten, auf mein Bett. Verräterische Tränen stiegen mir in die Augenwinkel. Rasch wischte ich sie weg und zog meine Private-Post-Officer-Kluft aus dem Schrank.

Das erste Mal seit einer Woche, dass ich sie wieder anziehen musste. Als ich letztes Mal darin steckte, war ich noch Tessie gewesen, jetzt war ich wie ein heulender Teenager, der vor Liebeskummer triefte.

Nein, schimpfte ich mich. Sich von einem Mann derart runterziehen zu lassen, verletzte meinen Stolz. Schließlich besaß ich einen letzten Rest Würde, den Susan nicht angerührt hatte. Entschlossen holte ich tief Luft und verdrängte die letzten Tage bei Quinn.

Nachdem ich frisch geduscht in dunkelblauer Montur steckte, frühstückte ich rasch und wählte die Tube zum Office. Ich freute mich auf Ferb und nahm mir fest vor, die Post, die für Quinn bestimmt war, unbemerkt zuzustellen. Allerdings hoffte ich, dass heute keine Post für ihn dabei war.

Minuten später stand ich vor dem Office und glitt durch den unauffälligen Eingang hinein. Es wimmelte vor Kollegen, doch sie ignorierten mich. Zielstrebig peilte ich Larrys Büro an.

„Tessie – hey", hörte ich Kierans Ruf und hielt erfreut inne.

„Hey." Er umarmte mich freundschaftlich.

„Schön, dass du wieder da bist. Du hättest dich ruhig mal melden können", schimpfte er lächelnd.

„Du hast recht. Tut mir leid. Man lebt in einer komplett anderen Welt."

Kieran grinste. „Das kann ich mir vorstellen. Ist dir der Luxus noch nicht zu Kopf gestiegen?"

„Luxus? Glaub mir, der ist es nicht wert, wenn du auf einen Köter aufpassen musst, der die Ausgeburt der Hölle ist."

Ja, langsam fand ich wieder zu meiner alten Form zurück, was Kieran erfreut feststellte.

„Du bist unverbesserlich. Ich will unbedingt alles wissen. Gehen wir auf einen Drink ins Finni nach Dienstschluss?"

Brrrrrr ... brrrrrr ... brrrrrrr ... *Scheiße!* Ich hatte vergessen, mein Handy auf lautlos zu stellen.

Das grelle Klingeln tönte durch die Eingangshalle.

Brrrrrr ... brrrrrr ...

„Willst du nicht rangehen?"

Kierans vorwitziger Blick streifte mich und ich zog das Handy aus der Tasche. Auf dem Display prangte Quinns Name. Brrrrrr ... brrrrrr ...

Wie paralysiert starrte ich darauf.

„Na mach schon. Der Klingelton ist ja nervtötend." Kieran wischte mit dem Zeigefinger über das Display.

„Hallo?", schnarrte Quinn aus dem Handy und ich hob es nervös ans Ohr.

„Äh, hi", antwortete ich und warf Kieran einen bitterbösen Blick zu.

„Wie gut, deine Stimme zu hören."

Ich presste die Lippen aufeinander und schnaubte. „Was willst du, Quinn?", fragte ich scharf. Kieran schaute interessiert.

„Hör mal, ich weiß, dass das zwischen uns gestern blöd war. Aber ich brauche deine Hilfe." Er seufzte.

Ich durchschaute den Vorwand sofort. „Ich komme nicht wieder zurück", verkündete ich unter Herzrasen, den allein der Klang seiner Stimme auslöste.

„Susan hat Princess hiergelassen."

Okay, das war der beschissenste Vorwand, den ich je gehört hatte. Ungläubig prustete ich los. Kieran beobachtete mich irritiert.

„Das kann doch nicht dein Ernst sein, oder?", herrschte ich ins Handy.

Kieran ließ mich nicht aus den Augen. Doch ich hatte mich, was Quinn anging, einfach nicht im Griff.

„Nein, ehrlich. Hör mal."

Ein Rauschen erklang vom Telefon und ich hörte tatsächlich Princess' Kläffen.

„Die dreht hier durch, Tessie, und ich bald mit. Kannst du kommen und dich ein wenig um sie kümmern?"

„Spinnst du?", schrie ich empört und Kieran zeigte mir den Vogel. „Quinn, das ist dein Problem. Dann engagiere doch einen Hundesitter."

Damit legte ich auf. Wütend schaltete ich auf lautlos und stopfte das Handy missmutig in meine Tasche.

„Was war das denn bitte?", fragte Kieran und taxierte mich, wie ein Richter den Täter auf der Anklagebank. „Ist zwischen euch was vorgefallen? So rüde hab ich dich noch nie erlebt."

Ich schüttelte energisch den Kopf.

„Nein", presste ich hervor und versuchte, die Wutlawine in meinem Inneren nicht rauszulassen.

„Aha", erwiderte er ungläubig. „Dein Gesicht sagte da aber was anderes."

„Was denn?", fuhr ich ihn wütend an und trat weiter zum Flur, der zu Larrys Büro führte. Kieran folgte mir.

„Es zeigt mir eine ziemlich verletzte Miene und ich wette, Quinn hat irgendwas angestellt, stimmts?"

„Er ist einfach nur bescheuert und will mich unter einem beschissenen Vorwand zu sich locken, klar? Und jetzt will ich nicht mehr über diesen Vollblut-Macho sprechen", platzte es aus mir heraus und

Kieran verzog den Mund zu einem wissenden Grinsen.

„Soso. Vollblut-Macho.“

„Schnauze.“ Ich wandte mich um und trat abrupt in Abbys Vorzimmer, um Kieran abzuschütteln.

„Schätzchen.“ Erfreut sprang Abby von ihrem Bürostuhl auf und umarmte mich stürmisch. „Ich hab dich soooo vermisst.“

Ihre blauen Augen strahlten mich an.

„Ich dich auch“, gestand ich und schob das unschöne Telefonat mit Quinn in eine dunkle Ecke meines Unterbewusstseins.

„Weißt du, dass ich dich vertreten durfte?“, quasselte sie aufgeregt los. „Mann, ich sag's dir. Die Gegend ist toll. Die süßen Stadthäuschen und die schnittigen Gebäudekomplexe. Herrlich. Ich hab es total genossen und überlege, für ein paar Stunden in der Woche zusätzlich auszutragen.“

Ihr Wortschwall ergoss sich euphorisch auf mich und ich musste grinsen. Abbys fröhliche Art hatte ich wirklich vermisst.

„Wie erging es dir, Schätzchen? Wie ist Quinn so drauf? Hach, ich will alles wissen.“ Sie blitzte mich begeistert an.

„Er ist ... mmmh ... wie in den Klatschzeitungen beschrieben. Ein Macho, dem man besser nicht traut.“ Es war bitter über ihn sprechen zu müssen.

„Ach, ich habe versucht, dich zu sehen, als ich seine Post zustellte, aber leider habt ihr euch gut versteckt.“ Sie hob neckend den Zeigefinger.

Ich war erleichtert, als ihr Telefon klingelte, denn ich wollte das Gespräch nicht fortsetzen. Abby nahm den Hörer ab und ich trat hastig an Larrys Bürotür, um zu klopfen. Umgehend öffnete er mit einem strahlenden Lächeln.

„Tessie! Herein, herein", trällerte er und zog mich ins Büro.

„Hi, Larry", erwiderte ich und setzte mich. „Ich wollte nur kurz vorbeischauen und meinen Dienst wieder aufnehmen." Ich zwang mich zu einem heiteren Grinsen.

„Natürlich. Quinn hat eine ganz schön hohe Summe für dich liegen lassen. Er ist wohl sehr zufrieden gewesen mit deinem Engagement."

Ich schluckte die bittere Pille. Larry tat so, als ob mich das würdigen würde. Das Geld aber interessierte mich nicht. Das war es nicht, was ich von Quinn wollte.

„Schau doch nicht so finster. Damit können wir das Office auf Vordermann bringen. Ich habe in deiner Abwesenheit einen zweiten Private Post Officer beantragt und mich darangemacht, mich weiteren Reichenvierteln zuzuwenden."

Er klatschte in die Hände. „Dank dir werden wir das neue Aushängeschild der Post für die Reichen. Ach, by the way, es wird ein Fotoshooting geben, denn ich möchte, dass jedes Gefährt, jeder Touristenbus und jede Werbesäule mit deinem süßen Gesicht tapeziert wird."

Ich schnaubte. Das war mein persönliches Höllenupgrade 2.0. Nach Princess' Terroranschlägen, war das hier die Glut des Teufels, in die Larry mich warf. Aber was blieb mir schon anderes übrig, als zu nicken und zu lächeln? „Okay", antwortete ich ergeben und

betete, dass der Alptraum bald ein Ende nehmen möge.

„Ich habe Quinn natürlich weitere Dienste deiner-
seits zugesichert. Wir sind momentan dabei, die Ver-
träge auszuhandeln."

Entsetzen durchflutete mich. „Bitte was? Ich bin
doch nicht käuflich. Kein Gegenstand, für den man
beliebig bietet."

Wütend blitzte ich meinen Chef an, der von der Idee
überaus begeistert war.

„Tessie, ich weiß, es ist ein blödes Gefühl, käuflich zu
sein. Aber denk mal an unsere Zukunft. Die wird golden."

Wow, selbst mein Chef unterstellte mir, käuflich zu
sein. Yay, meine Würde wurde gerade auf die Straße
befördert und tanzte dort Samba, während meine
Moral sich ersäufte. „Larry, das ist sicher ein großzü-
giges Angebot von Quinn. Aber ich möchte das nicht
noch einmal machen."

„Und warum nicht?" Larrys Freude wich Irritation.
„Quinn erzählte mir von eurer lockeren Arbeitsat-
mosphäre. Ich habe schon überlegt, ob ich ihn darum
bitte, dass er beim Fotoshooting mitmacht. Stell dir
mal vor, ihr beide als Aushängeschild für die Royal
Mail."

Ein verträumter Ausdruck schlich sich in seine Augen. Das hatte er sich ja bombig ausgemalt, dachte ich
wütend und war kurz davor, schreiend aus seinem
Büro zu sprinten.

„Nein, also den brauche ich sicher nicht auf meinem
Plakat. Ich finde es eine Frechheit von euch beiden,
dass ihr denkt, ihr könntet über mich bestimmen, als

wäre ich euer Kleinkind. Ich habe einen eigenen Willen und der will auf keinen Fall zurück in die Nähe dieses Kerls. Ist das klar?" Ich sprang aufgewühlt vom Stuhl und flüchtete aus dem Büro. Abby ließ ich unbeachtet und stürmte weiter in den Hinterhof, denn ich hoffte, dort Ferb fertig bepackt mit meiner Post anzutreffen.

Ich hatte Glück, er stand dort, beladen und fahrbereit. Ohne zurückzublicken, startete ich ihn und trat aufs Gaspedal. Mit einem Quietschen raste Ferb aus dem Hinterhof. Der Fahrtwind peitschte mir eisig ins Gesicht. Der stechende Schmerz lenkte mich von meinen Gedanken ab und ich brauste zur ersten Straße, die ich als Private Post Officer bediente.

Mürrisch öffnete ich den Kofferraumdeckel und linste auf den Packen Post, den ich austragen musste. Lustlos warf ich die weißen Umschläge ein und versuchte dabei keiner Menschenseele zu begegnen. Das gestaltete sich recht leicht, denn es war wirklich niemand unterwegs.

Den Blick auf mein Handy mied ich während meiner Mittagspause. Ich war mir ziemlich sicher, einige verpasste Anrufe von Quinn und Larry darauf zu sehen. Beide wollten mich mit ihrem hinterhältigen Charme auf ihre Seite ziehen.

Nach einem staubtrockenen Sandwich steuerte ich Ferb zum Primrose Hill und schlussendlich zu der Straße, in der Quinns Stadthäuschen stand. Ich hatte bemerkt, dass er Post bekam, und ärgerte mich darüber.

Vor seiner Parkbucht stoppte ich abrupt und spürte, wie mein Herz heftig klopfte. Verdammt, warum musste es mir so schwerfallen, den Weg durch den Vorgarten zu betreten?

Meine emotionale Verwirrung war zu frisch, als dass ich den Wasserfall, mit dem sie mich übermannte, hätte stoppen können. Nervös scharrte ich mit den Spitzen meiner Ballerinas auf dem Gehweg. Dass ich mich anstellte, wie ein bescheuerter Teenager, störte mich. Aber ich konnte nicht anders.

Mit einem tiefen Atemzug ging ich den Weg entlang und fixierte den Briefschlitz in der Tür. Alles andere blendete ich aus. Ich wollte keine schemenhafte Kontur am Fenster bemerken, um dann festzustellen, dass es Quinn war. Das erleichterte Gefühl, den weißen Umschlag fast lautlos eingeworfen zu haben, überflutete mich und auf Zehenspitzen schlich ich von der Veranda.

„Tessie! Da bist du ja.‟

Seine Stimme jagte mir eine Gänsehaut über den Rücken. Mein stolperndes Herz aber klopfte verräterisch in meiner Brust. Abrupt stoppte ich. *Scheiße!*

Wie ferngesteuert wandte ich mich zu ihm um und seine grünen Augen erfassten mich erleichtert.

„Ich bin so froh, dich zu sehen.‟

Ein scheues Lächeln schlich sich auf seine Lippen. Er sah übernächtigt aus. Sein Haar hatte er offenbar noch nicht frisiert, oder es sich Angesicht Princess' Anwesenheit gerauft. Seine Augenränder verliehen ihm einen gestressten Ausdruck. Er blickte mich verunsichert an.

Gott, selbst verschlafen sah der Mann wie ein in Stein gemeißelter Adonis aus.

„Ja, ich bin ausschließlich beruflich hier", informierte ich ihn und versuchte, meinen Atem unter Kontrolle zu halten.

Enttäuschung huschte über Quinns Gesichtszüge. „Trotzdem schön, dich zu sehen. Seit du fort bist, ist die Villa unglaublich einsam."

Das unheilvolle Trugbild, das sich in mir aufbaute, zerschmetterte ich sofort. „Susan kehrt sicher bald zu dir zurück. Princess' Verschwinden wird nicht unbemerkt bleiben."

Quinn entfuhr ein missmutiges Brummen. „Sie ist unerreichbar, seit sie abgereist ist."

Fahrig fuhr er sich durch das schwarze Haar. Er schien wirklich nicht zu wissen, was er mit der Pudeldame tun sollte. Ich schnaubte ergeben. „Hör mal, es gibt eine sensationelle Erfindung, die nennt sich Google. Darüber lassen sich Dienstleister wie ein Hundesitter ausfindig machen. Würde ich dir ans Herz legen." Ich mied seinen Blick, denn das Grün seiner Augen bohrte sich schon wieder gefährlich nah in die hauchdünne Barrikade, die mich vor einem Gefühlsausbruch schützte.

„Ich will aber keine x-beliebige Hundesitterin, Tessie. Ich will dich", sagte er rau, wagte es aber nicht, mich dabei zu berühren. An dem unmerklichen Zucken seiner Hand erkannte ich, dass er die Bewegung in meine Richtung zu unterbinden versuchte.

Genugtuung durchflutete mich. Er sollte getrost leiden. „Tut mir leid. Ich muss weiterarbeiten", presste ich hervor und wandte mich ab.

Hastig schritt ich durch den Vorgarten und nagte verunsichert an der Unterlippe. Ich war dankbar, dass keine Schritte zu hören waren. Das bedeutete, dass Quinn mir nicht folgte. Eilig setzte ich mich hinter Ferbs Lenkrad und heizte davon. Vor der Sehnsucht, die in mir aufstieg, und dem unangenehmen Gefühl, Quinn im Stich gelassen zu haben, flüchtete ich.

Denn sonst setzte ich mein Herz der Gefahr aus, schwach zu werden und den dritten Verrat an Susan zu begehen.

Kapitel 14

Einige Wochen später

Ich konnte nicht von mir behaupten, den beschissenen Deal mit Quinn McLion vergessen zu haben. Dank etlichen gesprächsintensiven Abenden mit Kelly und Scott in der *Burger Hall*, war ich zumindest emotional wiederhergestellt.

Trotzdem pochte mit jedem fünften Herzschlag ein Quäntchen Sehnsucht nach dem grünäugigen Macho mit. Mittlerweile konnte ich die Post unbehelligt an ihn ausliefern und sein Grundstück betreten, ohne dass mich Hitzewellen erfassten.

Quinn hatte sich nach dem Gespräch zu Princess nicht mehr bei mir gemeldet. Vermutlich lag das auch an der Tatsache, dass sich sein Besucherverkehr verändert hatte. Die starke Fluktuation, die ich vor unserem Deal beobachtet hatte, war wieder an der Tagesordnung. Mit von der Partie natürlich Queenie.

Das rang mir mittlerweile ein verächtliches Schnauben ab, auch wenn mir die Tatsache ins Herz schnitt, dass er sich wieder mit der hiesigen Frauenwelt vergnügte.

Kelly war der Ansicht, dass Quinn sich dadurch von mir ablenken wollte. Diese Auffassung konnte ich nicht teilen, denn ich war noch lange nicht bereit, jemanden so nah an mich heranzulassen wie Quinn.

Als ich heute in seine Straße fuhr, traute ich meinen Augen nicht. Sie war randvoll zugeparkt mit Nobelschlitten. Vorne mit dabei Queenies Limousine. Ich verdrehte die Augen und verdrängte den Kloß, der sich in meinem Hals bildete.

Larry fragte mich ab und zu, ob ich Kontakt zu Quinn pflegte, denn er wartete schon vergeblich auf dessen zweite Dienstmädchenanfrage. Meinem Chef log ich glatt ins Gesicht, er sollte nichts von unserem Kontaktabbruch erfahren.

Larry zuliebe hatte ich das Fotoshooting zur Imagekampagne für die Royal Mail über mich ergehen lassen. Es war noch immer seltsam, mich fröhlich grinsend auf den Bussen zu sehen, während meine Augen traurig blickten.

Meine Aufmerksamkeit glitt zu dem Stimmengewirr, das aus dem Garten tönte. Eilig stellte ich das kleine Paket auf die Veranda, die Quinn als Ablageort ausgewiesen hatte. Das war ein weiterer Einschnitt für mich gewesen, dass er die Post nur noch an Ablageorten empfing. Ich bestätigte die Zustellung des Päckchens auf meinem Tablet. Er würde lediglich eine formale Bestätigungsmail erhalten.

„Fang mich doch!"

Hörte ich eine glockenhelle Stimme neckisch rufen und eine hübsche Schwarzhaarige sprang im knappen Bikini um die Hausecke. In der Hand hielt sie einen Cocktail mit Schirmchen. Verstört musterte sie mich.

„Oh, äh, hi."

„Hallo", antwortete ich und wandte mich ab. Dabei bemerkte ich aus dem Augenwinkel, dass eine zweite Frau im Bikini zu der schwarzhaarigen Schönheit stieß.

„Komm wieder an den Pool. Die Party ist in vollem Gange!"

Mir schwante, was sich im Garten abspielte und ich trat von der Veranda weg. Ärger pulsierte durch meine Adern.

„Ladys, wo bleibt ihr denn? Das Wasser ist herrlich."

Ich hörte Quinns schnurrenden Tonfall und beschleunigte mein Tempo. Er sollte auf keinen Fall bemerken, dass mir seine vermeintliche Poolparty heiße Tränen in die Augen trieb.

Hastig bog ich um die Ecke und lehnte mich an den metallenen Zaun, der das Anwesen einzäunte. Die Tränen rollten unaufhaltsam über meine Wangen, während in mir die Erkenntnis wuchs, dass Quinn mich vergessen hatte. Anscheinend hatte ich ihm nicht so viel bedeutet, wie ich angenommen hatte.

Unsere Bekanntschaft war doch nicht mehr gewesen, als eine Kerbe in seinem Bettpfosten. Diese Erkenntnis riss meine Wunden erneut auf. Bilder von Schönheiten im Bikini flogen mir in den Sinn und mitten drin Quinn, der die Aussicht genoss.

Schniefend wischte ich mir die Tränen aus dem Gesicht und setzte mich auf Ferbs Fahrersitz. Ich fällte die Entscheidung, dass es heute soweit sein sollte und ich Quinn McLion ein für alle Mal vergessen wollte.

Nach Dienstschluss hatte ich es geschafft, Kelly und Abby davon zu überzeugen, einen Frauenabend im Finni zu veranstalten. Dabei plante ich reichlich Alkohol fließen zu lassen.

Scott war so freundlich, Kelly und mich zu chauffieren, und schon von weitem sah ich Abby in ihrem roten Kostüm auf uns warten.

„Da seid ihr ja." Sie lächelte, als wir aus Scotts Auto stiegen, der uns zum Abschied freundlich zuzwinkerte. Durch das Fenster sah ich, dass der Pub schon rege gefüllt war.

„Heute ist richtig was los", erklärte Abby und musterte mich.

Ich hatte nicht auf Kellys modische Ratschläge gehört und mich für blue Jeans und eine weiße Bluse entschieden. Lediglich ein bisschen Goldschmuck hatte ich mir von Kelly aufschwatzen lassen. Die sah in ihrem kleinen Schwarzen natürlich beeindruckend hübsch aus.

„Dann stürzen wir uns mal ins Getümmel", schlug sie vor und öffnete die Tür zum Pub. Ich steuerte zielsicher zur hölzernen Bar und ignorierte das feiernde Publikum.

„Einen Whisky Sour bitte." Ich bestellte, ohne meine Freundinnen zu fragen, was sie wollten. Der Kellner griff emsig nach der Whiskyflasche und Abby beäugte mich kritisch.

„Wird das heute ein Frust-Besäufnis?", fragte sie an Kelly gewandt, die betreten nickte. Ich hatte Abby

nicht die ganze Wahrheit über Quinn und mich erzählt, deshalb konnte sie nicht ahnen, was ich an dem
Abend tatsächlich vorhatte. Nämlich den Macho zu
vergessen.

Kelly lächelte. „Ich glaube, Tessie muss mal wieder
so richtig aus sich herauskommen."

Abby grinste und bestellte sich einen Prosecco, während Kelly sich für ein Guinness entschied.

„So, jetzt klärt mich mal über den Grund des Zu-
sammentreffens auf", forderte Abby, nachdem wir uns
um einen dunklen Stehtisch gereiht hatten. Ihre blau-
en Augen ruhten abwartend auf mir.

„Nichts besonderes. Ich dachte, es wäre mal wieder
an der Zeit, auszugehen", log ich.

„Schätzchen", seufzte Abby. „Meinen Adleraugen
kannst du nichts vormachen. Seit Wochen schon lei-
dest du wie ein räudiger Hund und versuchst das mit
aller Macht zu verstecken."

Ich schluckte. Sie war eine verdammt gute Beobach-
terin. Kelly schenkte mir einen verständnisvollen
Blick. Sie würde dichthalten, es war an mir, Abby die
Wahrheit zu sagen.

„Gib mir noch zwei Drinks Zeit, okay?" Ich quetschte
mich an die Bar, um meine Bestellung zu wiederholen.
Mit zwei weiteren Whisky Sour trat ich zurück an den
Tisch, wo sich Abby und Kelly angeregt unterhielten.
Abby wurde dabei von einem blonden Kerl unweit
von uns intensiv beobachtet. Ich verdrehte die Augen.
Wenn es eine von uns schaffte, sofort aufzufallen,
dann war es Abby.

„Da bist du ja", sagte sie und zwinkerte dem blonden Kerl zu. Ich erwartete fast schon, dass sie den Tisch verließ, aber Abby blieb uns treu.

„Jetzt bin ich aber gespannt, was du ausgefressen hast."

Ich nahm einen großen Schluck Whisky und spürte sein Brennen im Hals. „Okay, also die Sache ist die, mein Verhältnis zu Quinn war intensiver, als ich bisher behauptete."

Abbys blaue Augen weiteten sich überrascht. „Du meinst, es ging unter die Haut?"

Ich nickte. „Jepp und danach endete es ziemlich katastrophal."

Hilfesuchend blickte ich zu Kelly, die mich mitleidvoll ansah.

„Tessie vermutet, sie wäre nur eine Eroberung von vielen gewesen. Aber ich denke, Quinn lenkt sich ab, weil er sie nicht vergessen kann."

„Moment", Abby sah uns ungläubig an. „Du willst mir weismachen, du und Quinn hättet ein Verhältnis gehabt, die Sache wäre aber schief gegangen und er müsse sich nun über dich hinwegtrösten?"

„Klingt ziemlich unglaubwürdig oder?", sagte ich bitter und gönnte mir noch einen Schluck Whisky Sour.

Beschwichtigend hob Abby die Hand. „Nein, so war das nicht gemeint. Ich meine, wow, Quinn McLion ist ein Kerl, den lässt man doch nicht einfach von der Bettkante springen. Im Gegenteil, den fesselt man dort fest. Tessie, was war da los?"

Sie ließ mich nicht aus den Augen.

„Na ja, immerhin ist er mit Susan liiert."

„Die nichts weiter als ein Vorwand für seine Business-Deals ist", ergänzte Kelly rasch und Abby stöhnte.

„Okay, und die hat das spitz gekriegt, oder?", vermutete sie und ich schüttelte vehement den Kopf.

„Nein. Gott sei Dank nicht, sonst wäre ein ziemlich wichtiger Deal geplatzt."

„Du nimmst ihn in Schutz", meinte Kelly und erntete einen verwunderten Blick von Abby.

„Und was hat er getan, dass du dich heute volllaufen lassen willst?"

Ich erzählte Abby knapp von dem Vorfall mit Susan und von Quinns Versuch, mich durch einen Vorwand zu sich zu locken. Das Detail der Poolparty, die ich heute beobachtet hatte, ließ ich nicht aus.

„Puh, Tessie", entfuhr es Abby und sie leerte den Prosecco. „Das ist ziemlich scheiße. Meldet er sich noch?"

„Quinn?", hakte ich nach, obwohl ich genau wusste, wen sie meinte. Sie nickte.

„Nein. Seit unserem abrupten Gesprächsende vor einigen Wochen herrscht Funkstille."

Das winzige Detail, das ich täglich sein WhatsApp-Bild stalkte, behielt ich für mich.

„Die Sache ist glasklar", behauptete Abby. „Du vermisst den Kerl abgöttisch und ich kann mir vorstellen, dass er dich auch vermisst."

Ich lachte auf. „Ihr beiden habt euch doch gegen mich verschworen."

Kelly und Abby wechselten einen kurzen Blick, bevor Kelly Prosecconachschub an der Bar besorgte.

„Quinn ist ein Macho, der jede Frau ins Bett kriegt, die er will. Was also kann er von mir wollen?" Ich schnaubte verächtlich

„Du bist nicht wie die anderen Flittchen und das fasziniert ihn", erklärte Kelly, die prompt mit drei Prosecco zurück war und Abby nickte energisch.

„Absolut. Was wirst du tun, falls er sich meldet?", hakte sie nach und prostete uns zu.

„Gar nichts!"

„Gar nichts?", entfuhr es beiden entsetzt.

„Natürlich nichts. Denkt ihr, ich will weiterhin einer seiner Bettwärmer sein, mit der er Susan betrügt?"

Rasch nahm ich einen Schluck Prosecco. Das Gespräch ärgerte mich und verlief überhaupt nicht so, wie ich es geplant hatte.

„Ihr habt euch noch nicht mal richtig ausgesprochen", gab Kelly zu bedenken.

„Ach, Quinn wird es schon nicht wagen, mich nochmal anzufragen", erklärte ich barsch.

„Da wäre ich mir nicht so sicher. Ihm ist bewusst, dass Larry sofort zustimmen würde. Schätzchen, ich weiß, das hörst du nicht gern, aber er hat dich in der Hand", schlussfolgerte Abby und verzog ihre geschminkten Lippen zu einem siegreichen Lächeln.

Kelly prostete ihr zu und im Handumdrehen war auch das Proseccoglas leer. Abby sorgte sofort für Nachschub und ich wurde langsam lockerer.

„Was, wenn er sich von Susan trennt?", überlegte Kelly zum gefühlt hundertsten Mal.

„Wird er nicht. Die Angst, dass er damit Geschäftsbeziehungen kaputt macht, ist zu groß", erklärte ich und freute mich daran, dass mich ein beschwingtes Gefühl erfasste. Der Prosecco stieg mir mittlerweile in den Kopf. „Außerdem ist das doch ein tolles Leben. Susan ist nicht oft da und im Prinzip kann er machen, was er will."

„Mit der falschen Frau an seiner Seite ist das allerdings ziemlich beschissen", warf Abby ein und ich verdrehte die Augen.

„Ach, hört schon auf. Der Kerl hat heute Poolmodels flachgelegt, was will er mit einem Schuhabtreter wie mir." Ich spürte mein Handy in der Handtasche vibrieren und zog es leicht taumelnd heraus. Mein Atem stockte, als ich den Namen las.

Neugierig lehnte sich Kelly zu mir. „Ist es Scott?", fragte sie und riss überrascht die Augen auf. „Abby, sieh nur", rief sie erfreut und deutete auf das Display, auf dem Quinns Name stand.

„Geh ran", rief Abby fast schon hysterisch und versuchte, mir das Handy aus der Hand zu reißen. Flink wich ich aus.

„Auf keinen Fall!"

Aufgeregt erkannte ich, dass sein Name auf dem Display erlosch und das Handy drei Anrufe in Abwesenheit zeigte. *Scheiße!* Was wollte Quinn von mir?

Mein Atem ging stoßweise und ich konnte keinen klaren Gedanken fassen. Meine Freundinnen wohl umso mehr, denn sie zogen mich nach draußen in die kalte Nachtluft.

Abby zündete sich fahrig eine Zigarette an und ich bemerkte, dass Kelly sich ebenfalls eine von ihr anbieten ließ. Meine beste Freundin rauchte nur in Extremsituationen oder sturzbetrunken. Da ich Letzteres nicht ausmachen konnte, war es wohl Quinns Anruf, der sie aus dem Konzept brachte.

„Ruf ihn zurück", schlug Abby vor. „Anderenfalls meldet er sich morgen früh bei Larry."

Kelly nickte energisch. „Ja, dann hast du keine Wahl mehr."

Der Gedanke, dass ich wieder zurück in Quinns Nähe müsste, trieb mir Schmetterlinge in den Bauch. Verdammt! Ich wollte doch nicht wieder zurück zu ihm, oder?

Ich hatte meinem Stolz geschworen, mich nicht mehr auf den schwarzhaarigen Schönling einzulassen.

„Es klingelt", kreischte Abby und riss mir, perplex wie ich war, das Handy aus der Hand und wischte aufgeregt mit ihrem roten Fingernagel über das Display.

„Hallo? Abby hier", trällerte sie freundlich hinein. „Ja, natürlich Mr McLion, ich reiche Sie sofort weiter", erklärte sie förmlich und reckte mir kichernd das Handy entgegen. Kelly unterstrich die Forderung mit einem drängenden Blick.

Lahm griff ich nach dem Handy und hielt es an mein Ohr.

„Tessie?", raunte Quinn und mein Herz stolperte. „Bist du dran?", fragte er, als ich es nicht schaffte, einen Laut von mir zu geben. „Hör mal, Susan kündigt sich wieder an und besteht darauf, dass du uns betreust. Sie vermisst Princess. Ich weiß, das sollte nicht so sein. Aber sie beharrt darauf."

Ich schluckte hart. Aha, dann sollte es also Susan sein, die darauf beharrte. Lächerlich. Kelly machte eine auffordernde Handbewegung und bedeutete mir, etwas zu sagen. „Äh, ja, hi", stammelte ich.

„Hi", hauchte er. „Ich wollte zuerst mit dir reden, anstatt direkt Larry zu kontaktieren."

Mein Blick glitt beklommen zu Kelly und Abby, die beide energisch nickten und mir bedeuteten, das Gespräch weiterzuführen.

Mein Herz klopfte bis zum Hals und mein Körper reagierte wohlwollend auf Quinns Stimme.

„Das ist nett", nuschelte ich und verfluchte den Prosecco, der mir in den Kopf gestiegen war. Meine Formulierungsqualitäten ließen erheblich nach.

„Wo bist du?", fragte Quinn und ich hörte die Verwunderung in seinem Tonfall.

„Ich bin aus. Mit Freundinnen ... äh und Freunden", fügte ich hinzu und erntete einen zufriedenen Blick von Abby.

„Ah, schön, dass es dir gut geht", stellte Quinn nüchtern fest.

„Dir ja offensichtlich auch", entfuhr es mir barsch und Kelly legte beschwichtigend den Zeigefinger auf die Lippen. *Mist!* Ich sollte nicht so vorlaut sein.

„Mir würde es besser gehen, wenn du da wärst", verriet Quinn wispernd.

„Papperlapapp, das sah heute ganz anders aus", schimpfte ich und Abby klatschte sich mit der Hand gegen die Stirn.

„Du meinst die Poolparty?"

„Genau." Kelly schüttelte entrüstet den Kopf und bedeutete mir, das Thema zu wechseln.

Aber ich konnte nicht. Ich musste wissen, was er dazu zu sagen hatte.

„Sie ist ein alljährliches Event. Eigentlich eine Werbekampagne für meine Hotelkette", erklärte er leise.

„Es wäre schön gewesen, wenn du mich wenigstens gegrüßt hättest."

„Ich dich grüßen? Warum hast du denn nichts zu mir gesagt?"

„Tessie, du hast mich stehenlassen damals, weißt du noch? Du zeigst mir die kalte Schulter, meldest dich nicht auf meine Nachrichten. Was soll ich denn anderes denken, als dass du mich nicht in deinem Leben haben willst?"

Ich schluckte. Er hatte recht. Die ganze Zeit über hatte ich kein einziges warmes Wort für ihn übriggehabt.

„Was erwartest du denn? Du hast mich unglaublich verletzt", gestand ich und hörte sein Schweigen in der Leitung. Das war Bestätigung genug.

„Tessie", flehte er leise und seine raue Stimme schnurrte sich direkt in mein Herz.

Scheiß Prosecco, fluchte ich innerlich und merkte, wie meine Barrikade langsam bröckelte.

„So funktioniert das nicht zwischen uns." Ich versuchte, meinen strengen Tonfall beizubehalten, aber der Alkohol machte es wirklich schwierig, die Fassung zu bewahren.

„Bitte", hauchte er.

Ich war mir sicher, dass es die letzte Chance war, die er mir gab, bevor er abgebrüht Larrys Nummer wählen würde. „Fein", entschlüpfte es mir unbedacht und ich hörte Abbys zufriedenes Seufzen. Mit der Zigarette in der Hand grinste sie diabolisch und Kelly schnappte ihr flugs den Glimmstängel aus den Fingern, um selbst einen Zug zu nehmen. Ich kostete meinen Freundinnen wohl einen Haufen Nerven.

„Du glaubst gar nicht, was mir das bedeutet", raunte Quinn. „Tausend Dank. Du erhältst dieses Mal natürlich die doppelte Summe."

„Schon klar", nuschelte ich und fühlte mich wie bei *Wer wird Millionär*. Doch das Glücksgefühl, angesichts der beträchtlichen Summe, die ich von Quinn erhalten würde, blieb aus.

„Wann soll der Spaß beginnen?", fragte ich lustlos.

„Schon übermorgen", informierte mich Quinn und ich seufzte. „Jetzt brauch ich dringend einen Schnaps", gestand ich gequält in Abbys Richtung, und ich hörte Quinns schallendes Gelächter aus dem Handy.

„Den bekommst du bei mir in rauen Mengen, versprochen."

„Wir sind noch nicht so weit, dass wir Witze reißen, klar?", erinnerte ich ihn an meinen verletzten Stolz und sein Lachen endete abrupt.

„Alles klar. Übertreib es heute nicht, ja? Und falls du nicht nach Hause kommst oder möchtest, hast du ja meine Nummer", hauchte er und ich hätte mich Ohrfeigen können für die Schnappatmung, die bei mir sofort einsetzte.

„Jaja, du mich auch", nuschelte ich gepresst und legte auf.

Kelly blickte mich verheißungsvoll an und auch Abby vollführte mit den Händen ein Freudentänzchen.

„Süße, jetzt werden wir dich einführen in die Welt der Verführung, damit dir Quinn bald komplett erliegt."

Ich zog eine Grimasse und stopfte das Handy in die Untiefen meiner Handtasche. Sicherheitshalber hinab bis zum Taschenboden, damit mir sturzbesoffen nicht einfallen würde, sein Angebot anzunehmen. Dann ließ ich mich von Kelly in den Pub schubsen und ertränkte meine nicht vorhandene Standhaftigkeit in Whisky.

Der nächste Morgen begann mit enormem Brummschädel und einem schrillen Wecker, den ich am liebsten gegen die Wand gepfeffert hätte. Warum wollte ich hohle Nuss auch unter der Woche meinen Frust ersäufen?

Seufzend schleppte ich mich aus dem Bett unter die Dusche. Eiskalt ließ ich das Wasser über mich rieseln und fröstelte. Es brachte meinen Kreislauf in Schwung, sodass ich zwei Espresso später wenigstens wie ein einigermaßen fitter Mensch aussah.

In meiner Post-Officer-Kluft steuerte ich Ferb durch den morgendlichen Verkehr über die Themse zum Office und hastete eilig in Abbys Vorzimmer. Sie saß schon wie jeden Morgen geschäftig vor ihrem neuen Flachbildschirm.

„Guten Morgen", seufzte ich und setzte mich auf die einzig freie Ecke an ihrem Schreibtisch.

„Süße, hi", flötete sie und sah unverschämt gut aus dafür, dass wir uns die halbe Nacht um die Ohren gehauen hatten.

„Bist du fit?", fragte sie lächelnd und bot mir etwas von ihrem Kaffee an.

„Einigermaßen", erwiderte ich und hob verneinend die Hände. Bei noch mehr Koffein wäre ich vollkommen überdreht.

„Larry weiß übrigens schon Bescheid. Quinn hat ihn wohl gestern Abend noch aus dem Bett geklingelt."

Sie schmunzelte und ich zog eine Grimasse.

„Warum nur war mir das klar?"

Ich schob mich vom Schreibtisch und trat auf seine Tür zu, die angelehnt war. Es schockierte mich nicht, dass Quinn schon Nägel mit Köpfen gemacht hatte. Er tat wohl alles dafür, seine Zweckbeziehung aufrecht zu erhalten.

„Geh ruhig rein. Ich schätze, er wartet schon auf dich." Beherzt gab ich der Tür einen Schubs und trat in sein mittlerweile pompöses Büro.

„Goldlöckchen, guten Morgen", brummte er und sprang erfreut vom Stuhl auf.

„Ich sehe, du bist in Kluft?", fragte er irritiert und ließ den Blick über mein marineblaues Kostüm gleiten.

„Äh, ja?"

„Tzz, tzz, tzz", zischte er und grinste. „Du wirst ab heute freigestellt, so lange, bis Susan Perry wieder abgereist ist. Quinn betonte gestern, dass er dich vorab schon benötigen würde, um das Haus in Schuss zu kriegen." Ich schnaubte, das konnte ich mir vorstellen. Die Bude würde nach der Party vermutlich aussehen, als hätten sich Einbrecher darin vergnügt.

„Soso, hat er das", murmelte ich.

„Marlene wird dich dieses Mal vertreten. Abby ist heute gesundheitlich ein wenig angeschlagen."

Ich grinste. Abby war ganz schön ausgefuchst. Aber von mir sollte Larry nichts erfahren.

„Okay", sagte ich achselzuckend.

„Husch, husch. Quinn wartet schon!"

Er verscheuchte mich mit den Händen, als wäre ich eine pickende Taube auf der Suche nach Brotkrumen. Empört stapfte ich aus seinem Büro und legte Abby,

261

die am Telefon war, Ferbs Schlüssel auf den Schreibtisch. Dann verließ ich das Office.

Draußen angekommen zog ich mein Handy aus der Tasche und suchte Quinns Kontakt. Wenn ich schon heute bei ihm eintrudeln sollte, dann wollte ich ihn auch damit beschäftigen, mich abzuholen. Ich grinste grimmig und wartete darauf, dass er meinen Anruf annahm.

„Tessie?", raunte er atemlos.

„Hi."

„Was ist?", fragte er drängend und ich ahnte, dass ich ihn störte.

„Larry informierte mich, dass ich quasi umgehend bei dir aufkreuzen soll."

„Das ist richtig. Wann darf ich dein Kommen erwarten?"

„Mein Kommen erwarten", wiederholte ich und mir schwante, dass er in einem wichtigen Meeting sein musste, denn ich hörte dumpfes Stimmengewirr im Hintergrund.

„Ähm, ja also, ich müsste noch ein paar Sachen zusammenpacken und mir dann ein freies Taxi besorgen", nuschelte ich und verwarf meinen Plan, ihn mit einer Abholung zu stressen.

„Quatsch, ich schick dir einen Fahrer, okay? In einer Stunde?"

„Okay, bis dann." Ich beendete das Gespräch.

In meinen ausgelatschten Ballerinas joggte ich an der Themse entlang zur WG und kam völlig außer Atem an. Ich war von mir selbst überrascht, dass meine Kondition ausgereicht hatte. Hastig schloss ich die

Tür auf und eilte in mein Zimmer, um die Reisetasche wahllos mit Klamotten zu füllen.

Meinen Kulturbeutel bestückte ich mit dem Nötigsten. Dieses Mal achtete ich aber darauf, etwas mehr Schminkkram einzupacken und ein ansprechendes Schlafshirt.

Innerlich schimpfte ich mich zwar dafür, aber meine heimliche Hoffnung, dass Quinn Susan in den Wind schießen würde, glomm nach wie vor in einer tiefen Ecke meines Herzens.

Ich tippte flugs eine WhatsApp an Kelly, damit sie sich nicht über meinen Verbleib wundern musste, und erntete eine motivierende Nachricht von ihr.

Dabei fiel mir der Chatverlauf mit Quinn ins Auge, der mir eine ungelesene Nachricht anzeigte. Nervös öffnete ich sie. *Ich freue mich auf dich!*

Der hat vielleicht Nerven, dachte ich und steckte mein Smartphone schnaubend weg.

Schnell zog ich die Arbeitskleidung aus, machte mich im Bad kurz frisch und schlüpfte in ein gestreiftes Sommerkleid.

Die Reisetasche hievte ich das Treppenhaus hinab und wartete vor der Eingangstür auf den Fahrer. Es dauerte nicht lange, bis eine schwarze Limousine in unsere Straße einbog und langsam zum Stehen kam.

Ich konnte nur hoffen, dass die Nachbarn ihre Nasen an den Fensterscheiben nicht plattdrückten und stieg eilig in das schwarze Gefährt ein. Der Fahrer lud derweil meine Tasche in den Kofferraum. Er nickte mir freundlich zu und fuhr mich schweigend zu Londons Reichenviertel. Er wählte die Route am Buckingham Palace vorbei. Genau dieselbe Strecke, die ich immer mit Ferb gefahren war.

Vor Quinns Häuschen angekommen trug der Fahrer meine Tasche auf die Veranda.

„Mr McLion erwartet Sie bereits", informierte er mich.

„Vielen Dank."

Ich lächelte ihm zu und er wandte sich ab. Zaghaft trat ich ein und hörte sofort das Trippeln von Princess. Sie bellte zweimal und kam dann abrupt zum Stehen.

„Naa?", begrüßte ich sie frotzelnd. „Ich bin nicht deine teuflische Mummy."

„Grundgütiger, hast du mich erschreckt."

Quinns verschreckte Miene guckte verunsichert um die Ecke und Erleichterung huschte auf sein Gesicht.

„Sorry, ich dachte, dir wäre klar, dass ich es bin?"

„Nein, Susan kann jede Minute hier eintreffen. Sie hat spontan entschieden, doch eher zu kommen." Er lächelte gequält.

„Uns bleiben vielleicht ein, zwei Stunden, alles auf Vordermann zu bringen und das perfekte Schauspiel zu liefern. Tut mir leid, Tessie. Ich hätte den Tag gerne anders mit dir verbracht."

Er wirkte enttäuscht und ich schluckte. Ob es ehrlich war, oder nur so dahergesagt, war mir im Moment egal.

Die Tatsache, dass ich wieder leibhaftig vor ihm stand, und er selbst gequält einen unwiderstehlichen Sog auf mich ausübte, war beängstigend. Mein Herz führte sofort ein Eigenleben und mein Kopf präsentierte mir diverse Erinnerungen an seine weichen Lippen.

Ich nickte nur und schnappte meine Reisetasche. „Das gleiche Zimmer?", fragte ich und Quinn verneinte. „Nein. Dieses Mal wirst du in meinem Trakt schlafen."

Ich hielt überrascht inne. „Welche Ehre. Was wird Susan dazu sagen?"

„Ich dachte, dann bist du zumindest vor Princess' nächtlichen Kratzanfällen geschützt. Susan ist einverstanden, solange Princess im Gästezimmer nächtigen darf."

Ich nickte knapp und folgte ihm durch die graue Tür in sein beschauliches Wohnzimmer. Dort war es, wie beim letzten Mal, sehr aufgeräumt. Zugleich flutete die Erinnerung an unser Schäferstündchen auf seiner opulenten Couch meinen Kopf. Ich schluckte hart. Nein! Diese wohligen Empfindungen musste ich schleunigst verdrängen. Ich war kein Spielzeug für den Herrn Macho.

„Ich kapier nicht, warum du dein privates Reich ordentlicher hältst, als den Rest vom Haus", merkte ich an, während er mir die Tür zu seinem Schlafzimmer aufhielt.

„Eine überschaubare Fläche lässt sich schneller und leichter in Ordnung bringen, als ein Palast", erwiderte er.

„Du hast dir den Palast selbst ausgesucht."

Er grinste. „Du vergisst, dass wir Männer gerne angeben, mit dem, was wir haben." Sein Blick glitt an mir hinab. „Übrigens siehst du sehr schick aus in dem Kleid."

„Männer und ihre Statusprobleme." Ich drückte ihn an seinem Oberkörper beiseite, weil er sich demonstrativ an der Türzarge positioniert hatte.

„Hilfst du mir jetzt, oder nicht?", fragte ich, während ich zur grauen Tür marschierte, an der Princess' Kratzkonzert schon begonnen hatte. Seinen unverschämten Blick genoss ich dabei.

Zwei Stunden später saßen wir gerädert auf Quinns Terrasse und schlürften eine kalte Coke. Das restliche Häuschen glich, wie ich vermutet hatte, einer vulkanischen Verwüstung und Quinn kam unter meinem Putzkommando ordentlich ins Schwitzen und entledigte sich irgendwann seines Shirts. Es war ein toller Anblick gewesen, seine Muskeln beim Putzen arbeiten zu sehen.

„Ich bin verwundert, dass du es geschafft hast, jegliches Indiz zur Poolparty wegzuschaffen", neckte ich ihn und er grinste verschwörerisch.

„Im Spurenverwischen habe ich Übung."

„Ja, man denke an den schwarzen Spitzen-BH", erinnerte ich ihn an Queenis Hinterlassenschaft und mein Herz zog sich schmerzhaft zusammen. Ich sollte mich nicht wieder so bedingungslos öffnen und an ihn heften.

„Mhm, ich bin noch immer davon überzeugt, dass er dir außerordentlich gut stehen würde", sagte er feixend und betrachtete mich intensiv.

„Zu schade, dass du diesen Anblick niemals sehen wirst." Ich griff nach meiner Dose. Er rappelte sich von seinem Liegestuhl auf.

„Tessie, hör mal. Ich weiß, dass du die Autos im Hof gesehen hast. Und ich weiß auch, was du denkst. Aber ich verspreche dir, ich habe keine mehr angerührt, seit du gegangen bist."

Das waren schöne Worte und sein Gesichtsausdruck erschreckend ehrlich, ja, er schrie mir beinahe zu, ihm zu glauben. Doch ich mahnte mich zur Vorsicht. Da konnten auch grüne, vor Unschuld sprühende Augen nichts ändern.

„Quinn, du kannst machen, was du willst, solange du Susan nicht in meinem Beisein betrügst."

Frustriert senkte er sich auf die Liege. „Du glaubst nicht, wie gerne ich das tun würde."

Ich ließ seine Aussage unkommentiert und schloss die Augen. Nein! Darauf sollte ich nicht antworten und mir die Chance geben, mich in rosaroten Träumen zu verfangen.

Die Sonne wärmte mein Gesicht und das Vogelgezwitscher war herrlich anzuhören.

Das Leben könnte so schön sein. Wenn Princess nicht wäre, Susan nicht wäre ... hach ... ich ließ meine Gedanken treiben und hörte plötzlich ein Knarren und spürte, wie mein Liegestuhl ächzend nachgab.

Zeitgleich fühlte ich heißen Atem an meiner Wange und öffnete nervös die Augen. Ich starrte direkt in Quinns freches Gesicht. Feixend schaute er mich an. Ich roch seinen sanften, zitronigen Duft.

„Ähm." Ich räusperte mich und versuchte, ihn ein Stück von mir zu schieben. „Quinn, du solltest wirklich wieder auf deinen Liegestuhl."

Er legte frech den Kopf schief und lächelte. „Dort fühle ich mich aber so einsam."

„Dein Pech", erwiderte ich unter Herzklopfen. *Shit!* Das spürte er sicherlich. Sein Oberkörper presste sich an den meinen.

„Ich weiß auch, dass du das eigentlich nicht willst", raunte er.

Ich fühlte, dass sein Atem schneller ging. Ein verräterisches Zeichen.

„Quinn, das hier wird nicht passieren!" Ich sah ihn eingehend an und versuchte, so viel Trotz wie möglich in meinen Blick zu legen.

„Was wird nicht passieren?" Susans nasale Stimme ließ Quinn flink von mir hopsen und er eilte an die Terrassentür, um sie zu küssen.

Arschloch, dachte ich säuerlich und erhob mich vom Liegestuhl. *Scheiße!*

Ich steckte noch in meinem knappen Sommerkleid, das Susan über Quinns Schulter bemerkte und es feindselig betrachtete.

„Liebling, schön, dass du da bist." Quinn versuchte, über beide Backen zu grinsen, aber ich durchschaute seine Maskerade sofort. Es war zu aufgesetzt.

Susan, die sichtlich irritiert war, ließ sich zunächst von Princess ablenken, die an ihrem Bein hinaufsprang.

„Ach, meine Süße, da bist du ja."

Sie knutschte ihren Hund gefühlt minutenlang ab. Die reinste Freakshow. Welcher Hundehalter vergaß bitte seinen offenbar heiß geliebten Hund und führte sich danach auf, als wäre er das Wichtigste der Welt?

„Tessie, solltest du nicht langsam arbeiten?" Susans wachsamer Blick streifte Quinn und sie wies mit dem Kinn auf mein Kleid.

„Ja, wir hatten uns eben eine Pause gegönnt", erklärte Quinn rasch und strich Susan über die Wange.

„Eine Pause. Soso", murmelte Susan pikiert. „Ihr wirkt dennoch, als hätte ich euch bei etwas Unanständigem erwischt."

Sie taxierte Quinn missmutig.

„Ach Quatsch. Ich wollte Tessie lediglich wecken, sie war eingeschlafen." Quinn lächelte charmant und Susan brummte.

„Aha. Dafür musstest du auf sie raufklettern?"

Mir wurde heiß. Susan hatte den Zwischenfall also mitbekommen. Ich konnte nur hoffen, dass sie bloß die Hälfte von dem, was wir geredet hatten, gehört hatte.

„Ja, das war eine blöde Wette, die ich verloren hatte. Quinn durfte sich an mir rächen, weil ich in eine seiner Anzughosen ein Loch gebügelt habe", erklärte ich rasch. Im Ausreden suchen war ich schon immer begabt gewesen.

Die Lüge offenbarte zwar ein inniges Verhältnis zwischen uns, zeigte aber dennoch den Rang, den ich einnahm. „Wisst ihr, es ist nicht das erste Mal, dass ihr so verschreckt auseinanderfahrt. Ich bin zwar hübsch, aber nicht bescheuert", informierte uns Susan.

Nervös schluckte ich das schlechte Gewissen hinab.

„Was willst du damit sagen?", fragte Quinn scharf und fasste Susan hart ins Auge.

Sie zog spöttisch einen Mundwinkel nach oben. „Nichts. Ich beobachte nur. Deshalb habe ich beschlossen, dass es für uns alle das Beste wäre, wenn wir uns näher kennenlernen. Dafür würde sich bestimmt ein Doppeldate eignen, oder?"

Susans Blick wanderte drohend zu mir und ich wusste, wenn ich ihren Vorschlag verneinte, dann wäre die Katastrophe perfekt. Damit würde ich uns verraten. Quinn nickte mir unmerklich zu.

„Das ist eine gute Idee", pflichtete ich Susan bei. Ihre Miene erhellte sich.

„Wunderbar, ich bin sicher, du hast einige Verehrer oder gar einen Freund?", erkundigte sie sich beiläufig und strich Quinn demonstrativ über den Arm. Seine Miene verfinsterte sich, während er mich abwartend musterte.

Meine nächsten Worte wählte ich mit Bedacht, um Susan auf die falsche Fährte zu locken. „Ja, tatsächlich gibt es da jemanden, den ich gerne näher kennenlernen würde. Das Doppeldate, wäre eine optimale Gelegenheit dazu."

Dabei dachte ich an Kieran, der sich als Single sicher auf das Schauspiel einlassen würde.

Scott, wollte ich das nicht antun, obwohl ich wusste, dass er und Kelly die Sache locker sehen würden. Dennoch musste es für Susan glaubhaft rüberkommen. Ich bemerkte ihr zufriedenes Lächeln.

„Wunderbar. Quinn, Schatz, reservierst du ein Restaurant für morgen Abend?"

Er nickte knapp. „Natürlich. Dein Lieblingsrestaurant, das *Oyster?*"

„Sehr gerne." Susan zog eine lederne Leine aus ihrer Tasche. „Ich werde jetzt mit Princess spazieren gehen. So lang kannst du deine Kleiderwahl organisieren, Tessie. Im *Oyster* ist gehobene Garderobe nötig."

Sie bedachte mich mit einem giftigen Blick und nahm Princess dann an die Leine. Erhobenen Hauptes rauschte sie von der Terrasse.

Kapitel 15

Ich schnaubte angesichts der beschissenen Situation, in die Quinn uns gebracht hatte. Dieser beobachtete Susans Abgang verbissen, bis sie nicht mehr zu sehen war.

„Heilige Scheiße", fluchte er und ich nickte.

„Jepp, ganz toll. Jetzt dürfen wir einen scheinheiligen Abend zu viert verbringen."

„Wen wirst du mitbringen?", erkundigte sich Quinn besorgt.

„Ich dachte an Kieran, meinen Lieblingskollegen im Office." Quinn schaute mich skeptisch an. „Soso."

„Dir steht es nicht zu, eifersüchtig zu sein, das weißt du, oder?"

Ich sah, wie er schluckte. „Ja, das ist mir schon klar, Tessie. Trotzdem wird es nicht gerade toll sein, dich mit einem anderen Kerl zu sehen."

„Das heißt nicht, dass ich am Tisch über ihn herfalle", gab ich zu bedenken und Quinn brummte. Er griff nach seiner Coke, die mittlerweile lauwarm sein musste.

„Verdammt." Er setzte die Dose an seine Lippen und trank. „Hast du überhaupt so hyperschicke Klamotten?", fragte er und zerquetschte die Dose. Dass er frustriert war, konnte ich nachvollziehen.

„Keine Ahnung." Ich seufzte. Wegen der blöden Kuh musste ich jetzt eine Unsumme Geld ausgeben, um einen teuren Fummel zu kaufen, den ich genau einen Abend tragen würde.

„Lass das meine Sorge sein, ja? Ich such dir was aus. Du wirst es morgen Abend rechtzeitig im Schlafzimmer finden."

Wow, wie gönnerhaft von ihm. „Okay."

„Gut." Er nickte knapp. „Dann wird es jetzt Zeit, Kieran einzuweihen, während ich dich decke, klar?"

Puh, jetzt kam aber wirklich der Firmenmogul durch, der wie gewohnt alles regelte.

Ich hasste es, bevormundet zu werden, aber vermutlich hatte Quinn recht. Seufzend erhob ich mich vom Liegestuhl und ging ins Haus. Zielstrebig steuerte ich Quinns Schlafzimmer an und suchte Kierans Kontakt im Handy.

„Hi, Tessie", tönte es aus dem Telefon und ich hörte das Rauschen des Windes.

„Kieran", sagte ich erleichtert. „Ich brauche morgen Abend deine Hilfe. Hast du Zeit?"

„Klar. Was soll ich für dich tun?"

Ich nahm einen tiefen Atemzug und hörte, wie Quinn das Schlafzimmer betrat. Rasch legte ich den Zeigefinger auf meine Lippen und er nickte.

„Bist du noch dran?", erkundigte sich Kieran.

„Äh, ja klar. Also, ich bin wieder bei Quinn, und Susan will uns auf ein Doppeldate schleppen, weil sie das Hirngespinst hat, dass sich zwischen Quinn und mir was anbahnen könnte."

Quinn verzog seine Lippen zu einem gequälten Lächeln. Okay, ja, das war noch milde ausgedrückt. Aber ich war nicht bereit, Kieran die volle Wahrheit zu sagen.

„Sicher, dass es ein Hirngespinst von Susan ist?", hakte er nach.

„Natürlich."

„Das klang bei eurem letzten Telefonat, das ich mitbekommen hatte, aber anders, Tessie."

Ich zögerte kurz. Was sollte ich sagen? „Nein ernsthaft, Kieran, ich brauche dich wirklich", flehte ich und Quinns Blick verfinsterte sich. Ich sah für einen winzigen Moment seine Eifersucht aufblitzen. Genugtuung durchflutete mich, die ich rasch verdrängte. „Okay, Tessie, wen soll ich mimen? Deinen Freund? Den sexy Liebhaber oder einen verliebten Verehrer?"

Ich atmete erleichtert aus. „Na ja, ich habe vorhin erwähnt, dass es jemanden geben würde, den ich gerne näher kennenlernen will. Können wir es so aussehen lassen, als wären wir sehr angetan voneinander?"

„Nichts leichter als das."

„Gut", sagte ich heilfroh. „Das Ganze wird Morgen Abend im *Oyster* stattfinden. Die Uhrzeit schreibe ich dir dann. Wichtig wäre, dass du den besten Anzug anziehst, den du im Kleiderschrank hast."

Nervös schloss ich die Augen und betete, dass Kieran überhaupt einen Anzug besaß. Quinns Schnauben drang an mein Ohr.

„Mach dir keinen Kopf, das kriegen wir hin. Ich freue mich jedenfalls schon."

„Ich mich auch." Erleichtert beendete ich das Gespräch.

„Wow, den hast du aber schnell um den Finger gewickelt", kritisierte Quinn mit finsterer Miene.

„Wir kennen uns schon ziemlich lang."

„Mhm, dann hoffen wir, dein Kieran kleidet sich angemessen morgen. Susan sollte euch das wirklich abkaufen."

„Ich bin mir den Ernst der Lage durchaus bewusst und weiß, dass dir der Arsch auf Grundeis geht, okay? Ich tue mein Möglichstes, aber ich kann leider noch nicht hexen."

„Fein." Quinn trat zufrieden aus der Tür. „Den Rest des Tages kannst du hier verbringen. Ich werde mit Susan ausgehen und sie bis zum Date beschäftigen, ja?"

„Wie gönnerhaft", entfuhr es mir barsch und Quinn nickte knapp. Mit angesäuerter Miene verschwand er.

Der nächste Tag verlief ruhig, denn Quinn und Susan gingen schon früh aus dem Haus. Ich hatte keine Ahnung, was sie geplant hatten, aber ich lümmelte auf der Terrasse und schwamm einige Bahnen im Pool. Ich wollte nicht darüber nachdenken, was die beiden unternahmen, oder was Quinn Susan vorspielte, denn ich war es leid, mich andauernd zu ermahnen, darüber nachzudenken. Deshalb war Ablenkung die beste Medizin.

Am späten Nachmittag fand ich ein schwarzes knielanges Kleid mit Spitzenbesatz am Dekolletee und Ärmeln auf meinem Bett liegen.

Quinn hatte eindeutig Geschmack. Ich gönnte mir eine lange Dusche und versuchte, mein braunes Haar mit meinem Lockenstab aufzudrehen. Die Locken ließ ich sanft über die Schulter fallen. Mein Make-up trug ich etwas stärker auf als sonst und schminkte mir die Lippen dezent rosa.

Ehrfürchtig schlüpfte ich in das teure Kleid und begutachtete mich vor dem Spiegel. Es passte wie angegossen. Die Spitze bedeckte meinen Oberkörper und die Arme. Es war tailliert, elegant und betonte meine Kurven. Erleichtert zog ich die schwarzen Pumps an, die ich in einem Karton auf dem Bett fand. Sie waren überraschend bequem.

Nervös linste ich auf die Uhr, es war schon halb acht. Rasch steckte ich mir die silbernen Kreolen ins Ohr und schnappte meine Handtasche.

Kieran schrieb per WhatsApp, dass er schon unterwegs war, und schickte mir ein Selfie aus dem Black Cab. Er sah wirklich gut aus im weißen Hemd.

Erleichtert ließ ich das Handy in die Tasche gleiten und hörte dumpfe Schritte. Sicher Quinn, der mich abholen wollte.

Entschlossen öffnete ich die Tür und trat ins Wohnzimmer. Dort stand er im navyblauen Anzug mit weißem Hemd und ebenso blauer Krawatte. Das Haar hatte er ungewöhnlich streng frisiert und sein herbes Parfum umfing mich schon einige Schritte von ihm entfernt. Er sah einfach umwerfend aus. Das Jackett betonte seine breiten Schultern und seine sportliche Statur.

Ich konnte mich kaum sattsehen und beobachtete, wie er sich ein Glas Whisky eingoss. Selbst diese alltägliche Geste war unglaublich attraktiv.

„Ach, das Meeting beginnt mit Vorglühen?", zog ich ihn auf und er drehte sich überrascht zu mir. Ein süffisantes Lächeln umschmeichelte seine Lippen, während sein Blick voller Achtung über mich glitt. Ein leidenschaftlicher Ausdruck schlich sich in seine Augen und er fuhr sich mit der Zungenspitze über die Unterlippe.

„Du siehst umwerfend aus. Genau so, wie ich es mir vorgestellt hatte", hauchte er und setzte das Whiskyglas an die Lippen. Dabei ließ er mich nicht aus den Augen und leerte das Glas mit verwegenem Blick.

„Danke", murmelte ich verlegen und mein Herz klopfte wild. Es reagierte auf die unterschwelligen Signale von Quinn.

„Auch einen?"

Ich verneinte. „Nein, ich glaube, es wäre keine gute Idee, das Date betrunken zu bestreiten."

Er grinste. „Schade eigentlich. Das letzte Mal hatten wir doch Spaß dabei."

Ich zog eine Grimasse, um verräterische Zeichen meiner Mimik zu vertuschen, denn die Schmetterlinge in meinem Bauch erwachten.

„Susan wird gleich fertig sein. Ich gehe schon mal vor, wir sollten nicht zeitgleich zum Auto gehen", riet er mir und blickte mir tief in die Augen. „Kieran wird heute eine äußerst hübsche Begleitung haben."

Damit wandte er sich ab und schritt energisch aus dem Wohnzimmer.

Ich wartete wenige Minuten und ging dann hinterher. Susan, die in ein wallendes rotes Abendkleid gehüllt war, wartete schon im Eingangsbereich und unterhielt sich angeregt mit Quinn. „Da bist du ja." Abschätzig musterte sie mich. „Ich denke, damit wirst du angemessen gekleidet sein."

Sie stieg als erste in die schwarze Limousine, die uns zum Restaurant fahren sollte. Quinn setzte sich in die Mitte und ich bildete die Nachhut. Das Innenleben war recht geräumig, sodass ich darauf achten konnte, Quinn nicht zu berühren. Die Polster der Sitze sahen neuwertig aus und mir fiel auf, dass auf jeder Kopfstütze Susans Initialen eingestickt waren. Hinter dem Fahrersitz entdeckte ich eine kleine eingebaute Minibar. Halleluja. Der pure Luxus!

Die Fahrt verlief schweigend und meine Anspannung wuchs. Nervös wippte ich mit den Pumps auf dem Limousinenboden. Auf einem unscheinbaren Parkplatz kamen wir zum Stehen und der Fahrer öffnete mir galant die Tür.

Ich stieg hinaus und musterte die Glasfront, die sich vor mir aufbaute. Ein quadratischer Kasten mit der prunkvollen goldenen Aufschrift *Oyster*, war wohl Susans Lieblingsrestaurant. Ich nahm einen tiefen Atemzug und suchte Kieran, den ich unter einen der vielen Anzugträger ausmachen konnte.

Er schien sich bestens mit einem der reichen Kerle zu unterhalten. Als er mich sah, lächelte er. Wir traten rasch zu ihm unter das gläserne Vordach.

„Tessie." Galant legte er den Arm um mich und küsste mich auf die Wange.

„Hi", schnurrte ich verlegen, um eine möglichst glaubhafte Show abzuziehen.

„Ich bin Kieran", wandte er sich an Quinn, der höflich seine Hand ergriff.

„Quinn. Das ist Susan." Sie lächelte und musterte ihn neugierig. Anscheinend hegte sie keine akute Abneigung gegen ihn, da kein spitzer Kommentar über ihre Lippen kam.

„Freut mich Sie kennenzulernen, Kieran", sagte sie. „Nenn mich doch Susan, wir sollten unser Treffen so locker wie möglich gestalten."

Ich unterdrückte ein empörtes Schnauben. Die blöde Kuh bot Kieran das Du an, während ich sie siezen musste.

„Das ist sehr nett von dir, Susan", antwortete ich seiner statt als Retourkutsche, die offensichtlich bei Susan ankam, denn sie legte kurz die Stirn in Falten.

„Wollen wir rein?", schlug Quinn vor und öffnete die Tür. Ich huschte hindurch und wurde von rotem Brokat, der auf dem Boden verlegt worden war, empfangen. Goldene Kronleuchter hingen an der Decke und die Tischwäsche war reinweiß. Die Stühle glichen einer Antiquitätensammlung aus einem alten Jahrhundert und die Kellner trugen nur feinsten Zwirn. Einer davon führte uns an einen runden Tisch, an dem schon die Speisekarten parat lagen. Die Atmosphäre erinnerte mich an den Krönungssaal eines Königsschlosses.

„Welcher Aperitif darf es für die Herrschaften sein?"
Sein zahnpastaweißes Lächeln machte ihn nicht unbedingt sympathisch.

Die ganze Kulisse empfand ich als aufgesetzt und das Publikum ebenfalls. Ich fragte mich, wie viele Leute hier wohl schon eine Schönheits-OP hinter sich hatten. Die Gesichter der Damen waren allesamt hübsch anzublicken. Von den Männern ganz zu schweigen.

„Vier Prosecco bitte", bestellte Susan und musterte Kieran eingehend.

„Es ist schön, Tessies Umgang kennenzulernen. Sie ist so ein fleißiges Dienstmädchen. Da fragt man sich schon, welchen Hintergrund sie hat und woher sie stammt." Niederträchtiger hätte Susan bei ihrer honigsüßen Aussage nicht aussehen können.

Ich schnaubte leise und spürte, dass Kieran seine Hand auf die meine legte. „Sie ist ein Goldstück, das stimmt. Schon in der Schule war sie ein fleißiges Mädchen", lobte Kieran lächelnd.

Ich pflichtete ihm nickend bei und bemerke Quinns amüsierten Blick. Mein Fuß suchte den seinen und versetzte ihm einen frechen Tritt.

Quinns Grinsen verbreiterte sich daraufhin. „Ich bin wirklich rundum zufrieden mit ihr. Sie übernimmt Zusatzaufgaben ohne zu Murren und kocht die weltbesten Spaghetti." Er beugte sich provokant zu Kieran. „Sicher hat sie diese auch schon für dich gekocht, oder?"

Kierans Blick verfinsterte sich ein wenig. „Nicht das ich wüsste. Tessie", theatralisch führte er meine Hand an seinen Mund und küsste sie sanft. „Du solltest unbedingt mal für mich kochen."

Susan kicherte hell und Kieran funkelte Quinn herausfordernd an.

„Ich werde mich bei nächster Gelegenheit von all ihren Qualitäten überzeugen."

Quinn lächelte verächtlich. „Wie nett. Die Qualitäten, die ich bisher erprobt habe, sind definitiv hervorragend."

Er funkelte Kieran vielsagend an. Ich versank hinter der Speisekarte, weil ich mich den Revierkämpfen nicht aussetzen wollte. Mit der französischen Betitelung der Speisen konnte ich nichts anfangen und auch sonst waren mir einige Menüvariationen fremd. Hilfesuchend schaute ich zu Quinn, der offenbar verstand.

„Ist es okay für euch, wenn ich das Essen aussuche?"

„Natürlich, Liebling", schnurrte Susan und tätschelte seine Hand. Ich schenkte Quinn ein dankbares Blinzeln und er lächelte sanft.

„Wusstet ihr, dass Tessie und ich eine Zeit lang zusammengearbeitet haben?", fragte Kieran in die Runde und Susan wurde hellhörig.

„Dann bist du Butler?"

Er schüttelte energisch den Kopf. „Nein, ich bin Briefträger. Vor Tessies Anstellung bei Quinn arbeiteten wir zusammen dort."

„Oh", entfuhr es ihr spitz und Quinn schob irritiert die Speisekarte von sich.

„Tessie hat natürlich die Dienstbotenausbildung durchlaufen", erklärte er rasch. Ich nickte schnell.

„Jedenfalls", fuhr Kieran fort und ließ sich vom Kellner einen Teller frischen Salat mit Meeresfrüchten servieren. „War sie an ihrem ersten Tag, als sie bei uns anfing, schon ein kleiner Wildfang. Noch heute bewundere ich ihren Dickkopf und diese wundervollen braunen Augen."

Er schaute mich selig an und ich versuchte, verliebt zu lächeln.

Quinn räusperte sich demonstrativ. „Wie romantisch."

Er spießte missmutig einen kleinen Tintenfisch auf. „Guten Appetit."

Der Salat mit den Meeresfrüchten war wirkliche eine Herausforderung für mich, denn ich fand jegliches Essen, das Tentakel oder Schuppen hatte, abstoßend. Das würde ich nicht essen können. Ob es unhöflich war, in einem Nobelrestaurant etwas auf dem Teller zu lassen?

Flink stocherte Kieran mit seiner Gabel die kleinen Tintenfische aus meinem Teller auf.

„Du weißt ...?", entfuhr es mir überrascht und er nickte.

„Wie kann ich das nicht wissen", erwiderte er liebevoll.

Susan seufzte. „Wie aufmerksam, Kieran."

Sie war sichtlich angetan von ihm. Er machte seine Sache echt gut.

Der nächste Gang bestand aus gebratener Ente, die wirklich lecker war. Dazu wurden kandiertes Obst und scharf gewürztes Gemüse gereicht. Quinn hatte sich für einen leichten Rotwein entschieden, der den Gang abrundete.

Kieran erzählte einige Geschichten aus meiner Kindheit, die er sich offensichtlich gemerkt hatte. Susan hing an seinen Lippen und Quinn schien sich nicht ganz wohl dabei zu fühlen.

Immer wieder ging sein eifersüchtiger Blick zu mir, sobald Kieran mich berührte. Das tat er wirklich oft, vielleicht sogar einen Ticken zu oft. Aber was soll's, wir wollten glaubhaft rüberkommen.

„Wollen wir tanzen?", fragte Susan, die fasziniert die kleine Tanzfläche am Ende des Raumes beobachtete. Die klassische Musik schallte sanft durch den Restaurantbereich und Pärchen tanzten dort dicht aneinander gekuschelt.

„Sehr gern", antwortete Kieran, der seine Chance witterte. Quinn erhob sich genervt und führte Susan zur Tanzfläche, während Kieran mir den Arm anbot.

Auf der Tanzfläche angekommen zog er mich galant an die Brust. Ich beobachtete Susan, die ihren Kopf an Quinns Oberkörper legte und der sie sanft im Takt wiegte. Dabei sah er nicht glücklich aus.

Unsere Blicke fanden sich. Wehmut überzog das Smaragdgrün seiner Augen und ich schluckte hart. Wie gerne wäre ich jetzt an Susans Stelle und würde mich von ihm im Takt wiegen lassen.

„Tessie?", wisperte Kieran und mein Blick huschte ertappt zu ihm. Er strich mir liebevoll über die Wange.

„Du siehst heute wirklich schön aus."

„Danke." Ich nickte knapp.

„Weißt du, alles was ich vorhin gesagt habe über dich, das habe ich ernst gemeint."

„Wie nett." Mein innerer Alarm schrillte los. Kieran wollte mir doch nicht etwa Andeutungen machen, oder? Hitze stieg in mir auf, damit konnte ich nicht umgehen. Die Komplimente waren mir höchst unangenehm und nichts, was sich zwei befreundete Menschen dauernd um die Ohren hauen sollten.

„Seit ich dich das erste Mal gesehen habe, bin ich dir verfallen."

Er hörte auf, mich zu wiegen, und ich bemerkte entsetzt, wie sich seine Lippen näherten.

Dann ging alles viel zu schnell. Bevor ich Kieran davon abhalten konnte, fanden seine Lippen die meinen und er küsste mich stürmisch. Vor Entsetzen war ich wie gelähmt und nahm nur am Rande wahr, wie Quinn ihn von mir wegzog.

„Was soll das?", herrschte er ihn an.

„Ich bin in sie verliebt", verteidigte sich Kieran und griff nach meiner Hand, die ich ihm entzog.

„Aber ... aber ... doch nicht so", entfuhr es mir verwirrt und Susan schubste uns von der Tanzfläche.

„Seid ihr wahnsinnig?", giftete sie. „Wollt ihr uns blamieren, oder was? Außerdem, Quinn, was soll das?" Sie zog ihn zu unserem Tisch und stemmte die Hände in die Hüfte.

„Du hast sie einfach geküsst", schnaubte Quinn und Kieran lächelte siegessicher.

„Ich weiß. Solltest du auch mal machen, fühlt sich toll an."

„Wag es nicht noch einmal, ihr zu Nahe zu kommen", drohte Quinn leise mit wildem Blick.

„Seid ihr beide bescheuert? Ich bin doch kein Objekt, das jeder mal küssen darf", schimpfte ich wütend.

„Tja, offensichtlich willst du mich nicht küssen", stellte Kieran bitter fest und Susan entfuhr ein Zischen.

„Wusste ich es doch. Das Ganze war nur eine Farce."

Sie beäugte Kieran und verschränkte die Arme. „Und du armer, anständiger Kerl musstest mitmachen, um die Affäre der beiden zu verdecken."

„Blödsinn", dementierte Quinn halbherzig und versuchte, Susan beschwichtigend an der Schulter zu fassen. Doch sie entwand sich ihm säuerlich.

„Bei uns ist doch schon lange das Feuer aus. Das wissen wir beide. Es gibt nichts, das wir gemeinsam haben, außer den Geschäften."

Ich schluckte. Das war hart und Susan hatte ins Schwarze getroffen. Ich wollte keine Lüge mehr erfinden, die uns decken konnte.

„Wie lange vögelt ihr schon?", fuhr sie mich an.

„Lass Tessie in Ruhe. Es war allein meine Entscheidung, das zu tun", verteidigte mich Quinn.

Susan zischte. „Grundgütiger, dazu gehören immer zwei. Dass du mich betrügst, ist das eine. Aber mit jemand Normalbürgerlichen, das ist unter deiner Würde."

„Susan, ich glaube, wir sollten in Ruhe reden", versuchte Quinn, die Situation zu entschärfen. Doch Susan dachte nicht daran, aufzuhören.

„Nein, wir erledigen das sofort, Quinn McLion. Ich habe die Schnauze voll von deinen Lügen." Sie griff nach ihrer Handtasche. „Schönes Leben noch", spie sie ihm entgegen und rauschte ab. Quinn blieb wie angewurzelt stehen. Wollte er ihr nicht hinterher?

„Tessie", hörte ich Kieran leise flüstern.

„Lass es!"

Ich hob die Hand, um ihn zum Schweigen zu bringen. „Ich will jetzt nicht darüber sprechen", sagte ich barsch. Der Schock, dass unsere Farce aufgeflogen war, saß tief.

„Verschwinde einfach", murrte Quinn in seine Richtung und Kieran trat mit verletzter Miene zurück. Sein Blick suchte den meinen nochmal und ich nickte unmerklich. Hastig griff Kieran nach seiner Jacke und trat aus dem Restaurant.

Quinn winkte einen Kellner heran und bezahlte.

„Gehen wir?", fragte er und ich nickte. Die Fahrt verlief schweigend. Ich konnte es noch immer nicht glauben, dass er es war, der unser Schauspiel vereitelt hatte. Vor seinem Stadthaus angekommen bemerkte ich, dass Susans Wagen fehlte.

„Direkt abgereist", hörte ich Quinn murmeln, der aus dem Auto stürzte. Ich eilte ihm hinterher und fing ihn, mit Smartphone am Ohr, im Wohnzimmer ab.

„Dad, hi, ja ich bin es. Es gibt Probleme mit Susan. Sie ist stinksauer hier abgereist. Wir sollten morgen ein Krisenmeeting einberufen."

Oh, wow, ganz der Firmenmogul, der seine zerbrechende Beziehung als geschäftliches Problem behandelte. Emotionen schienen ihn dabei nicht zu kümmern. Meine Emotionen hingegen schwelten in mir wie ein Feuer, das ich nicht unter Kontrolle bekam. Ich hing in der Luft. Auf der einen Seite war mein treuer Kumpel Kieran, den ich durch sein Geständnis zu verlieren drohte. Auf der anderen Seite war Quinn, der offenbar nicht wusste, ob er Susan zurückholen wollte oder nicht.

Ich lief zum Weinregal und schnappte mir die nächstbeste Flasche. Dann griff ich nach einem Glas, goss mir ein und nahm einen großen Schluck.

„Ja, genau. Wir sollten den Deal schnellstmöglich abschließen und wenigstens den alten Perry bei Laune halten. Ich habe jetzt lange genug das Opfer gebracht und Susan beherbergt", zischte Quinn verärgert.

Daraufhin nahm ich gleich noch einen Schluck Wein. Der Abend war nicht nur für ihn katastrophal gelaufen, sondern auch für mich. Wie konnte ich es nicht bemerkt haben, dass Kieran Gefühle für mich hegte?

War ich so ein blindes, verkapptes Huhn? Ich hatte mir nie etwas dabei gedacht, dass er der ewige Single war. Ich wünschte ihm immer die Eine, die er verdiente. Dass ich das sein sollte, hatte ich nicht ahnen können.

Rasch leerte ich das Glas Wein und stellte es auf den Esstisch.

„Es tut mir so leid", wisperte Quinn, der sein Gespräch beendet hatte. Er blickte mich wehmütig an.

„Mir auch. Jetzt sitzen wir derb in der Patsche."

„Mhm", brummte er und griff nach meinem Weinglas, um sich einzuschenken.

„Ich glaube, es ist das Beste, wenn ich jetzt gehe", erklärte ich wacker. „Falls Susan nochmal das Gespräch sucht, wäre meine Anwesenheit hier fatal."

Mir wurde bewusst, dass unser Deal hinfällig war und es auch keine weiteren mehr geben würde. Bekümmert sah ich zu Quinn, der frustriert das Weinglas anstarrte.

„Es hat doch sowieso keine Zukunft mit uns", erklärte ich weiter und schluckte die Tränen hinunter. „Du solltest versuchen, Susan zurückzugewinnen, um deine Geschäfte nicht zu gefährden."

Nachdenklich drehte er das Weinglas in der Hand. „Was, wenn ich Susan nicht zurückhaben will?", fragte er leise und ich schluckte hart.

In meinem Kopf schwirrten die Bilder von Queenies Auto und diversen anderen Fahrzeugen. Er hatte Susan hintergangen und sich vergnügt, obwohl er beteuerte, nur an mich gedacht zu haben. Konnte ich ihm wirklich vertrauen? Wollte ich das, eintauchen in seine stinkreiche Welt?

„Quinn", sagte ich eindringlich und er guckte mich traurig an. „Es ist das beste so. Dann hast du endlich deine Freiheit und kannst dich ausleben. Damit verletzt du niemanden, der sich Hoffnung auf eine gemeinsame Zukunft macht."

Ich bemerkte, wie Princess winselnd den Raum betrat. „Schau, Princess ist noch hier. Die Chancen, dass Susan nochmal hier aufschlägt, stehen gut."

Er nickte bekümmert. „Wahrscheinlich hast du recht." Er seufzte und Princess hopste zu ihm aufs Sofa. Es war das erste Mal, dass ich die Pudeldame betrübt erlebte.

„Okay, dann packe ich meine Sachen."

Damit wandte ich mich schnell ab, um den Strom aus Tränen, der sich zusammenbraute, nicht vor Quinn freizulassen. Es war ein Abschied, denn ich wusste, dass ich sein Haus schweigend und in aller Heimlichkeit verlassen würde. Anderenfalls wäre es mir unmöglich gewesen, mich von ihm zu lösen.

Kapitel 16

„Larry?"

Ich reckte den Kopf in das Chefbüro und bemerkte, dass es leer war. Nach einer verheulten Nacht und einem grauenvollen Morgen, war ich endlich so weit, Larry die Wahrheit über mich und Quinn zu erzählen, denn ich wollte einen Neuanfang und den konnte ich als Private Post Officer nicht verwirklichen.

Nervös kaute ich auf der Unterlippe.

„Tessie?", drang es ungläubig an mein Ohr und ich wandte mich um. Larry musterte mich verwundert. „Was machst du denn schon hier?"

Einladend hielt er mir seine Tür auf und ich trat wieder ins Büro.

„Ich muss dringend mit dir sprechen", erklärte ich und schluckte meine Bedenken hinab.

„Setz dich."

Ich ließ sich auf seinen Chefsessel fallen.

„Also, was ist los?" Er schaute mich forschend an. Larry ahnte definitiv was.

„Ich kann leider nicht mehr als Private Post Officer arbeiten", presste ich hervor und versuchte, meine Fassung zu bewahren.

„Und warum nicht?"

„Weil ich eine Affäre mit Quinn hatte und sie leider aufgeflogen ist. Susan Perry war dabei mit ihm Schluss zu machen, doch er muss alles daransetzen, sie wieder für sich zu gewinnen, um seine Geschäfte nicht zu gefährden. Außerdem hat mir Kieran seine Liebe gestanden und mein Herz will das nicht glauben, denn es gehört leider einem anderen. Jemanden, der nie an meiner Seite sein wird."

Larrys blaue Augen weiteten sich überrascht und ein Hauch Mitgefühl durchzog seine Miene. „Wow, Tessie! Das ist ziemlich scheiße."

„Das ist es."

Eine Träne verließ meinen Augenwinkel und bahnte sich ihren Weg über die Wange.

„Ich kann einfach nicht in seiner Nähe sein, Larry. Noch nicht. Deshalb wollte ich dich fragen, ob du mich einige Zeit lang versetzen kannst? Nach Birmingham?"

Er seufzte und fuhr sich durchs schwarzgrau melierte Haar.

„Du weißt, dass ich dich ungern hergebe, oder?"
Ich nickte.

„Allerdings versteh ich deinen Liebeskummer. Das ist beschissen, unglücklich verliebt zu sein." Wissend musterte er mich und ich schluckte. „Durch dich ist dieser Standort mehr als gesichert. Dein Engagement und der Verdienst, den das Office daraus ziehen konnte, waren enorm. Ich weiß das zu schätzen, Tessie.

Weil ich dich nicht verlieren möchte, werde ich alles daransetzen, dir den Wechsel nach Birmingham zu ermöglichen. Bleib dort, so lange du willst, aber geh nur mit dem Versprechen, wieder zu mir zurückzukehren, okay?"

Das musste ihm schwerfallen, denn sein zerknirschter Blick verriet mir, was er wirklich davon hielt.

„Danke, Larry."

Erleichterung durchflutete mich. In Birmingham könnte ich bei Kellys Schwester Mirah wohnen, die gestern beteuert hatte, dass sie mich gerne aufnehmen würde.

„Du liebst ihn wirklich, hmm?", wisperte Larry und ich nickte.

„Dann entbinde ich dich von deinen Royal-Mail-Pflichten bis zu deinem Umzug nach Birmingham. Sei so lieb und verabschiede dich, bevor es dorthin geht, ja? Die Kollegen lass mal meine Sorge sein, denen verklickere ich das schon irgendwie."

Ich sah ihn dankbar an und er lächelte aufmunternd. „Zeit heilt alle Wunden."

„Danke", flüsterte ich und stand auf.

Larry führte mich zur Tür. „Machs gut, Tessie."

Ich nickte nur und huschte durch Abbys Vorzimmer, das leer war. Dafür stürmte ich direkt an Kieran vorbei, der mich betroffen aufzuhalten versuchte.

„Tessie, warte. Es tut mir leid."

„Spar dir das."

Ich hatte jetzt keinen Nerv dafür, mir seine fadenscheinigen Ausflüchte anzuhören, und wollte wieder losstürmen.

„Bitte." Er griff nach meinem Arm und ich stoppte.

„Was?", fuhr ich ihn an.

Er schlug die Augen nieder. „Ich hätte die Situation nicht derart ausnutzen dürfen."

„Richtig." Rasch entriss ich ihm meinen Arm.

„Aber ich bin dir auch dankbar für den Abend."

„Was?"

War ich irgendwie im falschen Film oder so? Was wollte er dem Abend noch Positives abgewinnen?

„Du hast mich mit Susan bekanntgemacht", erklärte er beschämt. Eine böse Vorahnung kroch in mir empor, angesichts der Erinnerung, dass Susan derart von ihm angetan gewesen war.

„Sag jetzt bitte nichts, was du später bereust."

Kieran hüpfte das schlechte Gewissen förmlich aus dem Gesicht.

„Sie ist eine respektable Frau und ähm, wir haben uns gegenseitig getröstet."

Ich stöhnte. Das konnte doch nicht sein Ernst sein! „Kieran, bitte. Ich will das nicht wissen. Mir reicht es, okay?"

Nein, von Sexeskapaden zwischen ihm und Susan wollte ich wirklich nichts wissen.

„Nein, Tessie. Hör mal, mach dir keine Gedanken. Ich wollte dich das wissen lassen, dass du dir den Kopf nicht zermarterst, wie du mit mir umgehen sollst."

Er kaute auf der Unterlippe. Doch es war mir egal. Denn ich war so gut wie weg. Ich verschwendete keinen Gedanken mehr daran, wie ich mit Kieran umgehen sollte.

„Wie auch immer. Ich gehe einige Zeit nach Birmingham, Kieran. Und wenn ich zurückkomme, will ich den ganzen Scheiß hinter mir lassen, ja? Also bitte, verschone mich mit deinen Entschuldigungen oder Details von einer Nacht, die ich vergessen will."

Damit schritt ich den Gang entlang und durchquere hektisch die Haupthalle, um unter Tränen aus dem Office zu flüchten. Kieran folgte mir nicht und das war gut so.

In der WG angekommen, stürmte ich in mein Zimmer und riss den Kleiderschrank auf. Mit beiden Händen zerrte ich die Klamotten vom Bügel und warf sie aufs Bett. Das tat ich so lange, bis der Schrank komplett leer war.

„Was geht bei dir ab?" Scott lehnte am Türrahmen und musterte mich betreten.

„Ich muss dringend raus hier", erwiderte ich atemlos und zog meine Reisetasche unter dem Bett hervor. Dann stopfte ich die Klamotten hinein. Scott trat zu mir.

„Tessie, ich verstehe dich ja. Aber ist das alles nicht zu überstürzt? Willst du nicht nochmal mit Quinn sprechen?"

Quinn! Allein der Klang seines Namens beschwor wieder Tränen in mir herauf. Ich schüttelte den Kopf.

„Nein", flüsterte ich zur Antwort. „Ich kann nicht."

Scott seufzte und zog mich in seine Arme. „Liebeskummer ist verdammt scheiße", wisperte er in mein Haar und ich weinte bittere Tränen.

Nachdem ich mich einigermaßen beruhigt hatte, setzten wir uns aufs Bett.

„Ich werde dich schrecklich vermissen", erklärte Scott.

„Ich dich auch", sagte ich und boxte ihm freundschaftlich in die Seite.

„Du bist die tollste Nicht-Schwester, die es gibt." Er grinste und legte den Kopf schief. „Unglaublich, aber es ist fast unvorstellbar, dass du mit deiner chaotischen Ader eine Zeit lang nicht mehr bei uns wohnen wirst."

Damit brachte er mich unweigerlich zum Grinsen. „Irgendwann müsst ihr beiden sowieso zusammenziehen, das weißt du doch."

Scott schnaubte. „Ja schon, aber es hat bisher alles so toll funktioniert."

„Bisher", wiederholte ich bitter und schluckte den Gedanken an Quinn hinunter. Scott schien meine Gedanken zu erahnen und checkte nervös die Uhrzeit.

„Wann geht dein Zug?"

„Heute Nachmittag um drei", erklärte ich rasch und das schlechte Gewissen keimte in mir auf. Ich hatte extra eine Uhrzeit gewählt, zu der Kelly nicht heulend am Bahnhof stehen konnte, um sich von mir zu verabschieden.

„Du weißt schon, dass sie fuchsteufelswild sein wird, oder?" „Aber es ist besser so, glaub mir."

Einen tränenreichen Abschied konnte ich nicht verkraften und ich wollte so schnell wie möglich aus London raus.

„Sag ihr, ich rufe sie an, sobald ich soweit bin, okay?"

Scott nickte. „Okay. Darf ich dich wenigstens zum Bahnhof bringen?"

„Nur wenn du nicht heulst."

„Das erledigst du schon selbst", zog er mich grinsend auf und ich lächelte.

Einen Tag später fand ich mich auf dem Schlafsofa von Mirah wieder und trat meinen ersten Arbeitstag bei der Royal Mail in Birmingham an.

Ich war froh, dass der Chef des Office eine Frau war und ich keinen Larry-Verschnitt vorfand. Samantha war eine Mittvierzigerin, die den Männern abgeschworen hatte. Damit traf sie meinen Nerv und war mir von Anfang an sympathisch. „Liebes, lass dir Zeit und schau dir deine Route in Ruhe an. Hier in Birmingham ist das höchste Gebot die Ruhe."

Sie lächelte mir mit weinrot geschminkten Lippen zu und fuhr sich elegant durch die blonde Kurzhaarfrisur.

Optisch war Samantha ein Hingucker, was mir die lüsternen Blicke der Briefträger quittierten. Es überraschte mich nicht, dass viele Männer unter ihr arbeiteten.

Jason, mein Pate für die ersten Wochen, nahm mich breit grinsend aus Sams mütterlichem Arm und führte mich in den Aufenthaltsraum.

„Alles okay?", fragte er und seine blauen Augen blitzten frech. Das strohblonde Haar und die Surfer-Optik waren so gar nicht englisch und gefielen mir auf Anhieb.

„Klar. Ich brauchte den Tapetenwechsel dringend", erklärte ich und Jason grinste.

„Ja, ihr Londoner seid manchmal so unglaublich gestresst. Maaann, damit würde ich echt nicht klarkommen."

Ich grinste unweigerlich, Jason strahlte die pure Ruhe und Lebensfreude aus und ich war froh, dass er mich auf der neuen Route begleitete. Mit seinem

Charme schaffte er es sogar, Quinn zeitweise aus meinem Gedächtnis zu verdrängen.

In der Mittagspause bot er mir galant einen Müsliriegel an.

„Cereals?", fragte er lächelnd.

„Nein, danke. Ich hab keinen Hunger."

Abschätzig musterte er mich. „Du musst was essen, du willst doch nicht so enden wie die Hungerhaken auf der Vogue, oder?"

Ich lachte auf und griff nach dem Müsliriegel. „Okay."

Jason nickte mir zu. „Sehr gut. Auf Magerfleisch stehen wir Birmingham-Guys nämlich gar nicht."

Ich verschlang den Müsliriegel in null Komma nix, ich hatte wirklich Hunger.

„Gibts hier einen guten Pub oder so?", fragte ich Jason, der siegessicher lachte.

„Na endlich fragst du. Komm mit, ich lad dich ins Snackhouse ein, dort gibt es die weltbesten Sandwiches."

Ich nickte und stieg auf das rote Royal-Mail-Fahrrad, das ich in London schmerzlich vermisst hatte. Zielstrebig radelte Jason voraus und schlug eine niedliche Promenade entlang des River Tame ein.

Es stank ein wenig nach Kloake, aber die roten Backsteinhäuser entlang des Rivers, verliehen ihm ein malerisches Flair.

Jason bog nach links durch einen Tunnel und stoppte vor einer Fensterfront. Flackernde Neonlichter priesen das Snackhouse an, das auf den ersten Blick total verwahrlost aussah.

„Da drin?", fragte ich ungläubig und er nickte.

„Lass dich überraschen."

Er stieg vom Rad und kettete es vorschriftsgemäß an den Fahrradständer. Rasch tat ich es ihm gleich und folgte ihm durch die offenstehende Glastür. Ein kleiner Mann mit schwarzem Haar und Schokoladenteint begrüßte Jason freudestrahlend und nestelte emsig hinter seinem Verkaufstresen herum.

Dann schob er Jason ein geheimnisvolles Säckchen zu. Dieser versteckte es mit einem Augenzwinkern in seiner Hosentasche am Hintern, der nicht von schlechten Eltern war, aber ich zwang mich dazu, wieder den kleinen schwarzhaarigen Mann zu betrachten, der mir irgendwie zwielichtig vorkam.

„Was hast du da?", wisperte ich Jason ins Ohr. Er schmunzelte.

„Du kitzelst."

Seine Hand umfasste meine und zog mich an einen der dunklen Stehtische.

„Du handelst aber nicht mit Drogen oder so? Damit will ich echt nichts zu tun haben!"

Ich beäugte ihn kritisch. Jason grinste über beide Backen.

„Haha, du hast vielleicht Nerven."

Er griff in seine Hosentasche und legte das geheimnisvolle Säckchen auf den Tisch. „Schon mal was von indischem Tee gehört?"

Erleichterung durchflutete mich, als ich nach dem Origamisäckchen griff. Rasch schnupperte ich daran und entspannte mich, als ich das starke Aroma des grünen Tees roch.

„Ein Teejunkie also, was?", neckte ich ihn und schob das Säcken zurück. Er grinste.

„Tja, ich wollte mein draufgängerisches, männliches Image vor dir wahren. Tee ist doch was für Weiber", erklärte er ein wenig beschämt und rang mir damit ein Grinsen ab.

„Ach was, Tee ist sexy!", erklärte ich und bemerkte, wie der indisch aussehende Kerl an unseren Tisch trat.

„Bestellen?", fragte er. Hilfesuchend blickte ich zu Jason, der dem bunt gekleideten Mann in einer fremden Sprache seine Bestellung mitteilte. Überrascht hob ich meine Augenbrauen.

„Du sprichst Indisch?"

„Bengali, um genau zu sein", antwortete er mit einem vorwitzigen Funkeln in seinen blauen Augen.

„Und was hast du uns bestellt?"

„Lass dich überraschen." Er lächelte und ließ sich von dem Mann eine Litschi-Limonade servieren. Dieselbe stellte er mir auf den Tisch.

Vorsichtig nippte ich an dem süßen Getränk, während mich Jason amüsiert beobachtete. Ich schätzte ihn nur wenige Jahre älter und genoss seine unkomplizierte Gesellschaft in vollen Zügen. Der dunkelhäutige Mann trat mit zwei belegten Sandwiches an unseren Tisch und lud die Teller ab. Auffordernd nickte er mir zu und unter der Beobachtung seiner dunkelbraunen Augen biss ich in das Sandwich. Es schmeckte herrlich.

Süßer Honig und scharfes Curry vermischten sich zu einer Geschmacksexplosion in meinem Mund. Erfreut schluckte ich und bedeutete dem Inhaber, dass seine Speise köstlich war.

Jason nahm das ebenfalls erfreut zur Kenntnis und verschlang sein Sandwich in Rekordzeit. Nach dem leckeren Essen und zwei Stunden voll gemütlicher Postzustellung lieferte mich Jason bei Mirah ab.

Einen Monat später tummelte ich mich mit Samantha und Jason in einem kleinen Pub nahe des Rivers. Die beiden prosteten mir mit einem Cocktail zu und ich hob das Whiskyglas.

Es war das erste Mal seit Wochen, dass ich wieder gelassen einen Partyabend verbringen konnte.

Birmingham und das Office mit den lieben Menschen taten meiner Seele gut.

„Träumst du?"

Jason grinste und schwenkte seinen Schirmchencocktail vor meiner Nase.

„Londoner Girls können wirklich seltsam sein", stellte er fest.

„Mich würde auch interessieren, wo du dich so oft hinträumst", meinte Samantha.

Ich nahm einen Schluck Whisky. Mir war klar gewesen, dass die Frage nach meiner Vergangenheit irgendwann aufkommen würde.

„Ich hab eine ziemlich unglückliche Situation hinter mir gelassen."

„Lass mich raten, sicher war ein Kerl im Spiel?"

Ich nickte und verdrängte die Erinnerung an Quinns hübsches Gesicht mit dem kantigen Kiefer.

„Das ist scheiße", sagte sie mitleidig und exte ihren Cocktail.

„Deshalb halte ich mich von den Männern erst mal fern, bis mir der eine, dem ich hundertprozentig vertraue, über den Weg läuft."

„Jaja, der Ritter in glänzender Rüstung", neckte sie Jason und streckte ihm frech die Zunge raus.

„Das geht jetzt schon seit Jahren so", informierte er mich.

„Oh, das heißt, ihr arbeitet schon lange zusammen?"

Sam nickte. „Ja, zehn Jahre dürften es sein."

„Wow." Das beeindruckte mich. In der schnelllebigen Geschäftswelt waren solche Jubiläen rar. Insbesondere im Postwesen. Dort wechselten die Zusteller ihr Gebiet und das Office emsig, wie die Bienen ihre Behausungen nach dem Sommer.

„Sam ist einfach gut zu mir. Deshalb habe ich ihr ewige Treue geschworen." Jason lächelte. „Und das als Mann", fügte er feixend hinzu.

„Außergewöhnlich", bestätigte ich neckend und trank meinen Whisky leer.

Das freundschaftliche Band zwischen den beiden hatte ich nach wenigen Tagen schon durchschaut. Es erinnerte mich an Kieran und mich, doch den Gedanken schob ich wehmütig beiseite. Ob es jemals wieder so freundschaftlich zwischen ihm und mir werden würde?

„Eine Runde Schnaps?", fragte Jason und trat, ohne auf unsere Antwort zu warten, an die Bar und bestellte Shots.

„Er mag dich", erklärte mir Sam und ihre großen Augen ruhten auf mir. Sie trug einen auffälligen dunkelblauen Lidschatten, der ihr extrem gut stand.

„Ja, er ist ein cooler Typ", versuchte ich, ihre Anspielung zu umgehen. Ich war vor einem Mann geflüchtet und wollte mich hier nicht gleich dem nächsten in die Arme stürzen.

„Das ist er. Jason ist der geduldigste Mensch, den ich kenne. Er gibt dir sicher alle Zeit der Welt."

Ihr wissender Blick ruhte auf mir. „Er ist auch offen für reine Ablenkung." Sie lächelte süffisant. „Du weißt, was ich meine, oder?"

Sie wackelte närrisch mit den Augenbrauen und ich grinste.

„Ja, ich denke schon."

Puh, Sam wollte mir Jason schmackhaft machen, so viel stand fest. Vermutlich steckten die beiden unter einer Decke. Jason kam mit einem Tablett voller Shots an den Tisch.

„Auf uns."

Er reckte ein Schnapsglas in die Höhe. Sam und ich griffen nach den Shots und prosteten ihm zu. Der süße Schnaps stieg mir sofort in den Kopf. Sam und Jason prosteten unerbittlich weiter, sodass wir im Handumdrehen ein Tablett mit zwanzig Schnäpsen vernichtet hatten.

Ich genoss das beschwingte Gefühl und die Wärme in meinem Bauch. Eine Weile später verdrückte sich Sam mit einem braunhaarigen Kerl nach draußen zum Rauchen, nachdem ihre Flirterei am Tisch beinah schon handgreiflich geworden war.

„Ich schätze, die sehen wir heute Abend nicht mehr." Jason grinste.

„Denkst du?" Das hätte ich Sam gar nicht zugetraut, wegen ihrer männerfeindlichen Ader.

„Ab und zu gönnt sie sich ein wenig Stressabbau", erklärte Jason.

„Huh, okay."

Ich klammerte mich an den Tisch, um das Taumeln zu unterbinden, das sich nach den Schnäpsen bemerkbar gemacht hatte.

„Was stellen wir zwei Hübschen dann noch an?", fragte Jason und lehnte sich nach vorn.

„Puh, ich glaube, es wäre Zeit, heimzugehen."

„Zu dir oder zu mir?"

Sein Grinsen zog sich über beide Wangen und ich musste angesichts der derben Anmache schmunzeln. Jetzt packte er seinen Surferboy-Charme aus.

„Du kannst gern auf einen Absacker zu mir kommen."

Er nickte knapp und wir gingen gemeinsam aus dem Pub. Jason bestellte ein Taxi und ich bewunderte ihn dafür, wie er noch kerzengerade stehen konnte. Ich hatte Mühe, mich ohne Festhalten auf den Beinen zu halten.

Ich war erleichtert, als das Taxi heranfuhr und stieg stolpernd auf den Rücksitz. Jason machte es sich neben mir bequem. Ich haspelte dem Fahrer die Adresse von Mirah zu und betete, sie mir korrekt gemerkt zu haben.

Grimmig wandte sich der Taxifahrer ab und fuhr Richtung Zentrum. Dort angekommen beobachtete ich, dass er in die richtige Straße einbog und sah erleichtert, dass er vor dem roten Backsteinhaus haltmachte.

Ich kramte meinen Geldbeutel aus der Handtasche, doch Jason war schneller.

„Lass nur, ich mach das."

Er schob dem Taxifahrer die Scheine zu und stieg aus. Umständlich folgte ich ihm und verfing mich dabei fast an der Autotür.

„Verdammter Mist", fluchte ich und stützte mich an Jason ab, der schallend lachte.

„Ihr Londoner Girls seid auch keinen Alkohol gewohnt, oder?"

„Bla, bla, bla", äffte ich und versuchte nebenbei den Hausschlüssel ins Schloss zu friemeln. Jason, der mich dabei amüsiert beobachtete, nahm mir zärtlich die Schlüssel aus der Hand.

„Lass mich mal."

Gekonnt steckte er den kleinen Schlüssel hinein und drehte ihn. Mit einem leisen Klick sprang die Tür auf. Dankbar griff ich nach dem Schlüssel und trat ins Treppenhaus.

„Schicke Gegend", bemerkte Jason anerkennend, während wir die Treppen hochstiegen.

„Wohnst du alleine hier?"

„Nein, der Schwester meiner besten Freundin gehört die Wohnung. Sie ist Ärztin und wenig zuhause."

„Cool", bemerkte er, als ich ihm einladend die weiße Holztür aufhielt.

„Dann sind wir alleine?", fragte er und seine blauen Augen blitzten frech.

„Ich denke schon", antwortete ich und legte meine Handtasche auf die Vintage Garderobe, auf die Mirah wirklich stolz war.

„Also, Stil hat sie!"

Jason schaute sich anerkennend in der modernen Wohnung um.

Mirah hatte die Möbel in Weiß gehalten und die Stühle sowie das Sofa in Grau. Beinah erinnerte mich das Interieur an Quinns Möbelgeschmack, aber nur beinah.

Grimmig verdrängte ich den Gedanken an den Kerl mit den grünen Augen.

„Willst du was trinken? Ein Wasser oder so?", fragte ich und trat zum Kühlschrank, um mir das eisgekühlte Nass einzuschenken.

„Gerne."

Er nickte und machte es sich auf dem Sofa bequem. Mit den zwei vollen Wassergläsern setzte ich mich zu ihm und er prostete mir zu.

„Auf dich", sagte er und trank, ohne mich aus seinem himmelblauen Blick zu entlassen.

„Also?", fragte er schließlich. „Was war das für ein Penner, wegen dem du aus London geflüchtet bist? Die große Liebe?"

Neugierig musterte er mich. Mir war nicht klar gewesen, dass meine Abwehrhaltung zum Thema Quinn nicht hartnäckig genug gewesen war.

„Ach der", brummte ich. „Er gehört zu der Kategorie Macho, der allen gerne den Hof macht und seine Freundin betrügt."

Jason schnaubte. „Und diese Freundin warst du?"

„Nein." Ich seufzte. „Leider war ich eine von denen, mit denen er sie betrogen hatte."

„Das ist hart. Aber kein Weltuntergang, oder? Es gibt noch so viele tolle Kerle. Nimm mich zum Beispiel."

Er grinste schief und ich musste unweigerlich lächeln. „Ich gebe doch eine gute Partie ab, oder nicht?" Er wackelte mit den Augenbrauen.

„Total!"

Ich versuchte, ernst dreinzuschauen, erntete aber seinen amüsierten Blick.

„Das ist mein voller Ernst. So einen makellosen Briefausträger wie mich findet man nicht alle Tage."

„Eigenlob stinkt."

„Aber wenn es doch wahr ist", ärgerte er sich gespielt und griff nach meiner Hand.

„Ich hoffe, du findest hier, was du suchst", sagte er und seine aberwitzige Miene wich Mitleid.

Kapitel 17

Das restliche Wochenende verlief friedlich und ich durchforstete das Internet nach Wohnungsanzeigen, da ich nicht wusste, wie lange ich in Birmingham bleiben würde. Ich wollte Mirah nicht dauernd auf der Tasche liegen und mir wenigstens ein Ein-Zimmer-Apartement mieten. Leider war der Wohnungsmarkt überladen mit Wucherpreisen und die Angebote, für die ich mich interessierte, waren rar.

Meinen Dienst trat ich am Montag frisch und vollgepumpt mit Espresso an. Es sollte der letzte Tag sein, an dem Jason mich begleitete.

Samantha bestand darauf, dass ich meine Route dann alleine bewältigen könnte. Sicher, das war schon lange der Fall, aber ich genoss es, mit Jason zusammenzuarbeiten. Seine unkomplizierte Art und sein Charme versüßten mir den Tag.

Er wartete schon am River, an sein rotes Fahrrad gelehnt. „Da bist du ja."

Freudig zog er mich in die Arme. „Zwei Briefträger, die sich unter der Brücke am River umarmen. Ist das nicht romantisch?" Er grinste und schwang sich auf sein Fahrrad.

„Ja, du könntest definitiv in die Buchbranche wechseln. Eine schnulzige Romanze könnte nicht besser anfangen", frotzelte ich und erntete eine Grimasse. Hastig stieg ich auf mein Fahrrad und folgte Jason, der einen Affenzahn entlang des Rivers vorlegte.

In unserer ersten Straße angekommen, keuchte ich auf. „Sag mal, hast du zu wenig Ausgleich, oder warum bretterst du wie ein Irrer los?"

„Ich wollte deine Fitness testen", entgegnete er frech. „Du haust ganz schön in die Pedale. Das gefällt mir."

Er stupste mit dem Zeigefinger meine Nase und wies mit dem Kinn auf die rote Austragetasche. „Wir sollten dann mal loslegen."

Verdutzt blickte ich ihm hinterher, wie er zielstrebig in die Tasche griff und den ersten Stapel Briefe hervorzog.

„Kommst du?"

Rasch stapfte ich zu ihm und bemerkte, wie er von der ersten Kundin freudestrahlend begrüßt wurde.

Die alten Damen wie auch die jungen hatten ein Faible für seine charmante Art. Ich grinste und schloss mich ihm an. Beiläufig nahm ich den nächsten Stapel Briefe aus der Tasche und reichte sie ihm. Dabei streifte er meine Hand mit der seinen und lächelte.

Das Procedere zog sich bis zur Mittagspause durch, in der mich Jason auf ein Bootrestaurant am River Tame entführte.

An Deck lümmelte ich im weißen Top und der roten Hose unserer Dienstkleidung in der Sonne. Jason hatte uns ein Ginger Ale bestellt und frischen Salat.

„Hmm, es gibt wirklich schöne Orte hier", sagte ich und ließ mir die Sonne ins Gesicht scheinen.

„Ja und schöne Menschen." Jason lungerte ebenfalls in seinem Stuhl.

„Wir sollten langsam essen", sagte ich und wollte die schweren Augenlider nicht heben.

„Genau, sonst wird der Salat kalt."

Jason kicherte über den eigenen Witz und ich rappelte mich auf. Seine blauen Augen musterten mich intensiv, während ich zur Gabel griff und ein grünes Salatblatt aufspießte. Nach einer Weile stillen essens brach ich das Schweigen schließlich.

„Lässt du es dir in der Mittagspause immer so gutgehen?" Ich grinste und Jason legte den Kopf schief.

„Nein, tatsächlich nicht immer. Meistens schaffe ich es so halbwegs, ein Sandwich hinunterzuwürgen. Mein Mittagsschläfchen ist mir heilig."

„Oh, dann ziehst du die ganze Show meinetwegen ab?"

Die Lachfältchen, die seine Augen umringten, wurden tiefer.

„Natürlich nur wegen dir. Hallo? Ich will dich von Birmingham und seinen charmanten Einwohnern überzeugen."

„Soso", grummelte ich und nahm einen Schluck Ginger Ale. „Was, wenn ich dir sage, dass ich irgendwann wieder nach London zurückgehe?"

„Dann sage ich dir, dass irgendwann wirklich lange hin sein kann und sich Pläne ändern können."

Er legte zufrieden sein Besteck weg und fuhr sich mit der weißen Serviette über die Lippen.

„Nicht bei mir", brummte ich und leerte die Limonade.

„Auch bei dir. Komm, lass uns noch ein wenig am Tame spazieren. Das gehört zwar nicht zum Plan, aber hey, der kann sich ändern."

Provokant beugte er sich nach vorne und nahm meinen Teller, um ihn in seinen zu stellen. Ich zog eine Grimasse.

„Jaja. Birminghamer Jungs lieben es wohl, recht zu haben."

„In der Tat", sagte Jason und wir legten beide das Geld für das Essen auf den Tisch.

Dann bot er mir seinen Arm an und ich hakte mich ein. Die Fahrräder ließen wir an Ort und Stelle und schlenderten am Ufer entlang.

Er führte mich zu einem Park, der herrlich grün bewachsen war und dessen Blumenbeete farbenprächtig blühten. Ein paradiesisches Flair mit gepflegtem englischen Rasen.

Die Sommersonnentage waren rar und wurden oft vom Regen durchkreuzt. Doch heute fanden die Sonnenstrahlen den englischen Erdboden und heizten ihn wohlig auf.

An einer Bank, versteckt zwischen grünen Büschen, machte Jason Halt.

„Komm, wir genießen die Aussicht ein wenig", schlug er vor und setzte sich. Mein Blick glitt unsicher zur Uhr. „Keine Sorge, wir werden heute pünktlich fertig", erklärte er, als er meinen Blick bemerkte.

Ich nickte und setzte mich zu ihm. Die Enten auf dem River ließen sich von der leichten Strömung treiben oder fanden sich in Grüppchen an seichten Stellen, um ein Nickerchen zu machen. Diese Natur hatte mir als Post Officer gefehlt. Ich schluckte.

Irgendwann müsste ich wieder zurück. Aber Jason hatte recht, irgendwann könnte noch eine Weile hin sein. Ich schmunzelte.

„Was ist?"

Er beugte sich interessiert zu mir und legte den Arm auf die hölzerne Lehne hinter meinem Rücken.

„Ach nichts, ich musste nur eben an deine Irgendwann-These denken", gestand ich und er grinste.

„Sie ist wissenschaftlich erwiesen, Tessie."

Seinen ironischen Tonfall kannte ich inzwischen zu gut und zwickte ihn ermahnend in den Arm.

„Aua."

Er zuckte gespielt empört zusammen und fasste mich an den Schultern. „Dafür sollst du büßen!"

Er drückte mich auf die Sitzfläche der Bank und kitzelte meine Seiten. Ich gluckste.

„Gnade, bitte, Gnade", winselte ich und japste nach Luft.

Jason hatte nur zwei Tage gebraucht, bis er herausgefunden hatte, dass ich enorm kitzelig war.

„Hehe, winsel du nur. Ich bin ein harter Brocken. So schnell kommst du mir nicht davon."

Er grinste teuflisch und seine Finger wanderten neckend weiter meinen Rippenbogen entlang.

„Jason, biiihiiitteee", gluckste ich und versuchte, Herr über seine blitzschnellen Hände zu werden.

„Die Leute gucken bestimmt schon", fügte ich lachend hinzu.

Er schürzte amüsiert die Lippen. „Und was denkst du, sehen die Leute hier?"

„Einen wild gewordenen Postboten, der seine Untergebene durch kitzeln foltert", erwiderte ich schnell und versuchte ihn von mir zu schieben, aber sein Zeigefinger bohrte sich zwischen meine Rippen und ich kicherte wieder los.

„Ich glaube nicht, dass sie die Situation als Folter einstufen würden", überlegte Jason, während er seinen Zeigefinger fast schon zärtlich über meine Rippen wandern ließ.

„Sondern?", fragte ich atemlos vom vielen Lachen und rang nach Luft. „Ein Liebespaar vielleicht?", witzelte ich und atmete tief ein. Jasons blaue Augen blitzten frech.

„Hmmm, das Schauspiel müssten wir aber intensivieren. So zum Beispiel."

Noch bevor ich reagieren konnte, senkte er seine Lippen auf meine und küsste mich. Zuerst unsicher und leicht, doch als er merkte, dass ich mich nicht wehrte, wurde sein Kuss fordernder.

Ich versuchte mich in den Kuss fallen zu lassen, das Bild von Quinn beiseitezuschieben und griff nach Jasons Nacken, um ihn näher an mich zu ziehen und mehr von ihm zu schmecken. Sein Oberkörper schmiegte sich an mich und ein Seufzen entfuhr ihm. Ich spürte den schnellen Herzschlag und genoss seine Nähe. Doch die Gefühlsflut und die Welle an Emotionen, die mich ergriff, wenn Quinn mich küsste, blieben aus. Beinah enttäuscht beendete ich den Kuss und blickte direkt in Jasons himmelblaue Augen.

„Das war, wow. Eine gekonnte Showeinlage."

Ich feixte neckend. „Na, wenn das nur fürs Publikum war, dann verlange ich aber Gage."

„Ich würde es jederzeit wieder umsonst machen", verriet Jason mit einem verwegenen Lächeln und zog sich von mir zurück.

Ich rappelte mich auf und strich mein weißes Top glatt, das bei der Knutscherei verrutscht war. Ich schnappte seinen hungrigen Blick auf und lächelte scheu.

„Danke für das Angebot, vielleicht bietet sich ja bald wieder die Möglichkeit", erklärte ich rasch, denn ich wusste nicht genau, ob ich das wiederholen wollte.

Er trat näher. „Hm, das hiesige Theater ist immer an neuen Talenten interessiert", flüsterte er und strich mir eine Haarsträhne aus dem Gesicht.

Mein Herz zog sich schmerzhaft zusammen und rebellierte in meiner Brust. Es erinnerte mich an Quinns Geste, meine Haarsträhnen zwischen den Fingern zu zwirbeln. Ich schluckte und verdrängte ihn, hielt dabei Jasons Blick stand.

„Allerdings übernehme ich den Cast dort, das heißt, ich muss mich persönlich von den Fähigkeiten der Schauspieler überzeugen."

„Soso", sagte ich und spürte seinen heißen Atem auf der Wange, während er nähertrat.

„Dann testest du alle Vorzüge der Damen und Herren?" Ich wich neckend zurück und spürte, wie der metallene Zaun am River gegen meinen Rücken drückte.

„Mhm, vorzugsweise die Qualitäten der Damen", wisperte er verheißungsvoll und drückte mich mit seinem Körper an den Zaun. Mir wurde heiß und kalt, denn Jason war ein verflixt attraktiver Kerl, der offenbar genau wusste, was er wollte. Aber wollte ich das?

Vielleicht sollte ich mich einfach darauf einlassen, um Quinn in die letzte Ecke meines Kopfes zu verdrängen. Entschlossen schlang ich die Arme um Jason und küsste ihn stürmisch.

Er ließ es geschehen und seine Hand erkundete meinen Rücken und landete schließlich auf meinem Hintern, den er zart knuffte. Dabei knurrte er leise und knabberte an meiner Unterlippe.

Ich umschloss seine Lippen mit den meinen und öffnete sie sachte mit der Zungenspitze. Der Kuss wurde intensiver und Jasons Hände erkundeten meinen Körper, bis er sich schlagartig von mir löste.

„Wir sollten jetzt aufhören. Sonst erregen wir noch öffentliches Ärgernis."

Er reckte belehrend den Zeigefinger nach oben und grinste, als wäre nichts gewesen. Atemlos starrte ich seine geröteten Lippen an und nickte.

„Ein total unprofessionelles Arbeitsverhältnis", moserte ich neckisch und Jason grinste.

„Total."

Auf dem Weg zurück zum Fahrrad war die Stimmung zwischen uns völlig normal. Die Knutscherei hatte sie nicht kippen lassen, und ich wurde auch nicht von dem Gefühl bedrängt, Jason fordere jetzt ein beziehungsähnliches Verhalten von mir. Darüber war ich froh, denn ich musste die Küsse erst einmal in Ruhe einsortieren.

Nachdem wir das letzte Paket zugestellt hatten, fasste Jason meine Hand.

„Tessie, darf ich dich ausführen?" Sein Blick loderte.

„Das tust du doch schon die ganze Zeit", erwiderte ich lächelnd.

Er schüttelte den Kopf. „Nein, ich meine so richtig. Ein Date, quasi."

Verlegen drückte er meine Hand und blickte flehend, sodass ich nicht mal in die Versuchung kam, nein zu sagen. „Okay, klar. Wann?", fragte ich und bemerkte, wie sich Jason erleichtert durch die kurzen Haare fuhr.

„Wow, das ist toll. Am Wochenende? Freitagabend oder so?"

„Klar." Ich zuckte mit den Achseln. „Wann immer du willst."

Er lächelte und gab meine Hand frei. „Dann bis Freitag, Tessie."

Meine Schichten ohne Jason waren zwar schön, aber irgendwie fehlten mir sein ständiges Gequassel und seine Witze. Insgeheim freute ich mich auf den Freitagabend und war froh, als das Wochenende näherrückte. Die restlichen Tage hatte ich weder Jason noch Samantha gesehen und war überwiegend für mich geblieben. Mirah war auf Kongress und würde erst in ein paar Tagen zurückkehren.

In solchen Momenten vermisste ich die WG. Kelly und Scott meldeten sich zwar regelmäßig, aber es war nicht dasselbe wie neben ihnen zu sitzen und sich meine Lieblingstasse zu teilen.

Nach einer heißen Dusche machte ich mich daran, das Outfit für das Date mit Jason auszuwählen.

Er war ein lockerer Typ, das bedeutete, ich konnte mit Jeans und Shirt nichts falsch machen. Summend schminkte ich mich dezent und zog meine geliebten schwarzen Ballerinas an.

Rasch schritt ich das Treppenhaus hinunter. Jason konnte jeden Moment aufkreuzen.

Zu den alltäglichen Geräuschen des Treppenhauses gesellte sich ein sanftes Winseln. Ich wunderte mich und hielt kurz inne. Ob sich jemand einen Hund angeschafft hatte? Soweit ich wusste, waren Tiere im Haus verboten.

Sicher war nur Besuch anwesend, der sein Haustier dabeihatte, vermutete ich verärgert. Schnell setzte ich meinen Weg fort.

Das Winseln wurde lauter, je näher ich der Haustür kam. Forschend ließ ich meinen Blick durch den Flurbereich gleiten.

Neben den Briefkästen standen die Fahrräder der Bewohner, und die Tür zum Kellerraum war einen Spalt weit geöffnet. Ich lokalisierte das jammernde Winseln und schlich an den Fahrrädern vorbei.

Dann gab ich der Kellertür einen kleinen Schubs und mein Blick glitt neugierig in den mit Gerümpel vollgestopften Raum. Sicher spielten mir meine Sinne einen Streich. Doch das Winseln drang an mein Ohr und ich kletterte über Altkleidersäcke, bis ich das Elend sah, das dort zusammengekauert lag.

Das weiße Fell war von Dreck durchzogen und die sonst so frechen Augen blitzten mich traurig an.

„Princess?", entfuhr es mir entsetzt und die Pudeldame erhob sich.

„Was zum Geier tust du hier?", fragte ich sie, als würde ich eine Antwort erwarten. Princess schmiegte sich winselnd an mein Bein. Ihr Fell war filzig und an einigen Stellen ausgerissen.

„Wie bist du nur hier reingekommen?" Ich hob sie auf den Arm. Es überraschte mich nicht, dass sie es geschehen ließ, denn sie war offensichtlich müde und hatte einen langen Weg hinter sich. Dass Quinn sie derart dreckig bei mir abliefern würde, hielt ich für unmöglich.

Damit blieb nur eine Schlussfolgerung übrig, Princess musste abgehauen sein. Mit der winselnden Hundedame stieg ich geradewegs die Stufen zu Mirahs Wohnung hinauf und setzte sie dort ab.

Eilig füllte ich etwas Wasser in die Müslischale und servierte sie ihr. Princess schlabberte sofort los. Ihr elender Anblick tat mir in der Seele weh und ich zog mein Handy aus der Tasche. Rasch suchte ich Jasons Kontakt.

„Ja?", meldete er sich prompt.

„Jason, hi, Tessie hier."

„Ich weiß", schnurrte er. „Auf dem Display erscheint so etwas wie dein Name."

„Jaja. Hör mal, wir müssen unser Date verschieben. Mir ist äh … hm … was Wichtiges dazwischengekommen", stammelte ich und fand mich dabei selbst bescheuert.

Jason schwieg.

„Es tut mir echt leid. Ich hoffe, du bist nicht schon unterwegs zu mir?"

Puh, das hörte sich alles ganz schön scheinheilig an. Aber ich wollte Jason nicht in die Princess-Sache einweihen, von der ich noch nicht wusste, wie ich damit umgehen sollte. Außerdem wollte ich sie nicht alleine in Mirahs Wohnung lassen, aus Angst, sie würde wieder ihren Polstermöbelterrorismus ausleben.

„Schon okay. Mach dir keinen Kopf. Wir verschieben das."

Zentnerschwere Steine fielen mir vom Herzen. „Tausend Dank, Jason."

„Kein Ding. Ich hoffe, du erzählst mir irgendwann, warum ich dich heute nicht ausführen darf, ja?"

„Natürlich", bestätigte ich schnell und warf einen Seitenblick auf Princess, die schwanzwedelnd vor der Müslischale stand und mich flehend anblickte.

„Alles klar, dann bis bald", verabschiedete ich mich von Jason und legte auf.

„Du hast Hunger, oder?", vermutete ich und überlegte, ob ich etwas Passables für Princess vorrätig hatte. Da ich aber davon ausgegangen war, heute Abend auswärts zu essen, war der Kühlschrank leer. Ich musste also mit Princess einkaufen gehen.

Nachdenklich knabberte ich an der Unterlippe und bemerkte das Lederhalsband, das sie trug. Vielleicht fand ich eine Art Strick im Keller, den ich dort befestigen konnte, sodass er einigermaßen als Leine dienen konnte. Kurzerhand schnappte ich Princess, quetschte sie sanft unter meinen Arm und stieg die Stufen zum Keller hinab.

Dort setzte ich sie unter wildem Protest auf den Boden und schloss die Tür, damit sie nicht abhauen konnte.

„So, du kleiner Racker, jetzt suchen wir dir einen Strick, damit wir Essen kaufen können, ja?"

Erschrocken darüber, wie viel Mitleid ich für den kleinen Terrorkrümel empfinden konnte, stellte ich fest, dass es der einzig freundliche Satz war, den ich je zu ihr gesprochen hatte.

Princess schien meine Freundlichkeit zu bemerken und wedelte brav mit ihrem Schwanz, während sie mich aufmerksam bei der Suche beobachtete.

Ich war froh, dass sie mich nicht sabotierte oder die Kleidersäcke zerriss. Lächelnd erinnerte ich mich an den Fetzenberg in Quirins Gästezimmer.

An einem rostigen Wandhaken fand ich ein altes Seil und lockte Princess zu mir. Sie war folgsam und hielt still, als ich ihr den Strick ans Lederhalsband knotete.

„So, jetzt suchen wir mal was zu essen, ja?", sagte ich zu ihr und zog leicht an der Leine. Brav trottete sie hinter mir aus dem Kellerraum.

Draußen angekommen, schüttelte sie ihr dreckdurchzogenes Fell und tippelte ganz selbstverständlich neben mir, als wäre sie schon immer mein Hund gewesen. Ich erkannte den kleinen Terrorzwerg nicht wieder.

Nach zehn Minuten Fußmarsch nahm ich sie flugs in den hiesigen Supermarkt mit und belud den Einkaufswagen mit schmackhaftem Trocken- und Dosenfutter.

Ich konnte nur hoffen, dass sie das stinknormale Hundefutter auch essen würde. Susan fütterte ihr bestimmt nur das teuerste.

Schnaubend warf ich noch Lebensmittel für mich in den Wagen und wurde an der Kasse kritisch beäugt. Die Kassiererin wies mit dem Kinn auf Princess.

„Tölen bleiben draußen."

Ich nickte. „Ich weiß. Aber die Kleine ist mir zugelaufen. Sehen Sie doch, wie elend sie aussieht. Ich wollte sie nicht allein draußen lassen."

Die Kassiererin blickte mich ungläubig an, zog aber Gott sei Dank meine Einkäufe über den Barcodeleser. Princess verhielt sich friedlich und ich schickte Stoßgebete in den Himmel, dass das so bleiben möge. Rasch bezahlte ich und ließ mir von der Kassierin zwei Papiertüten geben, um meine Einkäufe hineinzustopfen. Dann verließ ich hastig den Supermarkt. Princess huschte mir hinterher und ich bemerkte bald, dass sie außer Atem geriet.

„Wir sind gleich zuhause", informierte ich sie.

Wenn sie wirklich den ganzen Weg von London nach Birmingham gelaufen war, dann konnte ich verstehen, dass sie müde war. Aber warum sollte Princess zu mir laufen? Meine Duftmarke konnte doch nicht von London nach Birmingham für sie aufspürbar gewesen sein, oder? Ich verringerte mein Schritttempo. Princess stoppte schließlich hechelnd und ich nahm sie, trotz Einkäufe, auf den Arm.

In der Wohnung angekommen trottete sie zum Sofa und rollte sich davor zusammen. Seufzend verräumte ich die Einkäufe und befüllte eine zweite Müslischüssel mit dem Trockenfutter. Princess hörte es nicht, sie schien zu schlafen. Also stellte ich die Schale zum Wasser.

Kapitel 18

Mit zittrigen Händen griff ich zum Handy, das achtlos auf dem Couchtisch lag. Ich musste Quinn anrufen. Ihn informieren, dass Princess wohlbehalten bei mir aufgetaucht war.

Nervös starrte ich auf das Handy. Warum nur fiel es mir so schwer, seinen Kontakt zu suchen?

Ich hatte eine Nachricht von Jason erhalten, der bedauerte, dass unser Date heute nicht stattgefunden hatte.

Seufzend wischte ich seine Nachricht weg und suchte Quinns Nummer. Wie lange war unser letzter Kontakt her? Mittlerweile mussten es Monate sein. Dennoch pochte mein Herz angesichts der Tatsache, dass ich gleich seine Stimme hören würde.

Beherzt drückte ich auf die grüne Anruftaste und nahm das blecherne Tuten wahr.

„Hallo?", begrüßte er mich fragend und ich schluckte. Ohne persönliche Anrede. Das war untypisch für ihn.

„Hallo Quinn, ich bin es, Tessie", informierte ich ihn.

„Was gibt es?" Eine herbe Enttäuschung machte sich in mir breit, angesichts des Businesstons, den er angeschlagen hatte.

Was hatte ich auch erwartet, nach Monaten der Funkstille? Dass er mir beteuerte, wie sehr er mich vermisst? So leichtgläubig durfte ich einfach nicht sein.

„Tessie? Bist du noch dran?", erkundigte er sich höflich und unterbrach meinen Gedankenschwall.

Mist! Er sollte nicht ahnen, wie schwer es mir fiel, seine Stimme zu hören.

„Ja, klar. Ich war nur kurz abgelenkt", nuschelte ich und atmete tief durch. „Quinn, hör mal, ich habe Princess bei mir im Keller gefunden. Sie ist total verwahrlost und schläft jetzt neben der Couch wie ein Häufchen Elend."

Er zog scharf die Luft ein. „Princess lebt noch?"

Die Entgeisterung konnte ich durch das Handy spüren.

„Ja, ich glaube, ihr geht es so weit gut. Wenn sie sich ausgeschlafen hat, lass ich sie vom Tierarzt durchchecken."

„Das Viech ist weggelaufen. Urplötzlich war sie nicht mehr da. Ein Glück ist ihr nichts passiert." Ich nahm die Sorge wahr, die in seinen Worten mitschwang.

„Susan wird sie bestimmt vermissen, oder?", erkundigte ich mich beiläufig und musterte die schlafende Pudeldame mitfühlend.

„Nein", antwortete Quinn bitter. „Sie lebt ihr Leben ohne einengende Faktoren. Anscheinend gehörte Princess dazu."

Puh, das war hart. Jetzt tat mir Princess richtig leid.

„Ich nehme an, du wirst sie abholen lassen? Ich bin momentan in Birmingham bei Kellys Schwester."

„Natürlich. Ihre Vermisstenmeldung werde ich sofort zurückziehen. Wann bist du zuhause?"

„Samstagschicht habe ich hier keine. Das heißt, ich kann mich morgen um Princess kümmern, bis du jemanden schickst, der sie holt. Am besten gegen Abend, dann hat sie ein bisschen Zeit, sich zu erholen. Vielleicht schaffe ich es sogar, sie bis dahin zu baden."

Quinn lachte. „Viel Spaß dabei. Danach wird dein Bad geflutet sein, glaub mir."

Ich konnte mir Quinn nicht dabei vorstellen, wie er die kleine Pudeldame badete.

„Okay, schreib mir eine Nachricht, wenn dein Fahrer losfährt, ja?"

„Alles klar, danke, Tessie", sagte er und legte auf. Das Gespräch war überraschend freundlich verlaufen. Ich wollte jedoch nicht wissen, wie sehr er sein Singledasein genoss.

Seufzend trat ich an die Küchenzeile und schlug zwei Eier in die Pfanne. Ich musste mich von dem Gespräch ablenken und was eignete sich besser dazu, als Essen zuzubereiten?

Ich schnitt Speck und erwärmte eine Dose Backed Beans im Topf. Ein hageres Abendessen, aber ich war für heute genügsam.

Princess döste, während ich meine Mahlzeit auf dem Sofa verdrückte.

Auch als ich den Fernseher anmachte, war nicht mehr als ein gedämpftes Schnarchen zu hören. Eine Zeit lang betrachtete ich sie beim Schlafen und verfolgte den Blockbuster im TV nur teilweise. Immer wieder glitt mein Blick zur schlafenden Hündin.

Schlurfend tappte ich an den Küchentresen und griff nach meinem Handy. Flugs schoss ich ein Bild von ihr und schickte es Quinn per WhatsApp. Dazu schrieb ich ihm, dass sie nun schon seit Stunden dort schlief. Seine Antwort folgte prompt.

Die Arme! Bei dir hat sie es gut :-) Die geborene Hunde-mama :-P

Angesichts seines letzten Kommentars grinste ich, denn ich wusste, dass es eine bewusste Andeutung auf meine Dienstmädchenzeit und dem Kampf mit Princess war.

Naja, offenbar war sie mit deinen Vaterqualitäten unzu-frieden :-P, textete ich frech zurück. *Sie wird dich eben vermisst haben. Das kann ich ihr nicht verübeln.*

Das konnte ich nicht unbedingt bestätigen, denn unser Verhältnis war mehr als katastrophal gewesen.

Sie wird mich mit Susan verwechseln, oder sie will ein-fach konstante weibliche Zuwendung.

Dabei dachte ich grimmig daran, wie viele One-Night-Stands Princess wohl schon hatte miterleben müssen. Bei so wenig emotionaler Bindung würde sogar ein Kleinkind eingehen wie eine Primel.

*Das ist wohl wahr. Nachdem Susan und du das Schlacht-
feld verlassen habt, ist es hier ganz schön einsam geworden.. Wahrscheinlich kommt sie mit meiner Testosteron-
gewalt nicht klar. Da ist weiblicher Ausgleich wichtig*

Ich schluckte hart. Wollte er mir damit weismachen,
enthaltsam zu leben?
Auf dieses verflixte Gespräch würde ich mich ganz
sicher nicht einlassen.

Du bist mir keine Rechenschaft schuldig.

Ich weiß!

Gut, dann lassen wir das jetzt.

Schade ...

Schade?

Schade!

Schnaubend riss ich meinen Blick vom Handy los.
Nein! Ich sollte mich auf keinen längeren WhatsApp-
Chat mit Quinn einlassen. Wirklich nicht!

Schläft sie noch?

Offenbar wollte er das Gespräch nicht einschlafen
lassen. Ich atmete tief durch.

Es wäre tatsächlich unhöflich, wenn ich ihm nicht antworten würde. Das redete ich mir ein, während meine Finger schon die Antwort tippten.

> *Ja, sie schläft engelsgleich.*
> *Eine Eigenschaft, die ich noch nie bei ihr beobachten*
> *konnte :-P*
> *Mich wundert es ja, dass du sie noch bei dir hast ...*

Ach komm, so ein Unmensch bin ich auch nicht. Hast du dir die Tierheime mal angesehen? Da würde sie verkümmern bei dem Elend, das dort zuhause ist.

Ich schluckte. Damit hatte er absolut recht.

> *Tja, dann musst du an deinen Hundepapa-Qualitäten*
> *noch etwas feilen ...*

Natürlich! Becky, die Tochter eines Freundes, ging vor Princess' kleinem Ausflug zu dir jeden Tag mit ihr Gassi. Das hat sie bislang immer genossen.

> *Trotzdem verwunderlich, wie sie mich in Birmingham*
> *aufgespürt hat!*

Bemerkenswert. Wenn man jemanden gernhat, dann ist kein Weg zu weit.

Ich schickte einen lächelnden Smiley und legte das Handy weg.

Mittlerweile war es schon spät und ich betrachtete das schlafende Fellknäuel. Ob ich sie wecken sollte?

Mein Blick glitt zum Futter am Tresen. Vermutlich würde das der Hunger schon erledigen. Also huschte ich ins Schlafzimmer und ließ die Tür einen Spalt weit offen, um Princess hören zu können. Schnell fiel ich in einen Dämmerschlaf.

Am nächsten Morgen spürte ich einen sanften Druck auf meinen Beinen und schreckte hoch. Princess lag dort und blickte mich frech an.

„Guten Morgen", sagte ich und gähnte. „Geht es dir denn besser?"

Sie legte den Kopf schief, wie sie es immer getan hatte, wenn sie einen Anschlag auf mich plante.

„Du wirst jetzt keine Flausen im Kopf haben, oder?", mahnte ich und zog meine Beine unter ihrem mageren Körper hervor. Der Fetzenberg schwirrte mir durchs Gedächtnis. Dann glitt ich aus dem Bett und tappte in den Küchenbereich.

Die Müslischüssel mit dem Trockenfutter hatte sie restlos verputzt. Rasch wanderte mein Blick durch den restlichen Wohnbereich, doch ich konnte nichts Auffälliges entdecken. Princess war tatsächlich artig gewesen.

Sie winselte an meinem Bein und wedelte mit dem Schwanz.

„Ja, ich weiß. Du wirst Hunger haben."

Ich lächelte zu ihr hinab und holte eine Dose mit Hundefutter aus dem Schrank. Großzügig befüllte ich die Schüssel und stellte sie auf den Boden. Princess machte sich sofort über ihre Fleischmahlzeit her, während ich mir Kaffee brühte.

Mirah war dahingehend sehr gut ausgestattet und besaß einen Vollautomaten. Ich toastete das Weißbrot und belegte es mit Käse. Zeitgleich mit Princess beendete ich das Frühstück.

„Ich schätze, wir sollten dich jetzt vom Tierarzt abchecken lassen." Sie tappte aufgeregt ans Fenster.

Sicher musste sie auch mal ihr Geschäft draußen erledigen. Rasch trat ich ins Badezimmer, um mich frischzumachen und mir meine Freizeitklamotten anzuziehen.

Eine Weile später spazierte ich mit Princess an der provisorischen Leine Richtung Birminghams Zentrum. Ich ließ mich von Google Maps zum diensthabenden Tierarzt führen.

Dort angekommen, empfing mich eine nette Sprechstundenhilfe, die Princess mitleidig musterte. Sie versicherte mir, dass der Doc uns schnellstmöglich drannehmen würde. Mein Blick glitt prüfend zum Wartebereich, der spärlich besetzt war. Zum Glück. Ich atmete durch und setzte mich. Princess legte sich brav an meine Beine.

Es überraschte mich immer mehr, was für ein artiges Hundchen sie sein konnte. Aber was wusste ich schon von Tiererziehung.

Der Tierarzt stellte sich als netter alter Mann heraus, der Princess von Kopf bis Fuß untersuchte. Sie knurrte immer wieder warnend, doch sie war topfit. Nur ihre Pfoten waren leicht aufgeschürft.

Mit einer Spur Mitleid nahm ich das Pflegebalsam für ihre geschundenen Pfoten entgegen und verließ glückselig die Praxis. Ich hatte wirklich Schlimmeres erwartet.

Zur Belohnung streifte ich mit ihr durch den Park. Ich wagte es sogar, sie von der Leine zu lassen, und beobachtete sie beim ausgiebigen Toben auf der Wiese.

Ich spürte mein Handy vibrieren und zog es aus der Tasche. Das Display zeigte mir den Eingang einer WhatsApp-Nachricht. Sie war von Quinn.

Hi Tessie, bist du in ca. drei Stunden zuhause?

Klaro :-) Bis dahin wird sich Princess hier im Park ausgetobt haben.

Ich schickte ihm ein kleines Video von Princess, wie sie emsig einen Schmetterling verfolgte.

Haha. Ich sehe, sie mutiert wieder zu alter Frische. Gut, dann heißt es in drei Stunden Abschied nehmen ;-)

Alles klar!

Flugs steckte ich das Handy wieder in die Tasche und grinste über Princess' wagemutigen Versuch, dem Schmetterling auf einen Baum zu folgen.

„Mädel, du bist kein Eichhörnchen", rief ich und trat auf sie zu. Sie hielt inne und wedelte erfreut mit dem Schwanz. „Komm, lass uns nach Hause gehen."

Ich schwenkte die Leine und Princess setzte sich artig, sodass ich den Strick am Lederhalsband befestigen konnte.

Zuhause angekommen nahm sie eine Mahlzeit zu sich, während ich lauwarmes Wasser für ihr Bad einließ.

Ich hatte keine Ahnung, wie man einen Hund badete und ob Princess daran gewöhnt war. Aber ich wollte sie von dem Dreck befreien und sie in einem guten Zustand Quinn aushändigen.

Die Schnauze leckend kam sie zu mir ins Bad und betrachtete neugierig die Badewanne, die schon zu einem Viertel voll war.

„Was meinst du, reicht das?", fragte ich sie und sie hopste auf den Badewannenrand. Erschrocken fuhr ich auf, um sie festzuhalten, doch der Rand war so breit, dass sie getrost sitzen konnte.

„Okay, dann mal rein mit dir", erklärte ich und wies mit dem Zeigefinger auf das Wasser.

Hundeshampoo besaß ich nicht. Außerdem wagte ich es nicht, Seife in das Wasser zu geben, falls es Princess in den Augen brannte.

Ich ging schon fast davon aus, dass sie sich wehren würde und hob sie vorsichtig in die Wanne. Dort stand sie, beschnupperte das Wasser und trankt schließlich davon.

Ich kicherte. „Das ist zum Waschen, du Nudel."

Sie ließ sich artig von mir Wasser über ihr dreckiges Fell brausen. Mit der Hand wusch ich ihre weißen Zotteln und bemerkte bald, dass das Wasser zu einer braunen Brühe geworden war.

Mit einem Handtuch hob ich sie heraus und trocknete sie ab. Sie ließ alles brav über sich ergehen und trottete zufrieden aus dem Badezimmer. Prompt klingelte es an der Tür.

„Ja?", fragte ich in die Sprechanlage.

„Ich bin es", tönte hervor und ich konnte nicht glauben, dass es Quinn höchstselbst war, der da sprach. „Lässt du mich rein?"

„Klar, dritter Stock", stammelte ich und betätigte den Türknopf.

Perplex hörte ich seine dumpfen Schritte näherkommen und schließlich das Klopfen an der Wohnungstür. Ich nahm einen tiefen Atemzug und blickte an mir hinunter. Mein Shirt war nass. *Verdammt!*

In rasender Geschwindigkeit hastete ich ins Schlafzimmer und zog ein frisches Top aus meinem Koffer. Dann öffnete ich Quinn die Tür.

„Hast du die Bude erst noch putzen müssen, oder warum dauert das so lange?“

Er grinste und der Schalk glomm aus seinen grünen Augen. Er fuhr sich durch sein schwarzes Haar und bedachte mich mit einem offenen Blick.

„Komm doch herein“, bot ich ihm an und bemerkte, dass Princess auf dem Sofa lag und Quinn neugierig anblitzte.

„Da bist du ja.“ Er eilte zu ihr und strich ihr über den Kopf. Sie wedelte erfreut mit dem Schwanz.

„Ich wundere mich ja noch immer, warum du ihr so lange Obdach gewährt hast.“

„Na ja, ich wollte sie nicht aus ihrer gewohnten Umgebung herausreißen. Durch Susan war sie so oft an fremden Orten, sie sollte einfach mal ankommen.“

Ein behaglicher Gedanke.

„Kann ich dir was anbieten?“, fragte ich höflich.

„Nein, nein. Lass nur. Wir wollen dich nicht länger stören.“

„Quatsch. Ihr stört nicht“, hörte ich mich schnell sagen und er neigte nachdenklich den Kopf.

„Okay, dann wäre ein Espresso ganz nett.“

Ich ließ prompt zwei Espresso aus Mirahs Vollautomaten. Mit den Tassen in der Hand setzte ich mich auf das Sofa zu Princess.

„Bewundernswert, dass sie mich gefunden hat.“

Quinn nippte an seinem Heißgetränk. „O ja. Wobei ich dem raffinierten Mädchen auch zutraue, versehentlich im Handwerkergefährt gelandet zu sein. Die Kerle kamen aus Birmingham."

„Hattest du denn Handwerker da?", fragte ich.

„Ehrlich gesagt, ja. Ich konnte den Wohnbereich nicht mehr ertragen, seit du und Susan abgehauen seid. Er glänzt jetzt in hellbraun und lindgrün."

„Oh, mal was ganz Stylisches", neckte ich und Quinn grinste.

„Ja, ich war selbst überrascht von mir." Er brummte. „Wirst du nach London zurückkehren?", fragte er und ich schluckte.

Bisher war unser Gespräch echt mühelos verlaufen, doch diese Andeutung mit der Renovierung und sein direktes Nachfragen jagten mich auf ein Territorium, das ich in seinem Beisein nicht betreten wollte.

„Hmm, ja, irgendwann schon", sagte ich vage und stellte die leere Espressotasse auf den Couchtisch.

„Irgendwann?"

Ich nickte knapp. „Genau. Ich denke nicht großartig darüber nach, sondern genieße das Leben hier in Birmingham."

Quinns Blick wurde wehmütig. „Dann scheint es dir gut zu gehen."

„Genau."

„Okay, dann werde ich jetzt mal den Abflug machen."

Er erhob sich und griff nach Princess, die ihn bedrohlich ankläffte.

„Was ist denn los?", fragte ich sie und hob sie vom Sofa. „Wahrscheinlich ahnt sie, dass sie gehen soll."

„Komm, ich bring dich runter, ja?", sagte ich leise zu ihr und Quinn nickte.

„Im Schrank dort ist noch Hundefutter. Nimm es ruhig mit. Ich werde keine Verwendung mehr dafür haben."

Quinn nahm den angebrochenen Sack und folgte mir ins Treppenhaus. Draußen angekommen hievte er ihn in seinen Prosche, mit dem er gekommen war.

„So, Kleine, jetzt wirst du brav mit Quinn nach Hause düsen, ja?"

Princess guckte mich traurig mit ihren Knopfaugen an und winselte. Ich strich ihr über das weiße Fell.

„Du kannst sie jederzeit besuchen", bot mir Quinn an.

Ich ignorierte ihn und trat an den Kofferraum, in dem Princess' Transportbox stand. Vorsichtig öffnete ich sie und schob die Pudeldame hinein.

Sie bellte sofort empört und ich konnte die Klappe im letzten Moment schließen, bevor sie entwischen konnte. „Das wäre geschafft", schnaubte ich und Quinn lächelte.

„Ich danke dir."

„Kein Thema."

Da stand ich nun und wusste nicht, ob ich ihn umarmen, die Hand reichen oder einfach nichts tun sollte, um den Abschied unverfänglich wirken zu lassen.

Princess untermalte die seltsame Situation mit wütendem Gebell.

„Sie hat echt keine Lust auf die Fahrt." Ich kicherte und hoffte, Quinn würde ins Auto steigen.

„Ich ehrlich gesagt auch nicht", eröffnete er mir und schaute mich intensiv an.

„Tessie, hör mal. Das Ganze sollte nicht zwischen uns stehen. Lass uns nochmal darüber reden."

„Nein, Quinn, ehrlich. Es ist okay. Wie gesagt, ich weiß nicht, wann ich nach London zurückkehren werde."

Rasch schob ich das Thema von mir.

„Ich will nicht, dass du meinetwegen deine Stadt meidest."

„Ich meide meine Stadt nicht."

Jupp, das war eine Lüge, und das wusste Quinn ganz genau.

„Vielleicht würde es helfen, wenn wir darüber reden und im Guten auseinandergehen", beharrte Quinn und fasste nach meiner Hand. Seine Wärme flutete mich und mein Herz schien sie sofort wiederzuerkennen, denn es pochte ungebändigt. Mein Körper war ein Verräter, während mein Geist noch nicht in der Lage war, einen klaren Gedanken zu fassen.

„Bitte", flehte Quinn und strich mit dem Daumen über meinen Handrücken. Das Gebell von Princess wurde immer aggressiver. Mitleid überkam mich.

„Okay, na gut", willigte ich schlussendlich ein und Quinn gab meine Hand frei.

„Super. Ich melde mich, ja?"

„Ja." Ich nickte und presste, frustriert über meine Labilität, die Lippen zusammen.

Verärgert beobachtete ich, wie er ins Auto stieg und davonfuhr. Immerhin fuhr er, dachte ich grimmig. Ich müsste dem Treffen ja nicht zusagen, überlegte ich, und trat entrüstet zurück ins Treppenhaus.

Kapitel 19

Nach eindringlicher Bearbeitung von Kelly und Scott, die mich per Handy folterten, ließ ich mich wahrhaftig auf das Treffen mit Quinn ein.

Was mich da ritt und warum ich das vorhatte, verdrängte ich in die hinterste Ecke meines Herzens, denn es freute sich auf den grünäugigen, großgewachsenen Macho.

Im Office hatte ich alle Hände voll zu tun, Jason geflissentlich aus der Sache herauszuhalten. Seine Zurückhaltung und die bekümmerte Miene, wann immer er mich ansah, quittierte mir, dass er längst was ahnte. Die lockeren Sprüche kamen ihm nicht mehr so beschwingt über die Lippen.

Es war gemein von mir, ihn in der Luft hängen zu lassen. Aber ich wollte zuerst die Sache mit Quinn bereinigen.

Seufzend musterte ich mich vor dem Spiegel und stellte fest, dass mein neues blaues Kleid wirklich schick war. Dazu trug ich silberne Sandalen und Silberschmuck. Die Haare ließ ich leicht gewellt über die Schulter wallen und tupfte mir sogar etwas rosafarbenen Lipgloss auf.

Punkt acht klingelte er. Nervös huschte ich das Treppenhaus hinab und öffnete ihm die Tür. Er begrüßte mich mit einem strahlenden Lächeln. „Hey", hauchte Quinn und seine Augen sprühten vor Freude.

„Hey", antwortete ich und bemerkte, wie sich meine Luftzufuhr verringerte.

Er sah verflixt gut aus in seiner schwarzen Jeans, dem blauen Hemd und dem grauen Jackett.

„Ich war noch nie in Birmingham aus", erklärte Quinn. „Aber ich schätze, ich hab etwas gefunden, das dir gefallen könnte."

Er hielt mir gentlemanlike die Haustür auf und ich huschte nervös zu seinem Auto.

Gott, meine Sinne spielten verrückt, als ich in den Porsche stieg, der nach seinem herben Parfum duftete. Dasselbe Parfum, das er damals getragen hatte, als wir die Nacht miteinander verbrachten. Ob das ein Omen war?

Wirsch schob ich den Gedanken beiseite und versuchte mich zu beruhigen.

Quinn fuhr zielstrebig Richtung Stadtrand. Ich wagte es nicht, zu sprechen, denn ich musste meine Empfindungen sortieren. Quinns Blick richtete sich konzentriert auf die Straße und ich war froh, dass er mir den Raum zum Schweigen ließ. Seine entspannte Haltung verriet mir, dass er kein Quäntchen nervös war. Seine Hand ruhte locker auf dem Schalthebel und unter seinem Hemdärmel blitzte seine Armbanduhr hervor.

Auf einem Kiesparkplatz kam der Prosche zum Stehen. Vor uns lag der Brookvale Park, der sich in sattem Grün um einen See ausbreitete.

„Überrascht?", fragte Quinn.

„Ein wenig", sagte ich und stieg aus dem Porsche. Quinn machte sich derweil am Kofferraum zu schaffen und trat mit zwei Picknickkörben und einer Decke neben mich.

„Ein Picknick?", entfuhr mir.

„Ja, ich dachte ein neutraler und natürlicher Ort eignet sich besser als ein Restaurant."

„Okay." Ich nahm ihm die Decke ab. Die Romantik, die diese Idee mit sich brachte, würde mir doch hoffentlich keinen Strick drehen, um meine Standhaftigkeit damit zu erhängen.

Wir spazierten ins Parkinnere und Quinn stoppte bei einer Bank, die auf einer baumumringten Lichtung am Ufer des Sees stand. Ein lauschiges Plätzchen.

„Hier wäre es doch hübsch, oder?", schlug er vor und ich bejahte.

Rasch breitete ich die Decke aus und Quinn drapierte die Körbe darauf. Dann kramte er eine Weinflasche und zwei Gläser hervor.

„Auf einen guten Tropfen müssen wir ja nicht verzichten", erklärte er und öffnete die Flasche. Er goss mir ein und ich nahm das Glas entgegen.

Der Nachthimmel und die Sterne taten ihr Übriges, dass sich meine innere Abwehrhaltung schon darauf vorbereitete, abzuschmieren. Mit einem tiefen Atemzug versuchte ich mir einzureden, dass ich jedes seiner Worte analysieren würde. „Also, was willst du mir sagen?", fragte ich, um mich von meinem Emotionschaos abzulenken. Mein Blick glitt zum See, in dem sich das Mondlicht sanft spiegelte. Vereinzelt hörte man das gedämpfte Quaken der Frösche.

Quinn wog nachdenklich sein Weinglas in der Hand, bevor sein Blick andächtig zu mir wanderte.

„Ich kann es verstehen, dass du damals abgehauen bist." Schuldbewusst senkte er den Blick. „Dass ich damals Susans Einladung ins Bad gefolgt bin, war nicht freiwillig. Ich denke, dass du das weißt. Trotzdem kochten die Emotionen hoch, denn ich hätte mir auch eine Ausrede einfallen lassen können, um ihr nicht zu folgen. Aber ich wollte mich in Sicherheit wiegen, denn ich war damals der Ansicht, ich würde es nicht schaffen, meine Geschäfte aufrechtzuerhalten ohne Susan. Das war falsch, denn es läuft sehr gut ohne sie. Sie hat mich abhängig gemacht von ihren Kontakten, das war immer ihre Versicherung bei mir Einlass zu finden. Damit konnte sie mich kontrollieren und ich Volldepp ließ deswegen eine Frau wie dich gehen. Das bereue ich."

Sein Blick erfasste mich traurig und ich schluckte. Die Wucht seiner Worte traf mich. Die Reue, die sich in seinem qualvollen Lächeln spiegelte, war zum Greifen nahe.

„Mir tut es leid, dass ich heimlich davongerauscht bin und dich gemieden habe", sagte ich leise.

„Ich kann dich verstehen, Tessie."

Er nippte an seinem Wein und ließ mich nicht aus den Augen, als er das Glas langsam abstellte.

„Es ist mir nicht leichtgefallen, Quinn. Aber das mit uns wäre niemals gutgegangen."

„Warum nicht?" Er lächelte gequält. „Ich fand es schön. Du hast mich auf eine Weise ergänzt, die ich bisher noch nie gespürt hatte."

„Quinn", seufzte ich und setzte mich aufrecht. „Du warst einfach zu lange mit Susan liiert. Natürlich war ich da jemand Neues aus einer anderen Gesellschaftsschicht."

„Vergiss nicht, dass ich schon einige Frauen hatte. Ich kenne meine Gefühle sehr gut."

Fast schon beleidigt, blitzte er mich an und ich hielt mich an dem Weinglas fest, als würde es mich vor dem Ertrinken retten. Quinn rutschte näher und strich zärtlich über meine Hand.

„Ich meine es wirklich ernst. Ich vermisse dich wahnsinnig. Es vergeht kein Tag, an dem ich nicht in meinem Trakt sitze, auf die Schlafzimmertür starre und wünschte, du würdest herausstolpern. In der Küche erinnert mich die Arbeitsfläche an den frechen Kuss, den Susan fast gecrashed hätte. Sogar wenn ich im Pool schwimme, erinnere ich mich an unsere Neckereien. Du bist einfach überall. Ganz besonders hier." Er tippte sich mit dem Zeigefinger auf die Brust. An die Stelle, an der sein Herz saß.

Das Weinglas in meiner Hand zitterte und mein Herz raste wie ein D-Zug. In meinem Bauch stoben hundert Schmetterlinge.

Quinn nahm mir sachte das Weinglas aus der Hand und zog mich in die Arme.

Unfähig mich zu bewegen, ließ ich es geschehen und sein vertrauter Duft stieg mir in die Nase. Wie oft hatte ich mir gewünscht, noch einmal dort zu sein. Wie

343

viele Nächte hatte ich mir die Augen ausgeweint wegen ihm? Fast unmerklich schüttelte ich den Kopf.

„Was ist?", wisperte Quinn in mein Haar und strich mir sanft über den Rücken.

„Ich kann es nicht glauben. Nicht, nach der Poolparty und den Autos, die wieder in deinem Hof standen, nachdem ich weg war." Ich löste mich von seinem starken Oberkörper. Bestürzung trat in seine Miene.

„Weißt du, warum ich die ganzen Frauen zu mir gebeten habe?", fragte er bitter. „Damit ich mit ihnen brechen kann. Ihnen sagen kann, dass ich mein Herz verloren habe und nicht mehr dieses Leben führen möchte."

Ich schluckte, das konnte genauso gut eine Ausrede sein. Quinn fasste meine Hand und blickte mich an. „Tessie, ich habe mich in dich verliebt, und zwar derart, dass ich keine andere mehr bei mir haben möchte."

Mein Herz stolperte und setzte zwei Schläge lang aus. Mein Kopf war noch dabei, seine Worte zu sortieren, als er mich am Nacken fasste und an sich zog. Seine vollen Lippen trafen sanft auf meine. Damit brach er den Wall, den ich um die Gefühle, die ich für ihn hegte, gezimmert hatte. Er riss ein und ich klammerte mich an Quinn, als wäre er der letzte Anker, der mir blieb. Er hielt mich fest und küsste mir das süße Versprechen auf die Lippen, bei mir zu bleiben.

Atemlos löste ich mich von ihm und versuchte, meine Rosamunde Pilcher behafteten Gedanken beiseitezuschieben. Ich spürte seine Bartstoppeln auf meiner Wange, als er zart mit seinen Lippen über sie streifte.

Sein heißer Atem kitzelte. Er ließ seine Hand an meinem Rücken hinabgleiten.

Seine grünen Augen glühten leidenschaftlich und die unwiderstehlichen Lippen brachten mich dazu, ihn am Hemdkragen sanft zu mir zu ziehen und ihn zu küssen.

Er löste sich und lächelte mich schüchtern an. „Heißt das ...?"

„Ich habe dich auch vermisst, Quinn."

„Dann sollten wir uns nicht mehr länger vermissen", wisperte er und strich mir über die Wange. Seine Nasenspitze verweilte dicht vor der meinen.

„Gib mir Zeit und lass es uns langsam angehen, okay?", sagte ich und seufzte. Er hatte mein Herz im Griff.

Quinn lächelte glückselig. „Ich gebe dir alle Zeit der Welt."

„Hmhm", brummte ich und lehnte mich an seine Schulter. Mein Blick wanderte zum Nachthimmel, an dem tausend Sterne funkelten.

Zweifel nagten an mir, ob ich die richtige Entscheidung getroffen hatte. Ob das mit uns wirklich gutgehen würde. Aber ich konnte ihn nicht von mir stoßen, denn ich war überglücklich, dass er hier war. Ich spürte, wie er mich sanft streichelte und ich fühlte mich, als wäre ich angekommen. Nach einer langen Kreuzfahrt auf hoher See endlich in meinem Hafen eingelaufen.

Ich würde lernen müssen, mich auf ihn einzulassen und ihm zu vertrauen. Nach einiger Zeit verklangen die Zweifel in meinem Kopf und ich spürte nur noch Quinns Körperwärme. Ich weiß nicht, wie lange wir schweigend dort saßen und in den Himmel blickten, als Quinn sich vorsichtig regte.

„Willst du nach Hause?" Das Grün seiner Augen schaute mich fragend an.

„Nur, wenn du versprichst, dass wir uns bald wiedersehen", antwortete ich und verflocht meine Finger mit den seinen.

Er kicherte leise. „Nein, ich meine nach Hause. Zu mir." Auf seine Lippen schlich sich ein verwegenes Lächeln.

Ich zog hörbar Luft ein und gab mich einer rosaroten Vorstellung hin, wie Quinn und ich gemeinsam sein Häuschen bewohnten. Dann schlich sich aber die WG in meinen Kopf.

Ich blöde Pute, ermahnte ich mich. Das ist so was von Zukunftsmusik, damit sollte ich mich jetzt nicht befassen. Sein unmoralisches Angebot war ich gewillt anzunehmen.

„Tessie?", versicherte sich Quinn meiner Aufmerksamkeit und hob mein Kinn an. „Willst du das Wochenende bei mir verbringen? Ich bin sicher, Princess würde sich freuen."

„Ach, nur Princess würde sich freuen?", feixte ich und er zwickte mich in die Seite.

„Ja, sie hat mich ursprünglich darum gebeten, dich einzuladen. Freiwillig würde ich nie auf so einen Schwachsinn kommen." Seine Augen blitzten herausfordernd, während er diabolisch grinste.

„Na, dann kann ich Princess diesen Wunsch nicht abschlagen", entgegnete ich frech.

„Damit machst du sie sehr glücklich", sagte er und umfasste mein Gesicht mit den Händen.

Sanft presste er die Lippen auf meine. Ein berauschendes Gefühl durchschoss mich und er drückte mich mit seinem Oberkörper sanft auf die Bank. Unser Kuss wurde stürmischer, seine Zunge fand die meine und seine Hände glitten an meinem Körper entlang. Am Saum meines Rocks verweilten sie und er löste sich keuchend von mir. „Das ist sehr unartig, junge Dame", mahnte er und zog sich zurück.

„Ich denke, wir sollten das woanders fortsetzen." Ein draufgängerisches Lächeln schlich sich auf seine Lippen und ich rappelte mich auf.

„Guter Plan."

Ich strich mein Kleid glatt und bemerkte, dass wir in unserer Knutscherei die fast leeren Weingläser umgeschmissen hatten.

„Die Decke haben wir jedenfalls ruiniert", sagte ich und Quinn schmunzelte.

„Ich hab doch jetzt wieder ein außergewöhnliches Dienstmädchen, das großartig waschen kann."

„Du Schuft."

Ich schnaubte und versuchte ihn flink am Ohrläppchen zu ziehen, aber er wich mir gekonnt aus. „Nur deswegen willst du mich zurück."

Lachfältchen umringten seine Augen. „Natürlich. Purer Haushaltsegoismus."

Er griff nach den Picknickkörben und legte die Gläser hinein.

„Ich bring dir schon noch bei, wie du zu waschen hast", drohte ich und faltete die Decke.

Die dreistündige Fahrt nach London verlief harmonisch. Vor Quinns Stadthäuschen stieg ich mit Bauchkribbeln aus.

Freudig folgte ich ihm hinein und Princess tippelte aus dem Esszimmer in den Flur. Sie stieß einen glückseligen Laut aus, als sie mich sah und ich strich ihr über das Fell.

„Hi, Kleine", sagte ich und hörte, wie Quinn die Körbe in die Küche stellte.

„O nein", stöhnte er von dort und ich musterte Princess. Mir schwante schon, dass sie etwas angestellt hatte.

„Was ist?"

Ich trat an die Küchentür und fand einen mit Reis übersäten Boden vor.

Quinn hielt mir demonstrativ eine zernagte Reispackung vor die Nase.

„Das ist los. Madame hatte wohl Hunger auf Reis", stöhnte er und überschaute das Chaos.

Ich kicherte. Princess, die mir gefolgt war, saß engelsgleich neben meinen Beinen und blickte unschuldig aus schwarzen Knopfaugen.

„Offensichtlich war sie sauer, weil du sie nicht mitgenommen hast." Ich holte einen Besen aus der kleinen Speisekammer.

Flugs drückte ich ihn Quinn in die Hand. Schnaubend fegte er die Küche, während ich mich mit Princess ins Wohnzimmer verdrückte.

Wir kuschelten auf dem Sofa und zum ersten Mal fühlte ich mich geborgen in Quinns Haus. Das Gefühl, angekommen zu sein und die richtige Entscheidung getroffen zu haben, erfasste mich.

Princess rollte sich neben mir zu einer Fellkugel zusammen und ich fischte das Handy aus der Handtasche. Entschlossen suchte ich Larrys Kontakt heraus und schickte ihm eine WhatsApp. Ich wollte so schnell wie möglich zurück und er sollte mir dabei helfen.

Prompt antwortete er und versicherte mir, dass ich jederzeit wieder bei ihm einsteigen könnte, er sich am Montag sofort mit Sam in Verbindung setzten würde und ich in seinem Büro erscheinen sollte.

Bei dem Gedanken an Sam und Jason keimte das schlechte Gewissen in mir auf. Mit ihm müsste ich auf jeden Fall noch einmal sprechen.

Ich seufzte und schrieb Larry, dass ich Montagmorgen bei ihm aufkreuzen würde.

„Alles okay?"

Quinn schien mich von der Tür aus beobachtet zu haben und setzte sich aufs Sofa. Er legte den Arm um meine Schultern und guckte mich abwartend an.

„Ich habe eben Larry geschrieben." Er zog überrascht die Luft ein.

„Das heißt?"

„Ich wollte abchecken, wann ich wieder bei ihm anfangen kann." Ein Lächeln huschte auf seine Lippen. „Das ist toll, Tessie", hauchte er und küsste mich sanft.

„Montag habe ich einen Termin bei ihm. Er will alles regeln, damit ich sofort wieder einsteigen kann."

„Aber da gibt es etwas, dass ich dir sagen muss." Fahrig knetete ich meine Hände und Quinn blinzelte verwundert.

„Was denn?" Erwartungsvoll legte er den Kopf schief.

„Na ja. Also an dem Tag, an dem ich Princess im Keller fand, hätte ich ursprünglich ein Date gehabt."

„Ein Date?", entfuhr es Quinn und seine Augen weiteten sich.

„Ja, mit einem Kollegen. Das kam aber nicht zustande, weil ich Princess fand. Deshalb sagte ich es kurzfristig ab."

„Puh." Er fuhr sich erleichtert über die Stirn. „War es was Ernstes?"

Ich schüttelte den Kopf. „Nein. Sonst wäre ich jetzt nicht bei dir. Aber ich muss nochmal mit ihm sprechen."

Eifersucht spiegelte sich in seiner Miene und ich griff nach seiner Hand. „Wir küssten uns zwei, drei Mal, sonst war da nichts. Ehrlich gesagt, war es für mich nur Ablenkung von dir. Aber ich schulde ihm noch eine Erklärung."

Ich wusste, dass sich Jason noch nicht ernsthafte Hoffnungen gemacht hatte. Trotzdem hatte er es verdient, zu wissen, dass ich mich für Quinn entschieden hatte.

„Hmm, dann kann ich ja froh sein, dass Princess zum richtigen Zeitpunkt bei dir aufgetaucht ist", versuchte er zu witzeln, aber ich bemerkte, dass er angefressen war.

„Ach komm. Du hast dich doch sicher auch mit einer Dame vergnügt, um über mich hinwegzukommen, oder?"

Er schaute mich empört an. „Nein. Ich konnte keine andere mehr küssen."

Ich schluckte. Okay, dann war wohl ich diejenige gewesen, die zuerst schwach geworden war. Trotzdem sollte das nicht zwischen uns stehen.

„Ich wollte nur, dass du es weißt."

Er nahm einen tiefen Atemzug und schob sich eine schwarze Strähne aus der Stirn.

„Ja, okay. Eigentlich hätte es mir klar sein müssen, dass eine Frau wie du, nicht enthaltsam lebt", flüsterte er rau und ich zog ihn an mich.

„Jetzt definitiv nicht mehr." Ich küsste ihn innig und versank in dem Gefühl, eins mit ihm zu sein. Seine Arme schlangen sich um mich und seine Hände erkundeten meinen Körper.

Erst ein empörtes Jaulen von Princess riss uns auseinander.

Ich bemerkte, dass wir sie vom Sofa gestoßen hatten. Ihre Knopfaugen schauten uns herausfordernd an und ich schob Quinn von mir.

„Wir sollten das in eine Princess-freie Zone verlagern", schlug ich vor und er knurrte hungrig. Seine Hände fuhren unter den Saum meines Rocks und ich kicherte.

„Haaalt."

Schnell befreite ich mich aus seinen Fängen und trat zu Princess. Ich hörte, wie er schnaubte und sich ebenfalls vom Sofa erhob.

„Okay, dann bringen wir die Dame jetzt ins Bett, ja? Und danach gehörst du mir."

Ich nickte und lockte Princess aus dem Wohnzimmer. Quinn, der rasch den Flur entlangschritt, stoppte vor dem Gästezimmer und öffnete die Tür. Sie gab den Blick auf ein Hundezimmer frei.

„Ich dachte, du hättest nur das Wohnzimmer renoviert?", fragte ich und er grinste verlegen.

„Princess sollte es auch schön haben." Die Pudeldame stolzierte mit Selbstverständlichkeit in ihr Zimmer. Dort bettete sie sich auf ein Hundebett, das liebevoll mit Kissen ausgestattet war.

„Wow", hauchte ich und er nickte.

„Ich glaube, sie mag es."

Seine Finger fanden die meinen und er lehnte die Tür an, um mich dann stürmisch küssend in seinen Trakt zu ziehen.

Am Montagmorgen punkt halb sechs klingelte mein Handywecker und ich befreite mich aus Quinns Arm, den er um mich geschlungen hatte.

Die zwei Tage bei ihm und Princess waren mir wie ein wahrgewordener Traum vorgekommen. Die Hundedame war anständig, sobald ich in der Nähe war, und ich genoss es, mit Quinn zusammen zu kochen und den Haushalt zu schmeißen.

Seufzend über die Tatsache, dass nun der Arbeitsalltag beginnen sollte, schaltete ich das Handy auf stumm und schlug die Bettdecke auf. Quinn grummelte verschlafen ins Kissen.

„Musst du schon aufstehen?", nuschelte er und zog an meinem Arm.

„Ja, du weißt doch, dass ich zu Larry muss." Ich entzog mich sanft.

Rasch tapste ich ins Bad und nahm eine ausgiebige Dusche. Wir hatten mein Zeug schon aus Mirahs Wohnung geholt und bei Quinn zwischengelagert, denn Kelly und Scott wussten noch nichts von meiner Rückkehr. Ich wollte die beiden überraschen.

Glücklich stieg ich aus der Dusche und zog mir rasch was über. Dann trat ich in die Küche, wo Quinn schon dabei war, Frühstück zu machen.

„Oh, der Hausherr selbst wagt sich ans Servieren?"
Er drehte sich mit einem Buttermesser in der Hand zu
mir.

„Ich muss dich doch von meinen Qualitäten überzeugen."

Ich lächelte. „Das hast du doch schon."

Flink griff ich nach dem Toast, den er mit Marmelade bestrichen hatte und biss hinein.

„Köstlich", lobte ich ihn und schluckte den zerkau-
ten Bissen hinab. Rasch kostete ich den frischen Kaffee und setzte mich zufrieden an die Küchentheke.

Quinn, der absolut verschlafen aussah, lächelte mich
müde an.

„Du musst mir keine Gesellschaft leisten, wenn du
noch schlafen willst", sagte ich und pustete in den
Kaffee.

„Es tut mir auch gut, wenn ich mich daran gewöhne,
früher aufzustehen."

Er blickte mich liebevoll an und ich sah die Augenränder, die seine Augen zierten.

„Leg dich ruhig nochmal hin. Dein Tag wird sicher
stressiger als meiner." Ich drückte ihm einen Kuss auf
die Wange und leerte meinen Kaffee.

„Viel Spaß heute", nuschelte Quinn, bevor ihm ein
Gähnen entfuhr. Schmunzelnd schlüpfte ich aus der
Küche.

Kapitel 20

Eine Stunde später saß ich nervös meinem Chef gegenüber, der mich aus blauen Augen freudig anstrahlte.

„Ich bin ja so, so, sooo froh, dass du wieder da bist", wiederholte er gefühlt zum hundertsten Mal, dass seine Wangen schon hochrot waren.

Ich lächelte Larry an. „Danke, ich weiß das zu schätzen. Aber sag mal, wann kann ich denn wieder anfangen?", fragte ich freundlich, um seiner überschwänglichen Wiedersehensfreude aus dem Weg zu gehen. Larry faltete die Hände. „Nun, seit du gegangen bist, gibt es einige Änderungen."

„Veränderungen?" Ich hoffte, dass das nur Gutes bedeuten konnte.

„Na ja", druckste er. „Genau genommen hat Abby deinen Job übernommen." Er schaute mich schuldbewusst an.

„Du meinst, Abby ist jetzt Private Post Officer auf meiner Route?" Wow! Das waren mal Neuigkeiten.

„Genau." Larry seufzte. „Sei mir nicht böse. Aber ich wusste ja nicht, wann du wiederkommst und der Vorstand hat darauf gedrängt, einen Nachfolger zu finden. Also fiel meine Wahl auf Abby und weiß Gott, sie macht das echt brillant. Die Leute fressen ihr aus den Händen." Reumütig hielt er inne. „Das war jetzt nicht das, was du hören wolltest, stimmt's?"

Mir schwante, worauf das Gespräch hinauslief und wenn ich ehrlich war, dann war mir das gar nicht so unrecht. „Das ist doch toll, Larry. Ehrlich. Abby ist eine gute Seele", erklärte ich und bemerkte, wie sich Larrys Miene aufhellte.

„Dann bist du nicht sauer?"

„Quatsch, nein. Allerdings werde ich Ferb vermissen."

„Wen?"

„Ferb. Das kleine Golfcar."

Larry schmunzelte. „Ach das. Ein super Teil, nicht wahr? Okay, kommen wir zur unschönen Sache. Ich muss dich auf deiner alten Route einsetzen, Tessie."

Ein großer Stein fiel mir vom Herzen. Das war Musik in meinen Ohren und ich freute mich sogar auf die verkniffene Miene von Mrs Macintosh.

„Das ist kein Problem. Sie hat mir ohnehin mehr Spaß gemacht, als die City of Westminster", gestand ich.

„Echt jetzt?"

Ich nickte. „Echt jetzt. Die Schickimicki-Welt passt nicht zu mir."

Bis auf Quinn, aber das musste Larry ja noch nicht wissen. Erleichtert klatschte er. „Super. Dann bin ich froh. Herzlich willkommen zurück." Blitzschnell stand er neben mir und umarmte mich. „Ich schätze, du weißt noch, wie du vorzugehen hast? Ich habe am Wochenende schon alles in die Wege geleitet, dass du heute wieder starten kannst."

Ich nickte. „Klar und tausend Dank, Larry."

Damit führte er mich grinsend zur Tür und ich trat aus seinem Büro. Mit einem Seitenblick auf Abbys Schreibtisch bemerkte ich eine ältere Dame, die offenbar Abbys Nachfolgerin war. *Schade, keine Schnapspralinen mehr.*

Hastig tippte ich eine WhatsApp an Quinn und informierte ihn über den glücklichen Verlauf des Gesprächs mit Larry. Dann schickte ich Abby eine Nachricht, ob sie später Zeit für einen kleinen Plausch hätte. Prompt folgte ihr Vorschlag, uns später im Office zu treffen.

Mit bester Laune schnappte ich mir mein altes rotes Royal-Mail-Fahrrad und belud die ausgeleierte Austragetasche mit der Post.

Es war überwältigend, wie sehr mich meine Klienten vermisst hatten. Mrs Macintosh rang sich sogar ein kleines Lächeln ab, als ich ihr einen Briefumschlag in die Hände drückte. Für einen kurzen Moment schien sie ihre grantige Ader zu vergessen. Elly versprach mir, für den nächsten Tag einen ihrer steinharten Rührkuchen und ich freute mich darauf, das staubtrockene Gebäck zu essen.

In der Mittagspause besuchte ich meinen Lieblingskiosk und gönnte mir mein heißgeliebtes Chicken-Teriyaki-Sandwich. Meine Welt war in Ordnung. Sehr sogar.

Der Nachmittag verlief ebenso harmonisch wie der Vormittag und ich kehrte mit einem zufriedenen Grinsen zurück ins Office.

„Tessie, hi." Abbys glockenhelle Stimme schallte im Eingangsbereich, und in der schicken blauen Kluft sah sie einfach umwerfend aus.

„Abby." Ich trat erfreut auf sie zu und schloss sie in die Arme. „Wie hab ich dich vermisst."

„Dumme Gans", schimpfte sie. „Warum hast du dich nicht gemeldet?"

Ich zuckte entschuldigend die Schultern und ließ mich von ihr in den Gesellschaftsraum ziehen. „Sorry, die alte Abgeschiedenheit in meinem Büro steht uns leider nicht mehr zur Verfügung."

Sie schmunzelte und wir setzten uns in die hinterste Ecke des Aufenthaltsraumes. Er war spärlich besetzt, dennoch schlug ich einen Flüsterton an, damit keine unnötigen Gerüchte aufkamen, die durch meine Rückkehr sicher jetzt schon kreisten.

„Also, welche bahnbrechende Neuigkeit führt dich zurück zu uns?"

Ich grinste.

„Hat es zufällig etwas mit dem enthaltsamen grünäugigen Schönling zu tun?"

„Enthaltsam? Das wäre mir neu."

Sie sah mich schräg an. „Warum neu? Soweit ich das beurteilen kann, und glaub mir, ich war oft auf seinem Grundstück, war da kein Frauenbesuch zu sehen."

„Das bedeutet nicht, dass er abends keinen Besuch hatte", überlegte ich und Abby zog eine Grimasse.

„Ach Tessie, der Kerl ist Hals über Kopf in dich verknallt, wann siehst du das endlich ein?"

Ich lächelte. „Ich glaube, das habe ich schon. Wir haben das Wochenende gemeinsam verbracht."

Abby klatschte erfreut in die Hände. „Wooow. Das sind mal wirklich gute Neuigkeiten. Und? Wirst du ihm eine Chance geben?"

Abby war niemand, der lange um den heißen Brei herumredete. Sie zog die direkte Art zu fragen vor und schaffte es, aus jedem den neuesten Klatsch und Tratsch herauszulocken.

„Ja, ich denke, ich versuche, ihm zu vertrauen."

Abby fasste meine Hand und drückte sie sanft. „Das ist toll. Ich freue mich für dich."

Verlegen schlug ich den Blick nieder.

„Lass mich wissen, falls er einen Bruder hat, der genauso scharf aussieht und noch Single ist."

Ich kicherte, aber ehrlich gesagt, hatte ich gar keine Ahnung, ob Quinn Geschwister hatte. Bisher war ich davon ausgegangen, dass er ein Einzelkind war.

„Okay, ich werde dich informieren, sollte das der Fall sein."

„Was sagt Kelly dazu? Wirst du bei Quinn einziehen?" Abbys blaue Augen musterten mich sensationslustig.

„Nein, Kelly und Scott wissen noch nicht, dass ich wieder zurück bin. Ich wollte sie heute eigentlich überraschen."

„Hach", seufzte Abby verträumt. „Wie im Märchen."

Ich zog eine Grimasse. „Ganz so übertrieben auch wieder nicht."

„Na hör mal, du hast einen reichen sexy Typen an der Angel, genauer gesagt den begehrtesten Junggesellen Londons, und du nennst das übertrieben? An deiner Stelle würde ich ausflippen vor Glück."

Abby blickte mich vorwurfsvoll an. Sie hatte recht, ich war noch immer sehr beherrscht, was meine Glücksgefühle anging. Vielleicht lag es auch daran, dass meine besten Freunde noch nichts davon wussten.

„Okay, jetzt zu dir. Wie gefällt dir der Private Post Officer Status?", lenkte ich von mir ab.

„Der Job ist genial." Abby grinste. „Unter Marquess harter Schale steckt ein süßes Lämmchen. Die Gärtner der Grünanlagen halten morgens schon eine frische Rose für mich bereit und das schnuckelige Café im Park hat mir eine Flatrate für Cappuccino versprochen. Es läuft großartig."

Ich musste aufpassen, dass mir die Kinnlade nicht herunterfiel, denn das hörte sich so gar nicht nach meiner Private-Post-Officer-Erfahrung an.

„Wie hast du die biestige Bedienung denn dazu bekommen?", fragte ich ungläubig und Abby zwinkerte.

„Ein bisschen Charme und schon öffnet sie dir ihr Herz."

„Dann bin ich wohl nicht der charmante Typ."

Abby lachte. „Marquess hat dich jedenfalls vermisst."

„Marquess?", fragte ich ungläubig und erinnerte mich an die unschöne Begegnung mit dem Boxer.

Abby nickte eifrig. „Ja, er sagte, er fand es im Nachhinein bewundernswert, was du dich getraut hast."

Irgendwie kam ich zur Erkenntnis, dass entweder ich oder die Reichen einen Schaden haben mussten.

Aber ich freute mich ehrlich für Abby, die ihre Berufung wohl gefunden hatte.

„Der Typ hat ja Nerven", sagte ich.

„Übrigens, wusstest du, dass Kieran gekündigt hat?"

Überrascht japste ich nach Luft. „Kieran?"

Diese Neuigkeit traf mich völlig unerwartet, denn er schien immer in der Royal Mail verwurzelt gewesen zu sein. „Warum das?"

„Hast du das nicht mitbekommen?" Abbys blaue Augen weiteten sich und ein merkwürdiges Gefühl kroch in mir empor. Er hatte doch nicht etwa wegen mir gekündigt, oder?

„Äh, nein?", fragte ich vorsichtig, und Abby fischte in ihrer Handtasche herum. Breit grinsend zog sie ein Klatschmagazin heraus.

„Seite zwölf." Ich blätterte durch schmierige Artikel, die mich nicht im Geringsten interessierten. Das Foto auf Seite zwölf ließ meinen Blutdruck aber in die Höhe schießen.

„Kieran und Susan?", entfuhr es mir und Abby nickte.

„Krass, nicht wahr?"

Hastig überflog ich den Artikel, in dem Susan ein kleines Interview zu ihrer neuen Liebe gab.

„Er hat mir nie erzählt, was an dem Abend eures Doppeldates vorgefallen ist. Aber er war ziemlich fasziniert von Susan."

„Sie anscheinend auch von ihm." Ich schlug die Zeitung mit ein bisschen Wehmut zu. „Kieran hat mir an dem Abend seine Liebe gestanden, daraufhin ist Quinn der Kragen geplatzt. Unsere Farce flog auf", erklärte ich und Abby blickte mich mitleidvoll an.

„Ich ahnte so etwas, aber Kieran war nicht bereit, darüber zu sprechen. Er kündigte wenige Tage später."

„Mhm", brummte ich. „Dann ist er jetzt hoffentlich glücklich."

„Vielleicht könnt ihr ja irgendwann nochmal miteinander reden", überlegte Abby und ich zuckte mit den Schultern. „Vielleicht."

Nach dem Gespräch mit Abby stand ich nervös vor der Eingangstür zur WG. Ich hatte es tatsächlich geschafft, an mich zu halten und weder Kelly noch Scott wegen meines spontanen Kommens vorzuwarnen.

Fahrig fischte ich den Hausschlüssel aus meiner Handtasche und steckte ihn ins Schloss. Leise drehte ich ihn und die Tür sprang mit einem Klick auf. Der Duft von frischen Blumen umfing mich und ich musterte irritiert den Flur, den ich nicht mehr wiedererkannte.

Lavendelfarbene Wände und ein weißer Schuhschrank blitzten mir poliert entgegen. Darauf stand eine moderne Vase mit einem hübschen Strauß rosafarbener Rosen. Eindeutig Kellys Stil, dachte ich und wagte es kaum, meine ausgelatschten Ballerinas auf den ebenso lavendelfarbenen Teppich abzustellen.

Leise schloss ich die Tür und schlich ins Wohnzimmer, das nur teilweise renoviert worden war. Unser alter Couchtisch war durch einen gläsernen ersetzt worden und auf dem Sofa tummelten sich Kissen in floralem Muster.

Mein Blick glitt weiter zur Küche und ich zog scharf die Luft ein, als ich sah, dass die Blenden der Schränke im weißen Shabbylook gestrichen waren. Hatte ich was verpasst?

„Waaah!" Ein quiekender Aufschrei war zu hören und schlanke Frauenarme schlangen sich von hinten um mich.

„WAS MACHST DU DENN HIER?"

Kellys süßes Parfum stieg mir in die Nase und ich löste mich aus ihrer Umarmung.

„Jupp, da bin ich. Und was ist hier so los gewesen?", fragte ich barsch und erntete einen verstörten Blick von ihr, ehe sie die Lippen zusammenkniff. *Mist!*

Das war so gar kein Beste-Freundinnen-Wiedersehen, wie man es sich vorstellte. Ich verhielt mich wie ein eifersüchtiger Teenager, der zuhause nicht mehr seine gewohnte Sicherheit vorfand.

„Sorry, Kelly. Ich war nur ein bisschen überrumpelt angesichts der blumigen Neuerungen hier", erklärte ich.

Ein klein wenig Schuldbewusstsein durchzog Kellys Miene, ehe sie antwortete. „Am besten setzen wir uns erst mal. Willst du einen Kaffee?", fragte sie und trat an die Kaffeemaschine.

Ich nickte knapp und hörte das Surren der Düsen. Während Kelly die zweite Tasse mit dem Heißgetränk befüllte, checkte ich mein Handy und schickte Quinn eine Nachricht, dass ich später zu ihm kommen würde. Er antwortete, dass er sich freute und ich steckte das Handy weg.

„Also? Seit wann bist du wieder da?", fragte Kelly und stellte mir meine Legolas-Tasse auf den Tisch. Unweigerlich schlich sich ein Grinsen auf meine Lippen. Diese kleine Geste hielt die Angst, aus der WG ausgelagert zu werden, in Schach.

„Seit dem Wochenende", antwortete ich kleinlaut und sah Kellys enttäuschten Blick.

„Und dann meldest du dich nicht?"

„Ich wollte euch überraschen." Ich nippte am Kaffee.

„Na, das ist dir gelungen", sagte Kelly enttäuscht.

„Na ja, offensichtlich habt ihr es euch ja ganz gemütlich gemacht, ohne mich", stichelte ich.

„Ich ... also wir ... wir wussten ja nicht, wann du wiederkommst ... ob du wiederkommst. Mann, dir ging es echt scheiße wegen Quinn", versuchte Kelly, zu erklären.

„Ich verstehe." Säuerlich verschränkte ich die Arme. „Und dann könnt ihr mich nicht mal fragen, ob es okay ist, zu renovieren? Oder mich informieren?"

Ich sah, wie meine beste Freundin schluckte und sich an die Kaffeetasse klammerte. „Ich wollte dich damit nicht belasten. Außerdem dachte ich, würde dich die Veränderung vielleicht nicht mehr so sehr an das erinnern, was bei deiner Abreise passiert ist."

„Ich würde mich aber gerne an die Zeit vor Quinn erinnern."

Ich wies mit dem Kinn auf den alten Küchentisch mit den Kerben. „Der da bleibt!", befahl ich und Kelly seufzte.

„Natürlich, den würde ich nie ohne deine Zustimmung weggeben."

„Das will ich hoffen", erklärte ich und bemerkte, dass ich meine Freundin nur angepflaumt hatte, seit ich in der WG aufgeschlagen war.

„Es tut mir leid, Kelly. Damit hatte ich nicht gerechnet. Eigentlich war ich mit guten Neuigkeiten im Gepäck angekommen, aber die Renovierung hat mich derart aus dem Konzept gerissen, dass ich für einen kurzen Moment geglaubt hatte, ihr wollt mich aus der WG haben."

Kelly blinzelte verlegen und nahm schnell einen Schluck Kaffee. „Danach sollte es nicht aussehen. Jedenfalls nicht sofort."

Ich stutzte. „Nicht sofort?"

Allmählich dämmerte mir, auf was sie hinauswollte.

„Na ja. Du warst lange weg. In der Zeit wohnten Scott und ich quasi permanent zusammen hier. Wir haben festgestellt, dass es echt mühelos funktioniert und wir uns das weiterhin vorstellen können."

Entrüstet knallte ich die Kaffeetasse auf den gläsernen Couchtisch, sodass Kelly erschrocken die Augen weitete. „Also wollt ihr mich doch aus der WG haben", wetterte ich und Kelly hob beschwichtigend die Hände.

„So war das nicht gemeint."

„Wie denn dann? Ach, Tessie, schön, dass du wieder da bist, aber übrigens wäre es toll, wenn du dir eine eigene Wohnung suchen könntest? Das ist es doch, was du mir ursprünglich sagen wolltest." Ich schnaubte.

„Tessie." Kelly seufzte. „So war das nicht gemeint. Wir wollen ja nicht dringend ausziehen oder dich rauswerfen. Sondern nichts weiter, als mit dir darüber sprechen, wie es weitergehen soll. Das ist alles."

„Na wundervoll."

Frustriert schnappte ich meine Handtasche und stand auf. „Richte Scott Grüße und Glückwunsche zur gemeinsamen Wohnung aus."

Damit stürzte ich aus der WG, Kelly folgte mir nicht. Enttäuscht ließ ich mich von einem Black Cab direkt zu Quinn fahren.

Zornig trampelte ich die Veranda hoch und erntete einen verschreckten Blick von Quinn, der in einem schwarzen Anzug Espresso trank.

„Was ist denn mit dir los?", fragte er, als ich wütend an ihm vorbeirauschte und mir ebenfalls eine Espresso-Tasse aus dem Regal nahm. Seine dumpfen Schritte hallten durch den Flur.

„Frag lieber nicht."

Er musterte mich und wartete auf meine Antwort, die ich ihm in meiner Wut nicht liefern wollte. Sonst sagte ich Dinge, die ich am Ende bereuen würde. Aber mir war wirklich danach, mich auszukotzen. Quinn schien den Blickkontakt nicht aufgeben zu wollen, deshalb rang ich mich zu einem wütenden Zischen durch.

„Können wir später darüber reden?" Ich startete die Kaffeemaschine.

Er nickte knapp. „Können wir. Dann gehe ich jetzt zu meinem Meeting. Ich bin ohnehin schon spät dran."

Er küsste mich sanft auf die Wange und trat eilig aus der Küche.

Jetzt hatte ihn mein Jähzorn auch noch eine Verspätung eingeheimst. Ich stürzte den bitteren Espresso hinunter.

Mit einer Grimasse schwenkte ich die Tasse aus und stellte sie in die Spülmaschine.

Es war erst vier Uhr und bis Quinn zurückkam, vergingen locker noch zwei, drei Stunden. Kurzum entschloss ich mich, eine Runde mit Princess zu drehen, um meiner Wut den Wind aus den Segeln zu nehmen.

Ich fand sie dösend in ihrem Hundeparadies. Sie schlug die Augen auf und musterte mich verschlafen, während ich die Leine an ihrem Halsband anbrachte.

„Komm, lass uns spazieren gehen", sagte ich sanft und sie erhob sich gähnend.

Wir spazierten durch den Primrose Hill. Die frische Luft ließ meine Wut etwas verfliegen. Auf einer idyllischen Lichtung ließ ich Princess von der Leine. Neugierig erkundete sie die Wiese, während ich mich ins feuchte Gras setzte.

Mein Hintern wurde kalt, aber meine Wut kühlte dabei noch etwas mehr ab. Ich fing sogar an, Kelly ein wenig zu verstehen. Eigentlich war ich immer das dritte Rad am Wagen in der WG gewesen. Zumindest seit Kelly mit Scott liiert war.

Sie hatten sich nie darüber beschwert, ihre Intimität nur in Kellys Zimmer ausleben zu können und Scott fühlte sich auch pudelwohl bei uns, wenn Kelly nicht zuhause war. Ich seufzte.

Vermutlich war ich zu hart mit ihr ins Gericht gegangen. Bedacht kramte ich mein Handy aus meiner Jackentasche und schickte ihr eine entschuldigende Nachricht und fragte sie, ob wir nochmal reden könnten.

Dann fiel mir siedend heiß Jason ein und ich suchte rasch seinen Kontakt. Es war Zeit für das klärende Gespräch.

Kapitel 21

„Süße? Bist du da?"

Quinn linste erschöpft um die Ecke. Ich saß am Esstisch, auf dem ich liebevoll eine große Familienpizza und den Hauswein angerichtet hatte.

Seine Miene hellte sich auf. „Hast du dich etwas beruhigt?"

Er küsste mich flüchtig und löste seine Krawatte vom Hemdkragen. Quinn sah aus, als hätte er ein Meeting mit mindestens zehn Wölfen hinter sich, denn die Haare standen ihm zu Berge. Ich kicherte und strich ihm die schwarzen Strähnen glatt.

„Es tut mir leid, dass ich so barsch war."

Er nickte knapp. „Jeder hat mal einen Scheißtag", erklärte er und setzte sich. „Mhm, Pizza." Er grinste frech. „Eine gute Idee. Das Meeting war anstrengend und ein paar fettige Kalorien sind genau das richtige, meinen Kreislauf wieder in Schwung zu bringen."

Ich goss ihm Wein ein und reichte ihm ein Stück Pizza. Er nickte mir dankend zu.

„Jetzt aber zu dir, was war denn los?"

Ich erzählte ihm von der Ankunft in der WG, schilderte ihm meine widersprüchlichen Gefühle bezüglich der Renovierung und gestand ihm schließlich, dass ich wohl zu hart zu Kelly gewesen war.

Quinn, der einfach nur aß und zuhörte, brummte hin und wieder, überließ mich aber meinem reumütigen Redeschwall, der erst mit dem letzten Stück Pizza endete.

„Wow", sagte er und lehnte sich an die Stuhllehne.

„Wow? Ist das alles, was dir dazu einfällt?"

„Wuhu, langsam, Tessie. Lass mich das erst mal verdauen." Er hob beschwichtigend die Hände. Ich brummte grimmig. „Kelly hat das sicher nicht so ruppig gemeint, wie es scheint. Aber ich gebe ihr recht, irgendwann braucht jedes Paar seine eigenen vier Wände." Er sah mich intensiv an.

„Dann willst du also auch, dass ich dort ausziehe?", fragte ich entgeistert.

Er nickte langsam. „Das wäre zumindest die einfachste Variante für alle. Kelly würde dich nie rausschmeißen. Erst recht nicht, solang sie noch nicht von uns weiß", überlegte Quinn und ich schluckte.

Ich wusste, dass er recht hatte. Aber mein Frust glomm erneut auf.

„Ich kann mir doch keine Wohnung aus dem Hemdärmel schütteln."

„Musst du ja auch gar nicht. Du kannst in meinem privaten Trakt einziehen, wenn du willst", bot er mir an und seine Augen funkelten verheißungsvoll.

„Fragst du mich jetzt, ob wir zusammenziehen?" Entrüstet schürzte ich die Lippen.

„Wenn du es so formulieren willst, dann ja. Den Trakt kennst du ja schon. Du kannst dich dort so einrichten, wie du willst. Sieh es als deine Wohnung an, bevor wir dann vielleicht irgendwann alles zusammenlegen."

Er lächelte mich liebevoll an und ich kam nicht umhin, seine romantische Geste anzuerkennen. „Danke, das ist lieb", sagte ich und drückte seine Hand.

Meine Wutblase wandelte sich zu einer rosaroten Vorstellung, eines Tages mit Quinn zusammenzuziehen. Ja, vielleicht sollte ich mich vorerst auf sein Angebot einlassen.

„Das wird momentan das Beste sein", fügte ich hinzu und er lächelte.

„Prima, dann lass ich die nächsten Tage den Innenarchitekten kommen, okay? Mit ihm kannst du deine Wünsche besprechen."

„Quatsch", entfuhr es mir. „Ich mag es so, wie es ist. Es erinnert mich an unsere erste Nacht."

Jetzt war ich die Romantikerin und überspielte meine Verlegenheit mit einem Schluck Rotwein.

„Den Schlüssel für die Whiskyvitrine behalte ich aber", frotzelte er und ich zog eine Grimasse. Lächelnd trug er das Geschirr in die Küche und ich folgte ihm.

„Übrigens habe ich mit Jason gesprochen."

„Hast du?" Überrascht wandte er den Kopf, als er das Geschirr auf der Anrichte abstellte.

„Ja, ich habe ihm von uns erzählt und mich tausendmal für das Gefühlschaos entschuldigt", erklärte ich und Quinn betrachtete mich interessiert.

„Was meinte er dann?" Er räumte das dreckige Geschirr in die Spülmaschine, während ich die Arbeitsfläche abwischte.

„Er bedauert es sehr, dass ich zu dir zurückgekehrt bin. Aber er freut sich, eine neue Freundin gewonnen zu haben", erklärte ich und war nochmals erleichtert darüber, wie erwachsen Jason reagiert hatte. Das rechnete ich ihm hoch an.

„Das ist schön", sagte Quinn, schloss die Spülmaschine und strich mir liebevoll über die Wange. „Trotzdem werde ich noch eine Zeit lang eifersüchtig sein, dass er meine Tessie küssen durfte."

Er verzog sich unter die Dusche und wollte danach noch wichtige Mails im Büro bearbeiten. Ich kuschelte mich aufs Sofa und rief meine beste Freundin an. Prompt hob sie ab.

„Tessie, ich bin so froh, dass du anrufst. Gerade wollte ich dir zurückschreiben. Gott, es war so dämlich von mir, dich gleich damit zu überrollen. Ich blöde Kuh hab dich nicht mal gefragt, warum du wieder zurück bist. Wie es dir geht und ach ... ich hab als beste Freundin komplett versagt, stimmt's?", entlud sich ihr Wortschwall und ich schluckte.

„Kelly, ich war doch genauso bescheuert. Wie immer hab ich sofort das Schlimmste hinter allem vermutet und ein Komplott erkannt, den es so gar nicht gibt. Es tut mir leid."

Kelly seufzte erleichtert. „Ich bin froh, dass du das sagst." Sie wusste, wie schwer es mir fiel, mich zu entschuldigen.

„Mir auch."

„Also? Wie geht es dir?"

„Jetzt wieder gut", erklärte ich und Kelly kicherte.

„Wo steckst du eigentlich? Also ich meine, wo schläfst du?"

Mein Blick glitt auf die Uhr, die mir zeigte, dass es schon Viertel nach neun war. Quinn musste wirklich viel zu tun haben.

„Bei Quinn." Ich hörte, wie sie scharf die Luft einzog.

„Bei Quinn McLion? Dein Ernst?", fragte sie ungläubig.

„Jepp. Seit Samstag. Hab mich direkt hier einquartiert." Ich wusste, dass Kelly vor Neugier platzte.

„Tessie Neill, du erzählst mir jetzt sofort, wie es dazu kam", befahl sie und rang mir damit ein Grinsen ab.

„Du wirst es nicht glauben, aber alles fing damit an, dass ich Princess, Susans Pudeldame, im Keller bei Mirah fand", begann ich zu erzählen und endete damit, dass Quinn mir angeboten hatte, seinen privaten Trakt zu beziehen.

Kelly, die immer wieder ein erstauntes „Aah" und „Ooh" ins Handy hauchte, war schlussendlich komplett aus dem Häuschen. „Tessie, das ist toll", johlte sie und ich konnte Scotts Brummen im Hintergrund hören.

„Wann kann ich dich besuchen? Ich will unbedingt sein Haus sehen! Außerdem will ich ihn kennenlernen. Denkst du, das geht? Also würde er sich mit mir und Scott abgeben? O Gott, habe ich überhaupt was Passendes zum Anziehen? Schaaahaaaatz – wir müssen unbedingt shoppen gehen", rief sie Scott zu, der offenbar das Gespräch mitverfolgte.

Ich hörte ein kurzes Rascheln und vernahm dann Scotts Stimme.

„Hey Tessie, wie ich höre, gibt es sensationelle News. Meinen Glückwunsch. Aber könntest du meine hysterische Freundin bitte etwas beruhigen? Die tanzt hier gerade Samba auf dem Bettvorleger."

Er kicherte und ich stimmte mit ein. Ich konnte mir Kelly beinahe bildlich vorstellen.

„Geht klar, Scott", antwortete ich und hörte erneut ein kurzes Rascheln.

„Wann können wir euch besuchen?", hauchte Kelly atemlos ins Handy.

„Lass mich das noch mit Quinn absprechen, ja? Ich melde mich dann bei dir", versprach ich ihr und bemerkte, wie Quinn gerädert in Pyjamahose ins Wohnzimmer trat. Breit grinsend setzte er sich zu mir und kraulte Princess hinter den Ohren.

„Alles klar", rief Kelly ins Handy und ich beendete das Gespräch.

„Wir sollten uns bald mit Kelly uns Scott treffen", eröffnete ich ihm glücklich und er lächelte.

„Sehr gerne."

Dann kuschelte ich mich an seine Brust und lauschte seinem regelmäßigen Atem.

Drei Monate später

In meiner roten Royal-Mail-Kluft und Princess an der Leine wehte mir Londons Stadtwind durch das Haar.

Glücklich griff ich nach den weißen Umschlägen und stellte sie zu. Wie gewohnt wartete Mrs Macintosh schon auf mich und steckte Princess ein Leckerli zu.

Die rätselhafte Verbindung der beiden würde ich nie verstehen. Aber Princess mutierte zu einem braven Schoßhündchen, sobald sie die alte Dame nur sah.

Unser Gespräch verlief meistens wortkarg und bestand aus Höflichkeiten, aber ich wollte Mrs Macintosh die freudige Begegnung mit Princess nicht nehmen.

Behutsam strich die alte Dame meiner weißen Hündin übers Fell. Ja, inzwischen erkannte ich Princess als meine Hündin an.

„Das Bäuchlein wächst", informierte mich Mrs Macintosh mit krächzender Stimme und ich nickte knapp.

„Ja, bald ist es so weit und wir werden ein kleines Pudelrudel bei uns beherbergen." Ich lächelte freundlich.

„Und ich darf wirklich eines davon adoptieren?", versicherte sich die alte Dame mit wässrigen Augen.

Ihr geliebter Kater war während meiner Zeit als Private Post Officer von ihr gegangen und sie vermisste ein treues Tierherz an ihrer Seite.

„Natürlich, Mrs Macintosh. Sobald die Welpen alt genug sind, dürfen Sie sich einen aussuchen."

Dass Princess schwanger war, war einem wirklich unglücklichen Zufall zu verdanken. Quinn und ich, leichtfertig wie wir in unserer Verliebtheit gewesen waren, hatten uns lieber unserer Knutscherei im Park hingegeben, als nach den tollenden Hunden zu sehen.

Nun ja, der Besitzer des Hundekerls, der Princess offenbar scharf fand, hatte auch einen kurzen Moment nicht aufgepasst. So kam es zum Unvermeidbaren und wir waren nun tatsächlich in freudiger Erwartung,

Hundeeltern zu werden. Hätte man mir vor einem Jahr erzählt, dass das im Rahmen des Möglichen war, hätte ich denjenigen vermutlich schallend ausgelacht. Heute aber war ich besorgt um meine schwangere Hundedame und hoffte, dass die Niederkunft problemlos verlief.

„Strapazieren Sie das Mädchen nicht über, ja?", sagte Mrs Macintosh mit besorgtem Blick auf Princess.

„Sie wollte mich heute Morgen unbedingt begleiten. Sie wissen doch, wie es an den Tagen ausging, als sie tatsächlich allein zuhause auf mich warten musste."

Mrs Macintoshs Mundwinkel hob sich leicht. Der Anflug eines Lächelns, mehr war von ihr nicht zu erwarten, aber ich wusste, dass sie die Geschichte der zerfetzten Schuhe amüsierte.

„Ich will nicht jeden Tag neue Schuhe kaufen", fügte ich mit einem Seitenblick auf Princess hinzu, die sich von Mrs Macintosh kraulen ließ.

Diese nickte knapp und ich winkte ihr zum Abschied zu. Dann zog ich leicht an Princess' Leine und sie folgte mir treu.

Kelly, die auch einen Narren an Princess gefressen hatte, freute sich schon auf deren Nachwuchs. Sie und Scott hatten die WG inzwischen komplett renoviert und sich ebenfalls für einen kleinen Hundewelpen entschieden. Princess vereinte uns und machte aus uns allen ein Stück Familie. Ein rührender Gedanke, wenn man bedachte, von welchem Miststück sie stammte.

Susan hatte sich nie mehr bei Quinn gemeldet. Wir verfolgten ab und an ihre Bilder mit Kieran in den

Klatschzeitschriften und waren bestens über seinen Heiratsantrag auf den Balearen informiert.

Quinn, dem ich diese Schnapsidee sofort ausreden musste, amüsierte sich darüber mehr als ich. Es gab immer wieder Momente, in denen ich Kierans ehrliche Art vermisste, aber für mich war es okay, wenn ich wusste, dass es ihm gut ging.

Was es offensichtlich tat, denn neulich fand ich eine Postkarte von ihm im Briefkasten. Der erste Schritt, normal miteinander umzugehen, war getan.

Eine weitere Schnapsidee, die Quinn zu meinem Leidwesen nach der Antragsidee kam, die ich ihm nicht ausreden konnte, war die Flause, eine Hundeschule zu eröffnen. Bei dem Gedanken an den Grundstückskauf im Park und dem kleinen Gebäude, in dem sich unsere Hundeschule befand, lächelte ich.

Nie hätte ich mir träumen lassen, dass ich einmal Tipps für Hundehalter mit schwer erziehbaren Hunden geben würde. Quinn, der sich leidenschaftlich in dieses Hobby stürzte, hatte es sogar geschafft, wieder etwas mehr Firmenverantwortung an seinen Vater zu übergeben.

Die Tage an denen er müde nach Hause kam, wurden weniger und eines musste ich ihm lassen, er hatte Princess mittlerweile besser im Griff als ich.

Ihre terroristischen Zerfetzungsanschläge wurden zwar weniger, aber ab und zu überkam sie der Feuereifer und sie bewies uns, dass in ihr doch ein kleiner Teufel steckte.

Schmunzelnd zog ich an ihrer Leine und wir bogen ins Office ab, um den Rapport für heute zu erledigen.

Abby war mittlerweile die erfolgreichste Privat Post Officer und mit Larry liiert. Ein ziemlich ungleiches Paar, aber es schien bestens zu funktionieren.

Mittlerweile verband uns vier sogar eine private Freundschaft, was ich mir bei Larry nur schwer hatte vorstellen können. Doch er und Quinn verstanden sich bestens.

Allerdings hatten wir es noch nicht geschafft, ihnen auch einen Hund aufzuschwatzen. Abby war dann doch eher der Katzentyp.

Nachdem ich den kurzen Rapport erledigt hatte, zog es mich zur Hundeschule in den Park. Von Weitem hörte ich lautes Gebell und sah Quinn mit hochrotem Kopf auf dem Gelände herumrennen. Schallendes Gelächter drang an mein Ohr und ich erkannte Kelly und Scott, die sich offenbar köstlich darüber amüsierten. Princess tippelte sofort erfreut zu Kelly, die die kugelrunde Pudeldame auf ihren Arm hievte.

„Hallo Süße, na was machen die kleinen Scheißerchen in deinem Bauch?", erkundigte sie sich.

„Sie sieht aus, als würde sie bald platzen", stellte Scott fest.

„Es kann jederzeit so weit sein", erklärte ich zur Begrüßung und kraulte Princess' dicken Bauch.

„Also, wenn da nicht mindestens fünf Welpen drin sind, dann weiß ich auch nicht. Schwangerschaftskilos sind schwer runterzukriegen, weißt du?", sagte Kelly zu Princess, die sie schräg anblickte.

„Manchmal glaube ich, sie versteht mich", überlegte Kelly und ich kicherte.

„Bestimmt. Du Hundeflüsterin", neckte ich sie und lehnte mich an den Zaun.

Amüsiert verfolgte ich Quinns verzweifelte Versuche, einem kleinen weißen Terrier das Kommando „Sitz" beizubringen. Er hielt ihn jetzt schon seit Wochen auf Trab. Sein Herrchen war ein ziemlich lockerer Typ, der eine ebenso lockere Hundeerziehung anpeilte. Nun ja, seine Nachbarn nicht, deshalb war er bei uns gelandet.

Quinn, der sich flüchtig mit dem Kerl unterhielt, hastete dann zu mir an den Zaun und küsste mich glücklich.

„Süße, da bist du ja." Er rang nach Atem.

„Du willst Devil sicher nicht trainieren?", erkundigte er sich und ich sah die kleine Teufelsbrut an, die mich herausfordernd anschaute.

„Nein, danke. Den überlasse ich gern dir."

Ich war froh, dass er Princess damals im Park nicht über den Weg gelaufen war. Nicht auszudenken, was wir dann für Welpen erwarten würden. Ausgeburten der Hölle, wäre dann vermutlich untertrieben.

Quinn strich mir liebevoll über den Arm und nestelte mit einer Hand in seiner Hosentasche. Dann hob er mit dem Zeigefinger mein Kinn an und blickte mir tief in die Augen. „Ich liebe dich, das weißt du doch, oder?"

„Ja, aber natürlich", erwiderte ich und er gab mein Kinn nicht frei.

Ich spürte, wie er mir etwas auf meinen Ringfinger streifte und Kelly vergnügt quietschte.

„Dann werde meine Frau, Tessie Neill", hauchte er und nahm den Zeigefinger vom Kinn.

Ich ließ den Blick zu dem schmalen Silberring wandern, der nun an meinem Ringfinger steckte. Ein kleiner, unauffälliger Diamant zierte ihn und ich schluckte den Kloß im Hals runter, der mir vor Rührung fast den Atem raubte.

„Ja", flüsterte ich leise und stimmte der Verlobung zu, während Quinn mich stürmisch küsste.

Kelly und Scott applaudierten und Princess bellte empört. Ja, ich war angekommen in meinem magischen Glücksmoment, der genauso rosarot war, wie in den schnulzigen Liebeskomödien, die ich immer heimlich gelesen hatte.

Jetzt war ich in meinem eigenen gefangen und das war gut so.

Ende

Lightning Source UK Ltd.
Milton Keynes UK
UKHW010856161121
394065UK00005B/691